2026 빛나는 수필가 **60**

The 수필

2026 빛나는 수필가 60

Winter	Spring	Summer	Autumn
김 경 혜	강 이 정	강 향 숙	강 명 숙
김 기 자	김 희 숙	강 현 자	김 보 성
려 원	남 태 희	김 민 주	김 정 태
마 혜 경	박 태 선	김 은 숙	류 창 희
민 아 리	변 해 진	김 철 희	박 은 실
방 승 아	염 미 숙	남 정 인	양 옥 선
오 서 진	이 경 은	노 정 옥	염 혜 순
윤 혜 주	이 숙 희	박 갑 순	윤 경 화
이 삼 우	이 승 애	박 춘	윤 영
이 정 숙	이 춘 우	박 효 진	윤 윤 혜
장 경 미	장 금 식	서 순 옥	이 경 숙
조 문 자	조 이 섭	서 태 수	이 양 주
최 아 란	진 가 록	이 명 지	장 석 창
최 윤 정	피 귀 자	제 은 숙	조 성 진
최 희 숙	허 정 열	하 인 혜	허 숙 영

도서출판 북인

안전지대의 문학 :
한국 수필의 내향성과 그 구조적 피로

올해에도 8인의 선정위원들은 분기마다 쏟아지는 수많은 작품을 읽고, 그중 가장 나은 수필들을 가려냈다. 선정위원들은 '심사자의 기호'를 경계하며 작품 자체를 바라보려고 애썼다. 『The 수필』의 60편에 포함된다는 것은 결코 가벼운 일이 아니다. 예심을 거치고, 선정위원 8인이 자신의 선정작을 제외한 모든 작품에 점수를 부여하는 절차는 편향이 개입할 여지를 최소화한다. 마치 김연아가 밴쿠버에서 금메달을 딸 때처럼, 청탁도 협의도 없다. 이렇게 선정된 작품들이기에, 선정된 이들은 '빛나는 수필가'로서 충분한 자부심을 가져도 좋다.

하지만 이 책의 의미는 '엄정한 선발'만으로 설명되지 않는다. 『The 수필』은 지금 한국 수필이 어떤 감각과 문체 위에서 움직이고 있는지, 어디에 머물며 어디에 닿지 못하고 있는지를 가늠하게 하는 하나의 자료이다. 이번 서문은 개별 작품의 감상이나 선정위원의 자화자찬이 아니라, 60편 전체가 형성하는 성격과 구조를 분석하는 데 집중했다.

분석은 60편의 텍스트를 구조화해 주제어와 패턴을 도출하는 '파이썬식' 접근을 취했고, 핵심 주제어 분석, 프레임 분석, 공동 출현 네트워크 분석을 활용했다. 그 결과는 다음과 같다.

첫째, 텍스트를 corpus로 보고 소재·정조·서사 방식을 분류한 결과, 대다수 글이 '사소한 장면 → 감각 환기 → 조용한 성찰'로 이어지는 동일한 구조를 공유했다. 이는 개별 작가의 취향이라기보다는 장르의 습관에 가깝다.

둘째, 어휘·이미지·정서를 군집화한 결과, ①가족·돌봄·노년 ②질병과 몸의 변화 ③일상의 사유화 ④자연과 감수성 ⑤상실·고독·회복 등 비슷한 주제가 반복되었다. 소재는 다양해 보이지만, 의미의 중심은 좁은 동심원 안에 머물러 있다.

셋째, 정조·문체 분석에서는 감각의 세밀함과 대비되는 한계가 드러났다. 감각은 섬세하지만 외부 세계로 확장되지 못하고 내면과 가족의 울타리 안에서 맴도는 경우가 많았다. 갈등은 미약하거나 회피되며, 성찰은 온건한 화해로 귀결된다. 안정적이지만 문학적 힘은 약해진다.

넷째, 작품 간 상호 비교에서도 소재와 무관하게 정조의 온도, 문장의 절제, 사유의 구도가 마치 하나의 공식처럼 반복되었다. '사소함 → 감각 → 성찰 → 온건한 결론'이라는 구조는 거의 흔들리지 않았다.

다섯째, 감각의 섬세함과 절제된 문체는 한국 수필의 오랜 미학적 자산이지만, 동시에 사유의 내향성, 정서의 안정성, 경험의 협소함을 드러내기도 한다. 많은 글이 '나와 가족'이라는 익숙한 회로에서 벗어나지 못한 채, 장르가 더 큰 장으로 나아가기 직전에 멈춰 서 있는 상태이다.

이러한 진단은 60인의 수필가 개인에게 책임을 묻기 위한 것이 아니라, 한국 수필의 현재 문학적 조건을 직시하기 위한 시도이다. 성급한 결론일 수는 있으나, 더 이상 외면하기 어려운 과제가 분명하다.

수필은 흔히 '따뜻하고 소박한 장르'로 불리지만, 문학은 따뜻함만으로 존재할 수 없다. 이번 60편에서 가장 뚜렷하게 드러나는 문제는 한국 수필이 감정의 안전지대에 머물고 있다는 점이다. 가족·노년·돌봄의 서사, 조용한 회상과 온건한 결론은 안정적이지만, 그만큼 문학적 긴장과 모험은 부족하다.

특히 감각의 정교함이 철학적 질문으로 전환되지 못하는 점은 본질적 한계이다. 감각적 포착은 뛰어나지만, 그것이 '세계가 나에게 무엇을 요구하는가'라는 질문으로 이어지지 않는다면 감각은 결국 자기 안에서 굴절될 뿐이다. 글은 정교하지만 좁고, 아름답지만 확장되지 않는다.

한국 수필은 오랫동안 '안온한 일상 → 조용한 반성 → 따뜻한 결론'의 삼단 구조에 머물러 있다. 이 책의 다수 작품도 이를 벗어나지 못한다. 따뜻함은 미덕일 수 있으나, 때로는 질문을 막는 벽이 되기도 한다. 생애 서사를, 일상의 소품과 사적 기억으로써 과잉 해석하는 자기 정체성의 균열 속에서, 사물·기억·습관으로 봉합하고, 이를 미학적 정당성으로 삼는 경향은 지금 한국 수필의 모습이다. 세계의 복잡함을 외면하고 개인 감정의 방 안에서 문제를 봉합하는 방식은 성취가 아니라 회피이다.

그러나 이 60편을 '반복되는 무늬'로만 보는 것도 반쪽짜리 진단이다. 『The 수필』은 한국 수필이 극복해야 할 문학적 문턱을 정확히 보여준다. 감각은 이미 충분하고, 문장은 안정적이며, 개별 작가들의 재능도 부족하지 않다. 다만 필요한 것은 세계와 대면하려는 의지, 서사를 흔들 용기, 사소함을 넘어 사유의 영토로 건너가려는 문학적 도전이다.

『The 수필』의 가치는 한국 수필의 성취와 결핍을 동시에 드러내는 하나의 문학적 지형도라는 데 있다. 이 지형도는 독자에게 두 가지 질문을 던진다.

첫째, 수필가들은 왜 익숙한 감정만을 반복하는가?

둘째, 이 안온함을 넘어서는 새로운 수필적 언어는 가능한가?

이 질문들은 『The 수필』이 남긴 가장 깊은 잔향이다. 이 잔향을 외면하지 않는다면 『The 수필』은 다음 시대 한국 수필이 요구하는 변화를 열어젖히는 문학적 발판이 될 것이다. 이제 『The 수필』은 '한국 수필 문학사'이다.

과도한 따뜻함, 내향적인 사유, 갈등의 회피, 그리고 안전한 정조. 이것은 겪어온 세월이 만들어낸 미덕일 수도 있다. 하지만 감정의 섬세함이 사유의 확장으로 이어지지 않는다면 그 섬세함은 더 이상 문학의 힘이 되지 못한다. 한국 수필은 이 아포리아를 넘어야 한다.

2025년 12월

선정위원

김은중(글), 노정숙, 엄현옥, 한복용

김지헌, 이상은, 심선경, 김희정

| 차 | 례 |

2026 빛나는 수필가 60

The 수필

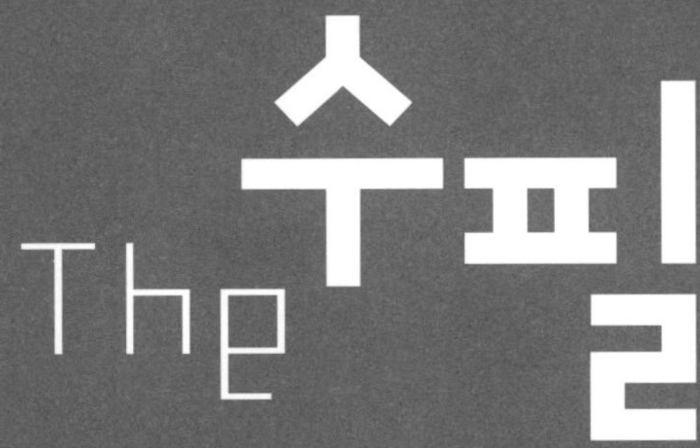

The 수필
Winter

시간, 내 곁을 지나다

김경혜 | hee-kim@hanmail.net

크로스비 해변에 가고 싶어졌다.

안토니 곰리Antony Gormley에 대한 기사를 읽고 나서였다. 그의 작품 '어나더 플레이스Another Place'가 설치돼 있는 영국 리버풀 근처 크로스비 해변. 작가 자신의 벌거벗은 몸에 석고를 바르고 굳혀 틀을 만든 후, 금속 물질을 부어 만든 100개의 주철 인물상이 수평선을 바라보며 해변에 드문드문 서 있다고.

작가는 다양한 형태의 인물상을 만들어내기 위해 극도의 인내와 체력을 요하는 그 작업을 오랜 시간을 들여 완성했다. 순간을 영원으로 만드는 위대한 예술가의 삶이 펼쳐져 있는 곳. 신문에 실린 사진 속, 노을 지는 해변을 보고 서 있는 인물상들을 보며 저들 중 하나가 나일 것 같아 가슴속에 파도가 일렁였다.

상상해본다.

노을 지는 그 해변에서 밀물 때가 되어 바다에 잠기는 조각들을 바라보며 인간의 몸도 때가 되면 저렇게 자연의 순환으로 돌아가야 하는 것을 깨닫게 되는 나를. 조각상 중 하나를 '나'로 점찍고 그에게 묻는다. 자유롭게 헤엄쳐 멀리 가보고 싶지 않았냐고. 키를 넘는 파도가 몰려올 때 무섭지 않았냐고, 밀물 때가 되어 바다에 잠기면 무슨 생각이 들었냐고. 노을을 바라보며 가끔은 눈물을 흘릴 때도 있었냐고, 힘들고 지쳐 이제 그만 눕고 싶단 생각을 한 적은 없었냐고. 그의 대답을 듣던 내 안에서도 시간을 견뎌온 말들이 꿈틀거릴지 모르겠다.

100개의 '나'들이 저마다의 모습으로 살아가는 이들의 삶을 응원하고 서 있는 것도 같다. '모든 게 녹아내릴 것 같던 한낮 태양의 이글거림도, 파도의 그 광포함도, 묵묵히 견뎌내고 나니 지금에 와 있더라'고 말해주는 듯하다. 거기 그렇게 있어주는 것만으로도 위로가 되는 사람들, 나는 누구에게 위로가 되어줄까.

아들이 학위 논문을 위해 밤낮없이 연구에 몰두하던 시절, 모처럼 집에 온 아들에게 연구하는 건 좀 어떠냐는 내 질문에 자신의 심경을 얘기했던 게 생각났다. 드넓게 펼쳐진 몽돌해변에서 어느 돌에 불이 들어오는지 알기 위해 자갈을 하나 하나 일일이 다 뒤집어봐야 하는 것 같은 느낌이라던. 그 얘기를 들었을 때의 아득함이라니…. 나는 아무 말도 하지 못한 채 눈물을 참으며 아들과 함께 있어줄 뿐이었다. 그렇게 바닷가를 헤매던 아들에게 어느 날 작은 몽돌 하나가 불을 밝혀주었다.

몽돌마다 누군가의 염원이 깃들어 있고, 파도 소리에도 누군가의 외침이 담겨 있을 것만 같다. 해변의 인물상들 앞에 서면 들려오지 않을까. 순간의 삶이 영원할 것처럼 함부로 살기도 하고, 순간이지만 영원처럼 아름답게 살아가는 삶도 있다고. 인생이 그런 거라고, 저마다의 삶 속에서 불꽃으로 타오르다 스러져가는 것이라고. 물속에서 시간을 견뎌내다 부식되어 자연과 하나되는 여기 서 있는 우리처럼.

크로스비 해변에 서 있는 나를 상상해본다.

바닷물이 발등을 적신다. 시간도 바닷물처럼 저렇게 지나갔을 터, 빠져나가는 순간을 느끼지 못한 채 지금껏 살아왔다. 사진 속 정수리 부분이 휑해 보이고 패인 볼에 그림자가 질 때, 손등의 핏줄이 도드라져 보일 때, 손자의 키를 재던 눈금이 쑥쑥 올라갈 때 시간이 내 곁을 지나갔으리라. 인물상에 해가 머물고, 파도가 달려와 보듬어주고, 바람이 쓰다듬어줄 때도 시간은 흘러갔으리라. 알몸으로 와서 잠시 머물다 자연으로 돌아가는 것이 인생임을 해변의 인물상이 온몸으로 보여주고 있다.

짧게 머물다 갈 아주 잠깐의 존재일 수밖에 없는 나는, 위대한 예술을 품고 있는 자연의 영속성 앞에 그저 고개를 숙인다. 인간과문학

The **수필**

● 자연으로 회귀할 인간의 운명을 암시하듯 밀물에 잠기는 크로스비 해변의 조각상들은 존재의 유한함과 자연의 영속성을 시사한다. 극한의 인내로 완성된 작품들은 고통의 순간을 견뎌낸 자신의 삶과 맞닿아 있으며, 조각상에 향한 질문들은 자신에게 던지는 질문이다. 삶의 덧없음을 묵상하며 묵묵히 해변을 지키는 조각상과의 공명은 그 자체만으로도 위로가 된다. 나 또한 누군가에게 위로가 될 수 있을까.

/엄현옥/

토렴하다

김기자 kkj8856@hanmail.net

찬물에 씻어낸 면발이 탱글탱글하다. 그릇에 담고는 어릴 때 엄마가 하시던 대로 뜨거운 육수를 부었다가 따르기를 두어 번 한다. 국수의 맛을 내는 과정이 조금은 번거롭기는 해도 어깨 너머로 배운 기술이 이리 용하게 쓰일 줄 미처 몰랐다.

토렴을 거치지 않은 국수는 맛이 없다. 먹다보면 뜨뜻미지근한 맛이 미각을 떨어뜨려서다. 따뜻하게 먹기 위해서는 그만큼 한번이라도 더 손을 써야만 제맛이 난다. 그 과정은 우리가 살아가는 모습과 비슷하다. 삶이 견고해지기 위해서는 토렴을 해내듯 고난과 슬픔도 극복해야만 단단한 의식세계에 머물게 되지 않을까 싶다.

문득 지나온 날들이 떠오른다. 음식이 맛을 제대로 내지 못했던 것처럼 미숙한 내 모든 부분에 대해서다. 떠밀려온 세월의 흐름 속에서 발견한 나를 되돌아가게 할 수는 없다. 작은 일에도 참지 못하고 분개하며 골몰했던 때가 얼마나 많았던가. 그저 부끄럽다. 이제는 남은 인생이 조금이나마 성숙하게 변화되기를 노력하고 있다.

부부의 연을 맺고 살아온 세월이 마흔다섯 해를 넘어섰다. 연습이 없는 삶은 무척이나 곤한 지경에 이르기를 여러 번이다. 물질 때문만은 아니었다. 서로 다른 생각과 표현해내는 방법이 얽히면서 두려움의 언쟁으로 치닫는 일이 빈번했다. 그 와중에도 계절을 피해 갈 수 없듯 꽃은 피고 열매 맺는 일들, 역시 나에게 비껴가지 않았다. 어느덧 손주들이 늘어나고 함박웃음으로 같은 곳을 보게 되었으니 여간 다행한 일이 아니다.

그렇다고 해서 지나간 날들에 비해 지금의 처지가 안온하다는 것은 아니다. 가끔 일어나는 내 안의 반란을 잠재우는 일에 애써야만 한다. 천직 삼아 지켜온 자영업에서 손을 떼는 일도 쉬운 일이 아니기 때문이다. 당장 집 안에 급한 변수가 생기지 않는 한 소일삼아 꾸려가는 방법도 괜찮다며 합리화로 이어가고 있다.

인건비 부담에 종업원을 두지 않았다. 아직은 견딜 만한 나이인지라 한껏 긍정의 힘을 일으키며 살아간다. 하지만 지독할 만큼 어이 상실에 빠질 때가 있다. 전부터 그랬듯이 일하는 과정에서 남편은 여전히 주종 관계처럼 나를 대한다는 사실이다. 긴 세월 지나면서 좁히려 들지 않는 그의 습관이 굳어져버린 상태라고 해야 하나. 언짢아도 되도록 참는다.

여전히 나는 토렴의 과정을 치르는 중이다. 겉으로는 아무 문제가 없다. 가족이지만 하고 싶은 말 다 못하며 산다. 백발이 성성해지기까지 깨닫게 된 것은 서로가 하나의 방향으로 걸어가는 일만 남았다는 사실이다. 그와 나, 늙고 약한 몸으로 변하는 것을 피하지 못하는 처지에 닿아 있다고 해야 하나.

표정만 보아도 무엇 때문인지 가늠할 만큼 서로를 확인하는 사이가 부부이다. 세상 끝을 누가 앞서갈지도 모른다. 아옹다옹 살았을지언정 그것은 토렴을 거친 지난 날로 인한 자기성찰의 시간에 가까이 다다라서가 아닌가 싶다. 이제는 마주하며 나누는 이야기, 마주 앉은 밥상, 함께 걸어가는 길목이 예삿일이 아니기만 한 것을 깊게 알아간다. 부부간의 사랑만이 모든 조건을 충족시키는 것은 아니었다. 종교와도 같은 가정이라는 울타리가 곰삭아진 맛을 내듯 나를 꽉 붙들어놓고 있었다.

살아간다는 것도 한편 여러 분야의 토렴을 거치는 일이다. 그런 과정이 없다면 삶의 진짜 맛과 인내를 모른다. 돌아보니 모두 무겁고 힘들게 여기는 날들을 잘도 견디며 살고들 있다. 혈기 왕성한 시간을 보내고 노을 진 강가에 앉은 기분이 이런 것인가보다. 갑자기 내 손끝이 남편의 등을 토닥이고 있다.

오늘도 식욕을 당기는 국수를 삶는다. 익는 모습을 들여다보며 다음 차례를 준비한다. 마지막 토렴을 하면서 새롭게 탄생되는 국수의 맛으로 빠져든다. 어쩌면 지금 내가 사는 맛도 그렇지 않을까 싶다. 이럴진대 평범한 음식에서 알게 된 지혜를 내게서 남은 시간과 빗대어 새로운 다짐을 하고 또 한다. 세상을 향하는 발걸음에 두려움이 줄어들고 있다. 토렴이 거듭 동반될지언정 피할 수 없다면 받아들여야 하기에.

그린에세이

● 토렴하지 않은 국수가 깊은 맛을 잃듯, 삶도 겪어내는 과정을 통해서만 비로소 제맛을 드러낸다는 통찰이 인상적이다. 일상의 상처와 기쁨, 가족과의 관계, 남편과의 업무상 시간까지 모두 삶을 데우는 토렴으로 읽는다. 작가는 빠르게 식어버릴 수도 있는 순간들을 성실히 데우며 자기만의 맛을 완성해낸다. 그래서 그의 문장은 오랜 시간 우려낸 국물처럼 진하고 고요하다. 독자는 이 수필을 통해 과정을 통과한 맛이 얼마나 따뜻하고 믿음직한지 깨닫게 된다. /한복용/

지구를 끌고 걷는 남자

려원 grium1021@hanmail.net

기록적인 폭설이 내린 아침, 아무도 걷지 않은 길 위로 남자가 걷고 있다. 휘청거리는 다리로 방향 없이 몰아치는 눈보라와 바람에 맞선다. 비정한 세상에 맞서고 결국 자신에 맞서려는 남자의 모습이 성지 라싸와 성산 카일라스로 순례를 떠나는 티베트인들의 오체투지를 연상시킨다. 전진과 정지를 꿈꾸는 두 다리는 서로 엇박자로 움직여 눈 쌓인 길 위로 지그재그 선을 그린다. 새로운 길이 생겨난다. 전진을 거부하는 다리와 제대로 펴지지 않는 손끝 어딘가에는 지구로 이어진 길고 거친 줄이 있을지도 모른다. 우리 눈에는 보이지 않지만, 오직 그의 눈에만 보이는.

대체 무엇이 부스러질 낙엽 같은 남자를 얼어붙은 길 위로 이끄는 것일까? 하얀 눈송이가 그의 머리와 등에 사뿐사뿐 내려앉는다. 인간에게 불을 가져다준 죄로 카프카스 바위에 사슬로 묶인 채 날마다 독수리에게 간을 쪼이는 형벌을 받은 프로메테우스가 떠올랐다. 독수리에게 쪼일 간이 사라져야만 고통이 중단될 터인데 간이 재생되는 한 고통 또한 재생된다. '미리 생각하는 사람'이라는 뜻을 지닌 프로메테우스는 지상의 인간에게 불을 줌으로써 자신이 받게 될 고통을 모르지 않았으리라. 얼어붙은 눈길을 걷는 남자는 인간의 죄 사함을 위해, 자신과 인류의 구원을 위해 프로메테우스처럼 기꺼이 형벌을 받는 것일까? 세상의 죄악이 눈처럼 하얗게 되기를 바라는 마음으로 하루도 거르지 않고 순례를 지속하는지도 모른다.

오래 전 짙은 슬픔이 가슴을 잠식하던 날, 날마다 재생되는 간을 독수리가 쪼는 듯한 일상이 버거웠다. 불안과 두려움이 잠복해 있는 회색 지대처럼 삶은 아득해 보였는데 인생 신호등은 제때 켜지지 않았다. 마음에 겨울이 찾아올 때마다 알베르토 자코메티의 거대한 청동 조각상 〈걷는 사람〉을 바라보곤 했다. 사르트르가 '결코 걷고 있지 않아도 가장 멀리 갈 수 있는 사람'이라는 찬사를 보냈던 〈걷는 사람〉은 정지된 것처럼 보이지만 정지되어 있지 않다.

언제부터인가 창밖에 자코메티의 청동 조각상 같은 남자가 걷고 있었다. 날마다 거의 비슷한 시간대에 걷는 남자는 고독한 얼굴, 절박하고 강렬한 눈빛, 진행 방향으로 기울어진 상체, 제대로 펴지지 않는 한쪽 팔과 보폭을 제대로 따라잡지 못하는 한쪽 다리를 끌고서 온 힘을 다해 생을 지고 걷고 있었다. 그의 등 위로 사계절이 내려앉았다. 남자의 등은 연두였다가 진초록으로, 붉은 갈색이었다가 칙칙한 갈색으로 물들었다. 찬란함과 덧없음, 생성과 소멸 사이 남자는 모든 것에 초연

해보였다.

　누군가 삶에서 승자가 되지 않더라도 완주하는 것만으로도 충분하지 않겠느냐고 말했을 때 나는 그 말을 뒤처진 이들의 자기 만족이나 변명 정도로 치부했던 기억이 난다. 스쳐지나가는 바람에도 여린 마음은 수없이 흔들렸지만, 끊임없이 무언가를 하지 않으면 뒤로 밀려날 것 같은 불안감에 스스로 몰아세운 시간이었다. 그러나 앞서기 위한 혹은 뒤처지지 않기 위한 몸부림은 완주의 본질이 아닐 것이다. 자기만의 속도로, 숲에서 들려오는 오직 자기만의 북소리에 집중하며 걷는 것이 왜 그리 어려웠을까? 세상의 걸음에 보폭을 맞추느라 버거웠던 날들을 지나 낡고, 지친 내가 유리창 앞에 서 있다.

　살아 있는 동안 우리는 직립한다. 두 발로 대지를 딛고, 두 다리를 최대한 벌리고 두 팔을 흔들며 빳빳이 고개를 쳐들고 용감하게 저마다의 생으로 전진하지만, 세상의 언어에 익숙해지고 세상의 질서에 길들수록 비겁해진다. 어른이 되어 마주한 세상은 어린 날 보았던 쌍무지개처럼 찬란하지도, 새의 날렵한 비상처럼 경쾌하지도, 유유히 흘러가는 구름처럼 자유롭지도 않았다. 그럴듯한 페르소나를 뒤집어쓰고 아무렇지 않은 척 과장된 걸음으로 걷지만 어느 순간 세월의 무게와 삶의 무게는 우리의 상체를 기울어지게 만들고 고개를 수그리게 하고. 눈빛을 수시로 흔들리게 하고 걱정과 불안 속에 길을 잃고 방황하게 한다. 두 눈이 무언가를 응시할 수 없고, 두 발로 걸을 수 없게 될 때 대지와 몸은 비로소 수평이 된다. 은폐할 페르소나조차 필요하지 않고. 갈등과 번민

마저도 대지에 파묻혀버릴 그날은 영원히 직립을 포기하는 날이 될 것이다.

눈 쌓인 나무가 검은 몸통을 흔들며 춤을 출 때마다 남자가 낸 길은 다시 하얀 눈으로 뒤덮인다. 그러나 남자는 걸음을 멈추지 않는다. 아픈 몸을 끌고, 주어진 생을 끌고, 비움의 나무를 끌고, 얼어붙은 길을 끌고, 길 위에 내려앉은 슬픔과 고통, 절규와 환희, 거룩한 비애를 끌고, 마침내 거대한 지구를 끌고 간다. 지구 안의 탐욕, 편견, 이기심, 모든 혼돈과 무질서를 끌고 걷는 남자의 그림자가 눈길 위로 길게 드리운다. 햇빛이 빚어놓은 그림자는 자코메티의 청동 조각상처럼 보인다.

남자가 힘겹게 만들어놓은 길을 따라 저마다의 무언가를 끌고 사람들이 뒤따른다. 강아지를 끌고, 유모차를 끌고, 수레를 끌고… 수많은 발자국이 눈 위에 찍힐수록 새로운 길이 생겨난다. 보이지 않는 끈으로 연결된 이들이 함께 지구를 끌고 간다. 오래 전부터 내게 '걷는 사람'이 된 남자를 창밖으로 바라보는 대신 오늘은 그의 뒤를 따라 걷고 싶다. 불어오는 바람을 피하지 않고 몸을 움츠리지 않고 더 이상 머뭇거리지 않고 스스로 걷는 사람이 되기 위해 서둘러 계단을 달려 내려간다. 간간이 날리는 눈발 사이로 찬란한 겨울 햇빛이 내리비치고 있었다.

계간수필

● 이 작품은 인간 존재의 근본적인 질문과 성찰을 담고 있다. 먼저, '남자'의 형상을 통해 인간의 한계와 도전을 상징적으로 표현하였다. '남자'의 위태로운 걸음걸이는 불완전한 현대인의 모습과 숙명적인 고통을 극복하려는 인간의 의지로 보여진다. 어쩌면 시선을 남에게 두지 말고 당신의 본질을 제대로 보라는 것이 작가가 우리에게 던지는 메시지일 수도 있겠다. 궁극적인 인간 존재, 삶의 의미, 공동체의 가치 등에 대한 작가의 섬세한 통찰과 깊은 사유가 작품 모두에 번뜩이는 글이다. /심선경/

삶의 최소단위, 숟가락

마혜경 maya418@naver.com

조용히 밥을 먹는다. 밥을 먹을 땐 말을 하지 않는다. 나에게 밥은 하루만큼의 태엽이고 끈끈한 다정함이다. 어둠과 고통이 밀려올 때마다 밥이 그리워진다. 나에게 말은 의미의 모양이며 활짝 열리는 관계의 끈이다. 밥이 키운 말들이 따뜻한 손이 된다고 들었다. 그러므로 입은 소리를 찍어내는 틀이자 생명을 불어넣는 밥의 입구가 된다. 밥을 먹을 때 말을 하지 않는 이유는 들어가는 밥과 나오려는 소리가 충돌하기 때문이다. 말하면서 밥을 먹을 때에도 같은 일이 벌어진다. 온전히 들어가야 할 밥과 오롯이 나와야 할 소리가 같은 지점에서 만나면 무척 낯설어진다. 난 그날 이후로 목구멍에서의 이 어색한 조우를 정리했다. 밥은 밥대로, 소리는 소리대로 받아들이기로 다짐했다. 그래서 밥 먹을 때는 밥을 먹고, 말할 때는 말을 하는 한 가지 일에 마음을 다하는 편이다. 누군가는 이 일을 고상함이나 침묵으로 오해할지도 모른다.

그날 아침, 아버지가 돌아가셨다. 기상캐스터의 하얀 입김이 바람에 날리고, 아나운서가 한파주의보라고 여러 번 강조하던 12년 전 겨울.

아이들이 남긴 밥을 국에 말아 먹으며 날씨는 좀처럼 믿을 수 없다고 중얼거렸는데, 그때 엄마에게서 전화가 왔다. 울컥 복받치는 울음소리가 목구멍을 타고 내려가던 밥을 부둥켜 끌어안았다. 목에서 내려가지도 올라오지도 못하고 밥과 울음이 섞여 그만 무덤이 되고 말았다. 죽음이 이물감으로 기억되는 것은 그날 내 목구멍에 걸린 고통 때문만은 아니다. 마치 기억의 저편에서 발신한 부고장처럼 무언가 서글픈 마음이 도착하고야 만다.

사람이 쓰러지면 의지도 쓰러지려나. 두 노인만 사는 집, 욕실에서 쓰러져 바둥거리는 남자를 일흔이 넘은 여자가 무슨 수로 일으켜 세우나. 젖은 솜처럼 축 처진 몸은 이미 바닥이 되었을 테니. 119에 신고를 한 뒤 두 팔을 잡고 힘껏 끌어당기지만 어깨가 문턱에 걸리고 만다. 욕실 바깥으로 간신히 머리까지 내놓았을 때, 남자가 컥컥 숨을 내뱉는다. 팔다리가 뻣뻣하고 말이 굳어버리고 정신이 흐릿하다. 곧이어 어깨가 들썩인다. 발작을 하는 남자를 그렇게 둔 채 여자가 한 일은 주방으로 가는 것이다. 냉장고에서 김치를 꺼내고 그릇에 밥을 담아 아침을 차린다. 그날 엄마의 모습은 내 심연 속에 오래 박혀 있다. 악 소리가 날 정도로 감추고 싶은 그 일이 왠지 아버지가 그리울 때마다 부유물처럼 떠오른다.

눈동자가 돌아가고 숨이 점선처럼 끊어져갈 때, 여자는 생명의 환대를 받으며 뜨거운 밥을 욱여넣는다. 남자가 꺼져가는 삶의 터널을 지나 마지막 목숨을 삼킬 때에도 여자는 목구멍 안으로 생명을 밀어넣었다. 차가운 타일 바닥 위에서 퍼덕거리던 두 발이 바닥으로 떨어진다. 떨림이 잔잔해지면 들뜨던 어깨도 가라앉게 마련이다. 그날 엄마와 아버지는 같은 공간에 있었지만 손이 닿지 않는 먼 거리에 있었다. 꺼져가는 눈동자 위에 밥을 먹는 여자의 모습이 각인되고 남자는 눈을 감으면서 여자의 모습을 덮어버린다.

죽어가는 사람을 바라보며 밥을 먹을 수 있을까. 어떻게 죽어가도록 내버려둔 채 밥을 넘길 수 있을까. 누가 한 사람의 죽음을 구경하며 밥을 삼킬 수 있을까. 누가 죽음이 밥보다 못하다고 말할 수 있을까. 장례식장의 밥은 '죽어가는 사람'의 배려가 아니라 '죽은 사람'의 마지막 정성이다. 살아 있는 한 살려야 하는 노력이 죽음을 잠시 눈멀게 한다고 믿고 싶다. 불현듯 가버린 아버지가 사뭇 아쉽지만 그렇게 아버지를 떠나보낸 엄마의 태도 또한 가슴에 슬픈 미련으로 남아 있다. 그 자리에 같이 있었던 것도 아닌데 생생하게 그려지는 그날의 그림 한 장이 내내 가슴을 미어터지게 만든다.

엄마는 서둘러 정리했다. 외투를 골라냈고 신발을 모았다. 책과 서류들을 재활용상자에 쌓았으며, 돋보기와 노트, 시계는 서랍에 보관했다. 정리하다가 다시 흐트러뜨리고 그러다 다시 담아내기를 반복한다. 정신이 반쯤 나간 것 같지만 그렇다고 끼니를 거르진 않았다. 수북이 담긴 밥그릇을 바라볼 때면 엄마가 원시적인 인간처럼 느껴진다. 때로는 음식보다 먹이에 충실한 한 마리의 동물처럼 보인다. 꺼져가는 삶 앞에서 죽음을 반찬 삼아 먹이를 먹던 암컷인데 무엇이 두려울까. 한낱 배를 채우는 먹이일 뿐 그것은 사랑을 키워내지 못했다. 나의 목에 걸린 밥과 울음소리는 여태 무덤으로 서 있는데, 시간이 갈수록 엄마의 밥은 산처럼 쌓여간다. 입은 더할 나위 없이 벌어져 먹이를 낚아채는 짐승 같다. 하필 왜 밥이었을까. "어떻게든 살렸어야지!"

남자의 떨리는 눈동자, 눈꼬리를 타고 흐르는 눈물이 그만 됐다며 무언의 부탁을 한다. 응급실에 자주 실려가던 터라 몸과 마음이 무너질 대로 무너진 탓이 크다. 오래 전 남자와 여자는 약속을 했다. 누구든 먼저 쓰러지면 그냥 보내주기로. 몇 번이나 약속을 어겨서 여자를 나무라던 참이다. 그날 뒤늦은 약속이 지켜졌다. "곧 갈 테니 먼저 가." 귓속말로 남자를 배웅하고 땀에 젖은 몸을 끌고 간신히 주방으로 기어간다. 새끼들 때문에 조금 더 살아야 하는 여자는 저혈당 증세를 억누르기 위해 밥 한 숟가락 삼키고, 남자의 꺼져가는 눈빛을 바라보며 꺼억꺼억 울음을 삼키고.

엄마 입에 밥이 들어간다. 거울을 보듯 마주 앉아 나도 입에 밥을 넣는다. 눈처럼 하얀 밥이 그 겨울의 슬픔 위로 쌓인다. 아픈 말들을 잠재우고 조용히 밥을 먹으면 밥알이 알알이 구르며 마음을 읽는 시간이 다가온다. 말을 하지 않아도 하루만큼의 태엽이 감기고 끈끈한 다정함이 서로에게 도달한다. 엄마 입이 열리면 내 입도 크게 열려서 오롯이 밥의 시간 안으로 들어갈 수 있다. 엄마 가슴에 묻힌 아버지에게도 내 심연의 무덤에게도 살고 싶다는 의지가 닿아서 하루씩 살게 만든다. 밥을 먹으면 신기하게도 내일이 온다는 믿음이 쌓인다. 엄마를 필사하면서 알게 된 하나. 삶의 최소단위, 숟가락.

매일신문 신춘문예

● '아버지'의 숨이 끊어져갈 때, '엄마'는 뜨거운 밥을 목구멍으로 '욱여넣었다'. 화자는 차갑고 건조한 문체로 서술하지만, 그 말투 사이로 혼란이 스민다. 작품 속 '밥'은 단순한 한 끼를 넘어, 하루를 버티게 하는 힘이자 누군가에게는 삶을 지탱하는 약속이 된다. '나'의 사유, '엄마'의 전화, 그리고 그날의 숨막히는 장면들이 교차하며 이야기는 속도를 얻고, 몇몇 문단의 짧고 강렬한 첫 문장은 작품의 긴장과 몰입을 한층 끌어올린다. 끝내 '엄마'의 밥은 '아버지'와의 약속을 지키려는 의지였음을 드러내며, 선택된 묘사들은 독자로 하여금 그 순간을 피할 수 없이 응시하게 만든다.

/한복용/

연민은 어떻게 세상을 구원하는가

민아리 min01620@naver.com

초등학교 5학년 봄방학 때, 나는 외갓집에 놀러가 며칠간 머물고 있었다. 어느 날 오후, 마루에 앉아 있는데 낯선 아주머니 둘이 대문 안으로 들어섰다. 한 사람은 평범한 시골 여인이었고, 그보다 젊은 여인은 한복 위에 연두색 공단 털배자를 맵시 있게 차려입은 귀부인이었다. 이웃집에 간 어른들을 기다리는 사이, 나는 귀부인이 안내받은 윗방에 앉아 살며시 손거울을 들여다보는 모습을 방문 틈새로 엿보고 있었다. 나와 눈이 마주치자, 귀부인이 쑥스러운 듯 엷은 미소를 보내왔다. 고왔다. 그런데 입가의 미소와는 달리 두 눈에는 어떤 슬픔 같은 것이 고여 있는 듯했다.

당시 외갓집에는 외당숙이 농사일을 거들며 더부살이하고 있었다. 어눌하고 한없이 착하기만 하여 도무지 화를 낼 줄 모르는 아저씨를 사람들은 숙맥이라며 업신여겼다. 한번 장가를 들었던 적이 있는데, 신혼 시절 새댁이 집을 나가버리자, 동네에선 아저씨가 내소박을 맞은 것이라고 수군댔다. 외삼촌은 늘 아저씨가 걱정이었다. 아저씨가 어서 다시

제 짝을 만나 가정을 이루어 살아가길 바랐다.

귀부인이 찾아온 것은 아저씨와 선을 보기 위해서였다. 양쪽 다 첫 결혼에 실패한 처지였다. 머슴이나 다름없는 무학의 시골 홀아비와 도시의 부잣집 고명딸로 여고까지 다녔다는 귀부인은 누가 보아도 서로에게 어울리지 않는 상대였다. 다만, 답답하리만치 착하고 인정 많은 심성은 양쪽이 똑같았다. 바보온달과 평강공주, 무엇이 급해 그리 서둘렀을까. 두 사람은 곧바로 부부가 되었다. 그런 데에는 은밀하고도 절박한 사연이 있었다는 것을 나는 어른이 되고서야 비로소 알게 되었다.

온실 속 화초처럼 곱게 자란 아주머니는 시골의 부잣집 아들과 연애로 결혼했다. 그러나 농사일과 집안일을 할 줄 모른다는 이유로 시어머니와 남편은 심한 구박 끝에 아주머니를 내쫓아버렸다. 소박이었다. 어린 아들 하나를 남겨둔 채였다. 출가외인이라며 친정에서 받아주지 않자, 아주머니는 갈 곳이 없었다. 거기에다 뒤늦게 홀몸이 아닌 것을 알고는 하늘이 무너지는 것만 같았다.

어수룩해서였을까? 동병상련 때문이었을까? 여인이 홀몸이 아니라는 것은 아저씨에게 아무런 문제가 되지 않았다. 다만 그 여인이 견딜 수 없이 가여웠다. 가진 것은 아무것도 없었지만, 하루 빨리 세상에서 가장 가련한 여인의 지아비와 뱃속 아기의 아비가 되어 두 생명을 거두어주고 싶은 마음뿐이었다. 거기에다 꿈속에서나 만나볼 수 있는 여인의 음전하고 귀티 흐르는 자태는 홀아비의 가슴을 온통 뒤흔들어놓고 있었다. 아주머니 또한 자신의 흠과는 별개로, 불쌍한 홀아비에게 자기가 보듬어주지 않으면 안 될 것 같은 운명과 연민을 느꼈다. 일은 일사천리로 진행되었다.

처마 낮은 초가삼간을 얻어 새살림을 차린 아저씨네는 가진 것이라곤 흥부네처럼 부부 금실뿐이어서, 예정된 칠삭둥이(?) 밑으로 연이어 남매를 낳았다. 아주머니는 등잔불 밑에서 아저씨에게 부지런히 글을 가르쳤다. 아주머니가 사람들에게 물었다. "제 남편이 어째서 숙맥인가요?" 천생연분이었다.

어느 날 마음씨 착한 부부의 집에 '박씨' 하나가 툭 떨어졌다. 척박하나마 손바닥만 한 땅뙈기를 장만할 수 있는 돈이 생긴 것이다. 아저씨네가 병들어 오갈 데 없는 한 노인을 마지막까지 보살펴드리기로 하고 받은 조그만 대가였다. 사실 단칸방이나 다름없는 옹색한 집에 노인을 들이는 일 자체가 가당찮은 일이었다. 그러나 병든 노인의 처지가 애처로워 차마 외면할 수 없었던 데다, 우선 호구책의 문제도 절실했던 차에 이루어진 결과였다. 아저씨와 아주머니는 토굴 같은 윗방에 노인을 모시게 된 것을 늘 죄스럽게 여겼으나, 노인은 전혀 개의치 않았다. 오히려 떠돌이 노인을 맡아 친부모에게 하듯 정성스레 병시중까지 들어주는 사람은 세상 어디에도 없을 것이라며 감지덕지했다. 여섯 식구는 여느 집 3대처럼 여러 해를 한가족으로 오순도순 살았다.

그런데 노인의 임종 직전 그의 실체가 드러나게 되었다. 가족이 없다던 노인은 병든 자신은 돌보지 않고 재산 싸움만 일삼는 자식들에게 절망하여 가출한 사람이었다. 더구나 그는 상당한 재력가였다. 노인은 아저씨 아주머니에게 갖고 있던 돈을 남겨주고 편안하게 눈을 감았다. 가난했지만 평생 이웃에게 인정 베풀기를 좋아했던 아저씨, 아주머니도 '칠삭둥이' 장남의 지극한 효도에 의지하다가 평온하게 눈을 감았다. 마치 한 편의 동화 같기도, 전설 같기도 하여 근동에 소문났던 내 외당숙,

외당숙모의 이야기이다.

'나는 윤리적인가?, 나는 휴머니스트인가?'라는 자문 앞에서 나는 언제나 가책과 부끄러움이 앞서는 사람이다. 그러므로 '어떠한 사람으로, 어떻게 살아갈 것인가' 하는 문제는 어제도 오늘도 나의 고뇌이자 과제일 수밖에 없다. 그런 나에게 '타자윤리학'(타자에 대한 윤리적 책임을 강조하는 철학)이라는 뛰어난 성취로 제1의 철학은 윤리학이라고 강조한 철학자 E. 레비나스의 말들이 오늘도 내 정곡을 찌른다.

우리가 인간적인 삶을 살기 위해서는 타자(약자)의 아픔을 나의 아픔으로 느낄 수 있어야 한다. 연민은 타자를 섬길 수 있는 윤리적 근원이며 세상을 구원하는 출발점이 될 수 있다. 진정한 인간성을 지닌 인간이란, 타인의 고통을 보살피는 책임과 연대감을 갖고 사는 사람이다.

오랜 세월 동안 나는 아저씨, 아주머니의 결혼과 삶의 방식을 이해하지 못했다. 유아적이고 세속적인 시각으로 그분들을 바라보았기 때문이다. 그런데 어느 순간 가슴을 세차게 훑고 지나가는 것이 있었다. 아저씨와 아주머니는 진정 큰사람이 아니었을까? 현자가 아니었을까? 그분들이야말로 고통받는 '타자의 얼굴'을 외면하지 않고 '기꺼이 받아들임'으로써 타자에 대한 연민과 책임감으로 점철된 삶을 살았던 분들이 아닌가. 그런 것이야말로 레비나스의 '타자윤리학'의 핵심을 꿰뚫어 이해하고 실천한 윤리적 삶이 아닌가. 내가 난해한 레비나스 철학의 한 귀퉁이를 손바닥만큼이나마 들여다볼 수 있었던 것은 아저씨, 아주머니의 삶의 모습이 텍스트 곳곳에서 나의 이해를 도와주었기에 가능한 일이었다. 그분들이야말로 인간다운, 참으로 인간다운 삶을 살다 간 진정한 휴머니스트요, 큰사람이자, 현자였음을 뒤늦게 깨닫는다. **창작산맥**

The 수필

● 이 글은 크게 다섯 개의 에피소드로 구성돼 있다. 그 에피소드들은 제각각 독립된 이야기이다. 그런데 이 글에서 그 에피소드들은 필연적인 인과율을 가진다. 앞의 에피소드들은 뒤에 이어지는 에피소드의 원인이 된다. 잘 짜여졌다. 작가는 레비나스의 '타인의 고통을 보살피는 책임과 연대감'에 대해 말하는데, 작품의 주인공인 외당숙과 외당숙모가 바로 그런 주인공들이다. 두 사람은 서로의 고통을, 합심해서는 부랑자 노인의 고통을 보살핀다. 그리고 작가의 발견, 외당숙 부부가 현자였다는 결론까지 매끈하게 이어진다. /김은중/

찬가

방승아 *jellimallo@naver.com*

　내가 살고 있는 도시, 천안 시내의 한가운데에는 커다란 미술관 하나가 자리잡고 있습니다. 버스터미널과 백화점으로 둘러싸여서 막상 동네 사람들은 그 주변의 익숙함에 묻혀 발길이 잘 닿지 않는 미술관입니다. 그곳에서 가장 눈에 띄는 것은 단연코 거대한 크기의 인체 해부 모형입니다. 사방이 유리창으로 막힌 미술관의 입구를, 마치 정승처럼 지키고 있는 작품. 그 크기가 얼마나 커다란지를 설명하자면, 바깥 도로에서 차를 타고 봐도 그 전신을 쉽게 볼 수 있을 정도라고 하겠습니다.

　어렸을 때 저는 이 미술품을 무척이나 무서워했습니다. 백화점에 갔다가 그 모형을 보는 날에는 해골 뼈대와 해부 모형이 되살아나서 나를 쫓아다니는 악몽을 꿨습니다. 결국 멀리 자동차를 타고 지나갈 때조차 두 눈을 가린 뒤 '미술관이 다 지나가면 말해달라'고 부모님께 부탁하는 지경에 이르렀죠. 사실 지금 생각해봐도 무서워할 만한 것이, 반쪽 피부를 잃고, 무표정한 모습으로 떡하니 서 있는 6m 높이의 인체 해부도를 상상해 보십시오. 아무래도 겁나지 않겠습니까? 장기와 근육과 힘줄이 적나라하게 묘사되어 햇볕에 붉게 번쩍이는 모습이 어린 마음에는 너무나 공포스럽게 느껴진 듯합니다.

그런데 그렇게 인체 해부도를 무서워하던 제가, 어른이 되어 선택한 꿈이 무엇이었냐 하면, 바로 의사였습니다.

놀랍지 않으신가요? 매번 악몽을 꾸고, 그 흔적조차 보는 것이 버거워 두 눈을 가리던 꼬마가 이제는 아무렇지 않게 실제 장기를 보다니요. 심지어 가끔은 그 장기를 만집니다. 인간의 가장 깊은 속내, 닿을 수 없게 가려둔 그 내부를 하루에도 몇 번씩 들춰낼 때도 있습니다. 아무리 인간은 변화하고 바뀐다지만 가장 겁내던 것을 평생 인생의 동반자로 삼게 된다니 어떻게 이런 극적인 변화가 있을까요?

고등학교 3학년 겨울, 입시가 모두 끝나고 의대 진학이 확정되었을 때, 저는 시내 카페에서 혼자 핫초코를 마시다가 그 미술관 앞에서 문득 이런 의문을 품게 되었습니다. 답을 알기 위해 나는 내가 그토록 무서워했던 작품을 향해 걸어갑니다. 눈 내리던 저녁의 차가운 공기를 가르고, 하얀 인조 안구 두 개와 비스듬히 눈을 마주치다가, 난생처음 고개를 내려 작품의 제목을 마주합니다. 어린 시절 내내 무서워하던 그 인체모형에는, 다름 아닌 이런 제목이 쓰여 있었습니다

'찬가Hymn'*

그때 어렴풋이 나는 내가 두려워했던 그 길에 스스로 발 내딛게 된 이유를 조금이나마 깨닫습니다.

인간이라면 모름지기 질병을 두려워하고, 다치는 것을 두려워합니다. 태어나는 그 순간

부터 생명이 닳아가는 매분 매초를 걱정합니다. 그렇게 몇천 년 동안, 인류는 그 두려움을 극복하기 위해 온갖 약초와 민간요법을 찾아왔습니다. 최후에는 자신의 정해진 운명을 바꾸는 영역에 도달합니다. 단순히 다친 상처를 치료하는 것을 넘어, 평균 기대수명을 늘리는 데까지 성공한 것이죠

그런데 아이러니한 것은 인류가 죽음의 공포에서 도망칠 때가 아니라, 두려움을 무릅쓰고 당당히 맞서 싸웠을 때야 비로소 그 겁에서 탈출할 수 있게 됐다는 것입니다. 신에게 자신의 운명을 맡기던 게 아니라 스스로 칼을 들어 피부 아래를 갈랐을 때, 달콤한 과일이 아닌 쓴 약초를 으깨어 마셔볼 용기를 내었을 때. 우리는 자신이 두려워하던 것이 무엇인지 분명히 알았기에, 결국 그 대상과 마주쳤을 때 기대치 못한 새로운 기적을 경험했습니다.

그러니 어찌 생각해보면 그 두려움을 잘 아는 사람일수록, 의학에 꼭 맞는 사람일 것입니다. 낯섦에 대한 공포가 얼마나 큰 것인지 잘 아는 사람. 두려워하다 못해 겁을 극복하고 싶다는 결심까지 서게 된 사람. 알고 보니 사실은 그렇게까지 무서운 것이 아니라고, 겁나는 것은 무서워서가 아니라 낯설었기 때문인 걸 깨닫고 싶은 사람. 그러니까 말하자면 어린 시절 나 같은 사람.

그렇기에 나는 몇십 년의 시간을 넘어, 마치 운명처럼 이 인체 해부도 앞에 이끌려 오게 된 것이 아닐까요.

그 겨울날 나를 내려다보던 거대한 가짜 인간의 가호 앞에서 나는 새로운 세계를 향해 한발짝 내딛습니다. 작품은 나에게 조용한 찬가를 보냅니다. 진실을 마주하고, 두려움을 용기로 바꾸고, 상상을 행동으로

바꾼 것에 대한 박수.

아마 나중에 정말 의사가 되고 병원에서 일하게 되면, 나는 더 많은 진짜 '두려움'들을 마주하게 될 테죠. 교과서나 소설책에 글씨로 적혀 있는 비유된 감정이 아니라, 살아 있는 인간들에게서 비집어 나온 날것의 공포를 말입니다.

비록 오만가지가 넘는 약명과 질환명에는 익숙해지더라도 저는 그러한 공포에 대해선 둔감해지고 싶지 않다는 바람입니다. 마치 내가 어린 시절에 인체 해부 모형을 보며 무서워할 때처럼, 어쩌면 누군가의 인생에서 가장 커다란 공포로 다가올지 모르는 미지의 질환에 대해서 충분히 함께 두려워하고, 공명하고 싶습니다. 그러다 그 겁들을 이번에도 맞서 싸울 용기로 치환하는 찰나가 다가왔을 때, 나는 그제야 나의 청진기 옆에도 당당히 '찬가'라는 이름을 붙여줄 것입니다. **에세이문학**

＊Damien Hirst, 〈Hymn〉, 1999, Painted bronze, 594.8×334×205.7㎝

The **수필**

● 극단적 두려움이나 공포감에서 환희의 '찬가'로 이행 가능한 인간의 내재성을 확인하는 작품이다. 두려움은 직면한 대상의 실체를 파악하지 못했을 때 찾아오는 감정이다. 작가는 인체를 알지 못했을 때 느끼던 공포의 이유를 찾으려 다가갔다 오히려 '찬가'를 발견한다. 인체는 누구에게나 존재하여 친숙하게 있는 것heimlich. 그러나 어떤 조건이 주어질 때 두려운 낯설음Unheimlich으로 발현되기도 하는데, 억압의 표식Un 때문이다. 인류가 수많은 이유를 붙여 몸을 얼마나 억압해왔는지 짐작할 수 있다. 작품의 백미는, 환자의 두려움에 공명하며 용기로 치환하는 찰나를 '찬가'라 이름 붙이겠다는 다짐이다. 경험을 통해 무의식의 한 지점을 이끌어낸 작가의 역량이 크게 보였다. /김지헌/

관심의 다른 말

오서진 sem50@naver.com

J 녀석은 내가 무얼 시키든 '왜요?'라는 삐딱한 말로 내 신경을 거스른 다. 그럴 때마다 녀석의 답변에 반항이 느껴져 묻지도 따지지도 말라는 식의 내 고약한 심보가 발동한다. 어떤 날의 '왜요?'는 정말 궁금해서 하 는 질문일 수도 있는데, 녀석의 습관 된 '왜요?'는 나로 하여금 아이를 이 해해보려는 노력보다 '그 입 다물라'는 잠재적 꼰대근성을 유발케 한다. 어쩌면 아이의 답변을 순수하게 받아들이지 못하고 어른에 대한 말대 꾸로만 듣는 내 아집과 문제아라는 인식의 편견 때문일 수도 있을 것이 다. 그렇다면 나는 다른 아이들의 '왜요'에도 매번 반항을 느끼는가? 자 문해보면 '그렇지 않다'라고 바로 대답한다.

녀석의 '왜요'는 언제 어디서부터 시작되었을까. 그것은 정말 질문일 까 반항일까. 아니면 의미 없는 습관일까. 그것도 아니면 관심의 이면 일까. 다른 사람들도 나처럼 녀석의 '왜요'를 매번 반항적으로만 느낄 까? 녀석을 떠올리면 내 머릿속으로 수십 개의 '왜?'라는 질문이 줄줄이

엮여나온다.

미술학원에서 2개월, 태권도장에서는 3개월, 심지어 영어학원에서는 한 달도 못 버티고 쫓겨난다는 소문들로 보면 단지 나만의 문제인 것 같지는 않다. 게다가 학교에서도 종종 문제를 일으키는 모양이다. 녀석의 할머니는 오늘도 학교 담임 선생님의 부름을 받아 상담실에 계신다고 했다(J는 부모님과 떨어져 할머니와 둘이 산다). 한 달 동안 벌써 네 번째라며 같은 반 친구 K가 고자질하듯 전해준다. 하루가 멀다고 터지는 대형 사고들로 인해 학부모들 사이에 녀석은 경계대상 1호 인물로도 유명하다.

이번엔 녀석이 아닌 내가 대형 사고를 치고 말았다.

그날따라 녀석은 작정이라도 한 듯 친구까지 동원해 수업을 방해하고 나섰다. 1분마다 터지는 '왜요'와 옆의 친구를 해코지하는 모습을 보다못해 가방을 싸서 교실 밖으로 녀석을 내쫓고 말았다. 녀석은 아무렇지도 않게 씨-익 웃으면서 '얼씨구나 좋다'는 표정으로 뒤도 돌아보지 않고 가버렸다. 성질에 못이겨 사고를 치긴 했지만 후련함보다 걱정과 불안이 앞섰다. 요즘 호랑이보다 더 무서운 게 학부모라고 하지 않던가. 더구나 J 녀석의 아버지는 무섭기로 소문난 경찰관이라고 했는데…. 게다가 요즘 학원 사정이 별로 좋지 않다. 부동산 수 다음으로 많은 게 학원이고, 곧 학생 수보다 학원 수가 많은 시대가 온다고 할 만큼 아이들이 없어 경쟁이 치열하다. 어르고 달래도 부족할 판국에 내쫓기까지 하다니, 아무래도 간이 배 밖으로 나온 것 같다.

밤 늦게까지 퇴근을 하지 못하고 울리는 전화벨에 불안을 느끼며 기다렸지만, 녀석의 할머니와 아버지에게서는 아무런 연락이 없었다. 불행인지 다행인지 알 수 없는 감정으로 집으로 돌아왔다. 다음 날에도, 그다음 날에도 녀석은 나타나지 않았고 부모님에게서도 아무런 기척이 없었다.

사흘째 되던 날, 녀석은 너무도 의기양양한 표정으로 '안녕하세요'라고 인사를 하며 아무렇지 않게 나타났다. 순간 왜 반가운 마음이 들었을까. "다시는 오지 말라고 했던 것 같은데 왜…" 하마터면 마음에도 없는 말을 뱉을 뻔했다. 녀석은 이미 교실 안으로 사라졌고, 감출 수 없는 반가운 마음을 들킬까봐 차마 뒤따라가지 못했다. 어제의 일을 부모님께 알리지 않은 것 같아 기특하기도 하고 고마운 마음까지 들었다. 싸우면서 정든다고 그동안 미운 정 고운 정이 다 들어버린 것일까. 나중에 안 사실이지만 학원에 못 오는 사흘 동안 녀석은 학원 근처의 놀이터와 공원을 배회하며 시간을 보냈다고 한다. 그 소릴 들으니, 마음이 싸하게 아려온다(사람 마음 참 간사하다).

이런 입씨름이 몇 년째 이어지고 있다. 여전히 어느 한쪽도 양보할 기색이 없어 보인다. 애나 어른이나 똑같다는 말이 녀석과 나를 두고 나온 말일 거다. 나도 나지만 녀석의 고집도 어지간하다. 이쯤이면 지긋지긋할 만도 해서 학원을 그만둘 만도 한데, 그만두기는커녕 학원에 강력 접착제라도 붙여놓은 것처럼 붙어 있다. 꾸중에도 내성이 생긴 듯 눈 하나 깜박 않고, 나는 그런 녀석에 점점 길들어가는 느낌이다. 녀석은 정말 센 놈인 게 분명하다.

근처 학교에서 선생님을 고발하는 사건이 일어나 온 동네가 발칵 뒤집혔다. 학교 교장실이 아닌 교육 지원청 학폭위에 아이들이 직접 고발했다는 것이다. 처음에는 장난인가 싶었는데, 문제를 해결해주지 않으면 방송국에 직접 제보하겠다는 협박까지 했다니 요즘 아이들 참 대단하다.

선생님을 고발한 이유가, 수업 시간에 선생님이 아이들의 가방을 툭툭 발로 차는가 하면, 아이들을 공평하게 대하지 않았다는 것이다. 이참에 담임 선생님을 바꿔달라는 요구와 함께 선생님의 반성문까지 요구했다니…. 다행히 교육 지원청에서 나온 담당자의 중재로 담임 선생님이 아이들에게 사과하는 것으로 일은 매듭지어졌다.

녀석이 은근슬쩍 내게 다가와 목소리에 힘을 주며 그 소식을 전하고선 다음에 또 자기를 내쫓으면 고발하겠다며 협박을 하고 나선다. 그러고선 넌지시 사흘 동안 수업을 못 받았으니, 수업료를 내어달라고 한다. 한 치의 망설임도 없이 한 달 수업료를 다 내줄 테니 지금 당장 집으로 돌아가라고 큰소리쳤더니만, 녀석이 슬그머니 꽁무니를 내빼며 달아나버린다.

가끔 녀석의 반항이 관심으로 느껴질 때가 있다. 친해지고 싶은 친구나 가까워지고 싶은 사람에게 하는 행동 같은데, 다가서는 방법이 영 서툴고 거칠다. 관심이나 사랑받고 싶은 마음은 극진한 것 같은데…. 사람마다 좋아하는 마음, 관심 있는 마음을 표현하는 방식이 조금씩 다르긴 하다. J 녀석의 '왜요'도 좀 서툴긴 하지만 사람과 사람 사이를, 마음과 마음을 이으며 관계를 맺고픈 접속사가 아닐까.　　　　**한국수필**

● 작품 중 관심의 다른 말을 찾자면 '왜요?'라 할 수 있을 것이다. 작가는 '왜요'가 어떤 상황에서 일어나는지 또 작가가 보지 못한 학생의 '왜요'도 언급한다. 하지만 학생의 '왜요'라는 말 하나는 어떤 상황 하나도 명쾌하게 설명하지 못한다. 여러 개의 '왜요'를 모아서 들여다보면 비로소 그 뜻이 선명해진다. 언어의 불완전함과 위력을 함께 보여주었다. 독자로서 흥미로운 점을 작가의 '왜요'에 대한 시선과 글 속에서의 활용법이다. 작가는 작품의 마지막 문장에서 '왜요'를 접속사라 말한다. 해서 이 작품을 작가는 '관심의 다른 말'이라 했지만 나는 '말에 관한 관심'으로 읽었다.
/이상은/

납아리

윤혜주 miyai@hanmail.net

누가 놓았을까. 마당 한 편에 놓인 빈 그릇에 빗물이 떨어져 고이고 있다. '또 호롱 또 호롱 똑똑' 그러나 그리 깊지 않은 그릇은 품는 빗물 것보다 튕겨 나가거나 고인 물조차 흔들어 탈출하는 물이 더 많다. 마치 기다렸다는 듯 그릇을 벗어난 물은 거침없이 흩어져 표류한다. 조신하게 그릇 속에 담겼던 물조차도 나갈 때는 추호의 미련도 없다. 기다림도 없고 망설임도 없이 쏜살같이 달아나는 저 물의 의지가 당황스럽다. 밖으로만 향하려는 빗방울에 신열 앓는 그릇을 보며 누리끼리한 강구댁의 낡은 전대를 덧입혀본다.

바다 해녀들에게 중량벨트weight belt(잠수부의 양성부력을 중성부력으로 조절해줌)인 납아리가 있다면, 시장 상인들에겐 허리에 두르는 전대纏帶라는 납아리도 있다. 해녀들의 납아리는 허리띠에 납을 붙여 수심에 따라 무게를 조절한다. 수심이 얕은 곳은 가볍게 착용하고 깊은 곳은 무겁게 착용한다. 뭘 잡느냐에 따라 납아리의 무게가 달라지기 때문이다. 해삼을 작업할 때보다 말똥성게 작업할 때 상대적으로 가볍게 하는 이유다.

납아리는 생각보다 무거워 연로한 여성이 메기는 더욱 그렇다. 무거울수록 잠수하기는 수월하지만 반대로 물 위로 올라올 때는 그만큼의 힘이 더 든다. 물질에 지쳐 기운이 빠지면 위험에 빠질 수 있는 만큼 무게를 신중히 결정해야 한다. 물 위로 올라오는 일은 해녀의 생명과 직결되기 때문에 자칫하다가는 사람의 숨이 아닌 '물숨'을 만나기 때문이다. 수심의 높낮이를 오르내리며 작업을 돕는 해녀들의 납아리가 그녀들의 생명줄이자 생산의 힘이라면, 전대 또한 상인들의 삶인 장사 밑천의 생명줄인 동시에 규모를 결정하기도 한다.

시장은 사람과 쩐, 물건의 물이랑이 바다고 삶의 준거準據다. 그 중 활력과 쩐의 열기가 최고조인 곳은 바로 새벽 경매시장이다. 이즈음 제철 맞은 채소시장이 생동감으로 후끈 달아올라 있다. 상인들의 전대 속 쩐이 비장해지는 시간이다. 때론 이런 쩐의 민감함이 검보다 예리하게 작용해 그날의 시장을 좌지우지하기도 한다. 해녀들의 납아리 무게가 수면의 깊이를 의미하듯, 상인들의 전대 속 쩐은 강파른 하루 불림의 손익으로 대변해줄 것이기 때문이다.

일생 옹글지도 당차지도 못해 주저로운 허릅숭이 삶. 때 절은 낡은 전대 하나 숙명처럼 두르고 시장바닥에서 지난한 삶의 터널을 지나고 있는 강구댁은 내 오랜 단골이다. 전대 깊숙이 손 찔러넣고 게슴츠레하니 반쯤 감긴 눈으로 되새김질하듯 질겅질겅 커다란 입을 하염없이 움직인다. 어쩌면 빈 입과, 불편한 다리를 쉼 없이 움직이는 강구댁의 저 오랜 습관은 채워지지 않는 그녀만의 농도 짙은 허기거나 결핍의 또 다른 언어인지도 모른다.

오늘, 새벽 경매시장에 나온 강구댁 전대가 제법 묵직하다. 오래간만에 보는 무게감이다. 이 바닥에서 잔뼈가 굵은 초감각적인 눈으로 경매시장을 한 바퀴 둘러본 뒤, 강구댁 리어카는 모처럼 이슬 머금은 싱싱한 푸른 것들을 수북하니 실었다. 갓 지은 하얀 고봉 쌀밥을 마주한 충만함이다. 행상 내내 한번쯤은 두둑한 전대의 힘을 빌려 저 푸르싱싱한 숨탄것들을 리어카 가득 싣고 싶었을 강구댁이다. 묵직한 납아리를 두르고 바다 깊숙이 헤엄쳐 들어갈 때 기대했을 해녀들의 마음처럼. 아마도 오늘 강구댁의 저 싱싱한 것들은 숨 죽기 전에 시나브로 리어카를 비우고 어둑한 좁은 골목을 전전하지 않아도 될 것이다.

수년간 나는 강구댁의 시들고 한물간 것들의 떨이단골이다. 사시사철 대가족의 밥상엔 강구댁의 리어카에서 옮겨온 상추, 치커리 같은 쌈 채소에 유채, 두릅, 머위, 엄나무 순 등을 무치고 버무리고 볶은 나물을 끼니마다 밥상에 올렸다. 뚝배기에 끓인 된장, 종지에 담긴 고추장 한 술이면 입이 호사스러운 밥상의 조연들 모두가 강구댁 리어카의 떨이들이다.

우리는 일을 통해서 서로의 삶을 들여다보기도 한다. 지금 내 삶에 지난한 강구댁의 시간이 조금 더 깊숙이 들어온 것은 먹거리로 만난 소중한 인연이기 때문이다. 충분함이란 평온함과 어려움의 결합이라고 했던가. 좋은 삶을 사는 데는 이런 작은 기쁨만으로도 충분함을 깨닫는 것은 강구댁의 강고하면서 옹그리진 삶을 지켜보면서다.

풋 각시 시절부터 수입 한 푼 없는 집안을 먹여살리고자 시작한 행상이었단다. 병중인 시부모님과 도시락 싸는 남편의 많은 형제들, 그리고 어린 자식들을 굶길 수는 없었다. 그녀라고 좋은 물건 보는 눈이 왜 없을까. 간당간당한 밑천으로 리어카를 채울 수 있는 건 경매시장 뒷전으로 밀려난 한물간 것들을 저렴한 가격에 받아 싣고 떨품 파는 골목 행상뿐이었다고 했다.

'떨이해주소.' 어스레한 골목에서 지친 강구댁이 내뱉는 애원조에 매번 사들여 먹은 채소만 얼마였던가. 고일 새도 없이 튕겨 나가기만 하는 빈 그릇의 빗물 같은 강구댁 전대의 쩐들. 아직도 병상의 남편과 먼저 간 아들이 남긴 청력 잃어가는 손자 병원비에 애간장을 태우며 리어카를 끄는 나날이다.

운명처럼, 곤궁한 삶이 밀어내 어쩔 수 없이 물속 삶을 사는 해녀들은 하나같이 바다가 고요하고 편하다고들 말한다. 물속이 예쁘다고도 한다. 강구댁 역시도 시장에 가면 '살아야지, 어떻게든 살아야지' 하는 억척스러운 마음이 든다고 했다. 그러고 보니 사람의 근성이란 몸이 눕고자 할 때도 내 뿌리를 생각하며 허리를 곧추세우고, 마음에 꾀가 나도 샛길로 빠지지 않고 제자리로 돌아가는 중력 같은 것인지도 모른다. 그 근성 하나로 시장 좌판과 행상의 삶을 묵묵히 이어가는 저 초로의 질박하고도 경이로운 여인의 삶. 굴곡 없는 인생 없고 고난 없는 삶이 존재하지 않는 건, 사는 것이 곤란하여 어렵고 힘든 시련의 연속이기 때문이리라.

나는 모처럼 자글자글 웃으며 강구댁이 싣고 온 싱싱한 상추와 치커리를 쌈 싸 한 입 욱여넣는다. 쌉싸래함 뒤 스며드는 달보드레함에 뭉클해진다. 내일도 그녀의 낡은 전대에 햇살 가득 들어 좀 더 오래 머물기를 응원하며 또 한 입 크게 밀어넣는다. 문학秀

● 가녀린 어깨에 밥벌이를 짊어진 여자들, 그들의 질박한 인생을 공감하며 연민하는 작가의 거침없는 마음씀이 빗물처럼 튕겨 나가 행간에 표류하다가 푸른 바닷물처럼 떠밀려와 철썩댄다. 납아리와 전대를 소재로 여인의 인생을 뜨겁게 해석해내는 비유의 힘이 묵직하다. 오늘도 강구댁이 종일 발품으로 채운 무거운 전대를 매고 빈 리어카를 밀고 돌아가는 씩씩한 뒷모습이었으면 좋겠다. 여름날 수돗가에서 상추를 씻다가 문득 강구댁 이름이 생각날지도 모르겠다. /김희정/

팔색조

이삼우 sw235@hanmail.net

팔색조는 천연기념물 204호다. 개똥지빠귀와 비슷하고 흰눈썹황금새, 삼광조와 더불어 주로 제주도와 남부 해안가 숲에 관찰된다고 한다. 부위별로 팔색 찬란한 아름다움을 드러내는 후조候鳥다. 화려하게 변신을 잘하는 사람에게는 처신의 달인으로, 천의 얼굴로 연기하는 배우에게는 찬사의 의미로 팔색조 같은 사람이라고 말한다.

애증이 머무는 뜨락에서 버거운 남자와 살아가는 한 여인이 있다. 팔색조처럼 입음새가 화려하거나 사치와는 거리가 먼 검박한 주부다. 길섶에 숨어 피는 냉이꽃같이 자신을 허투루 드러내지 않을 뿐, 꼿꼿한 자존감과 순백한 마음을 지닌 여인이기도 하다. 네 남자만 사는 성곽에 갇혀 살다보니 설레야 할 보랏빛 청춘이 있기나 했을까.

그녀도 어느덧 칠순 고개를 넘어섰다. 경로우대증 카드로 지하철을 타면서 공짜라고 흐뭇해한다. 담박하면서 귀여운 구석이 있다. 쥐와 마주치면 바퀴벌레나 뱀보다 더 기함한다. 쥐띠인 내가 기분이 좋을 리 없지만, 굳이 내색하지는 않는다. 쥐띠와 말띠는 궁합이 십이간지 중 상극

이어서 상충살相沖殺이 있다고 사주풀이를 하기도 한다. 둘 중 한 사람은 쥐 죽은 듯 살아야 할 운명이라지만 지금껏 말 등에 올라타 그냥저냥 잘 버티고 있다.

그녀에게도 갱년기는 넘을 수 없는 수미산이었을까. 세월의 나무에 흔들리며 고운 미성은 잦아들고, 지치고 갈라진 목소리가 스며들었다. 음색에 미묘한 파문이 일고 음폭도 넓어지고 높아졌다. 목청 파장에 따라 곁에 있는 식구도 신경 줄이 팽팽하게 당겨졌다가 엿가락처럼 늘어지기도 한다. 감정의 기복도 예측불허라 어느 구름 속에 비가 들었는지 알기 어렵다.

음색은 공명의 진동에 따라 변성되고, 목소리의 톤이나 억양은 감정 따라 변하는 호흡이 영향을 미친다고 한다. 그녀는 언제라도 도, 레, 미, 파… 음계 속에 숨겨둔 팔음계八音階를 쏙 끄집어내어 상대에 따라 맞춤형 대화를 구사하는 능력이 탁월하다. 천의 목소리를 목젖 깊숙이 숨겨두고 있는 것이 틀림없다.

남편에게 건네는 대화는 대체로 건조하고 허허롭다. 영혼이 깃들지 않아 공허한 바람이 인다. 음색에도 윤기가 없어 까칠하다. 평생 내 것으로 알고 있었던 처녀 시절의 수줍은 듯 고운 목소리, 젖은 듯 촉촉한 속삭임은 환청이었을까.

친구와 이야기할 때는 낭랑하다. 타임캡슐을 열어젖히고 풋풋한 여고 시절로 되돌아간다. 손주 자랑에 시간 가는 줄 모르고, 천정부지로 치솟는 아파트 시세에 흥분하기도 한다. 몸매 타령으로 한숨 내쉬다가 급기야는 집안에 얼쩡대는 남편 험담으로 마무리한다. 며느리 이야기가 이어지는 날은 밥솥이 새까맣게 타들어간다.

아들과의 전화는 음색이 눅진하고 애틋하다. 서울시민으로 살아가는 큰아들에게는 한껏 도와주지 못해 안쓰러워하는 모정이 휴대전화 속으로 젖어든다. 집밥이 엄지척이라며 세끼 밥을 꼬박꼬박 챙겨먹던 작은아들이 결혼하면서 앓던 이를 뽑아버린 듯 시원했던가. 둘째에게 향하는 음성은 솜사탕처럼 달달하다. 객지에서 애완견 '달자'를 키우며 유유자적 독신으로 지내는 막내는 숨기고 싶은 아킬레스건이다. 장가가라고 윽박지를 때는 숨결이 가쁘고 된소리가 난다. 이럴 땐 옆에 있다가 새우 등 터질까 슬그머니 자리를 뜨는 게 상책이다.

며느리들과 대화할 때는 목청꿀이 묻어난다. 시어머니로서의 품격을 잃지 않으면서 진득하고 곰살맞다. 속마음이야 어떻든 아들보다 며느리 음역을 맞추어가는 현명한 처신이 돋보인다. 시어머니 앞에서 아들 험담하는 철없는 며느리도 학의 날개깃으로 품어안는다. 어른으로서의 너그러움과 아우라가 느껴진다.

손주들과 통화할 때는 아르페지오 가성까지 곁들여 함박꽃이 핀다. 말끝마다 목화솜이 봉긋봉긋 터지고 성대 깊숙이 숨겨두었던 옥구슬이 돌돌 구른다. 스마트폰 너머에서 손녀들이 굴뚝새처럼 재잘거린다. 썰렁한 집안에 모처럼 부드러운 화음으로 훈기가 오랫동안 머문다.

오선지 맨 윗줄의 높은음표는 아랫줄에 웅크리고 있는 낮은음표를 슬그머니 깔아뭉개려 한다. 부부 듀엣으로 화기애애 곡조를 맞추다가도 가끔 불협화음으로 티격태격하기도 한다. 협주에 파열음이 생기면 소프라노와 바리톤이 오선지에서 내려와 한바탕 진검승부를 겨루지만, 결과는 볼 것도 없다. 언제나 바리톤이 어이없이 패한다. 목소리가 커야 이기는 세상이 그녀의 집에도 통한다.

바리톤에도 봄바람이 혹 불어올 때도 있다. 뜬금없이 "백화점 쇼핑하러 가자"라고 할 때나 "외식 한번 어때요?" 하며 분위기를 띄울 때는 그녀의 목소리가 안개비처럼 노긋하다. 속이 뻔히 보이지만 상대가 평화의 메시지를 보내니 바리톤도 날선 꼬리를 감추고 베이스로 돌아간다.

팔색음八色音은 그녀가 가족과 소통하는 울림이다. 시시각각 어깃장으로 뻗대는 한 남자를 달래며 어디로 튈지 모를 세 아들의 고삐를 다 잡느라 성대가 성할 날이 없었으리라. 주눅들지 않고 알토와 소프라노를 넘나드는 간절한 비원으로 바람 잘 날 없는 가정을 굳건히 지켜냈을지도 모른다.

낙엽 구르는 소리와 속삭임 등은 데시벨 측정 기준으로 10~15dB 정도이고 보통의 대화가 40~60dB 범위라고 한다. 아내가 남편에게 띄우는 목소리와 남편이 아내에게 건네는 말투가 데시벨 기준으로 측정한다면 어느 정도일까. 내가 이길까, 아내가 이길까.

살면서 별것이 다 궁금할 때가 있다. **계간현대수필**

The 수필

● 이토록 따뜻하고 정중한 고백이 또 있을까. 팔색조의 외적 화려함과 대비하며 상황과 상대에 따라 변색되는 아내 목소리를 팔색음이라고 비유해 문장을 맛깔나게 주무른다. 역설적이고 해학적인 문장력은 아내를 향한 존귀함을 품고 있어 인간적이고 아름답기만 하다. 은근슬쩍 아내를 경청하고 자랑스럽게 여기며 인생을 관조하는 모습과 소담한 세월만큼 지난하고 깊은 부부의 정과 드라마를 느끼게 한다. 팔색조를 핑계삼아 진심과 사랑을 건네는 멋있는 남편의 멋진 고백이라고 읽는다.
/김희정/

이윽고 슬픈 사투리

이정숙 2bequiet@hanmail.net

오래 전 일이다. "예비 신랑이 경상도 사람이에요. 상견례를 했는데 그쪽 부모님 말씀을 하나도 알아들을 수가 없었어요." 결혼 준비를 위한 정보 교환과 속풀이 목적으로 가입했던 인터넷 카페에는 이런 종류의 글이 심심찮게 올라왔다. '설마하니 그러려고. 경상도 말이 억양이 좀 세고, 어르신들 말씀이라 어휘가 낯설긴 했겠지. 시부모 될 자리가 낯선 외국어나 외계어를 구사하는 것도 아닌데 하나도 알아들을 수가 없다니 말이 돼?' 떨떠름한 마음이었다. "못 알아듣는 말씀을 하시거든 여쭤보세요. 자꾸 듣다보면 귀가 뚫립니다. 담화 맥락을 통해서도 유추하실 수 있을 거예요"라고 쓰다가 가시 돋친 말의 뉘앙스를 누군가 알아채기라도 할까봐 댓글 쓰기를 그만두었다.

넓지 않은 땅덩이 안에서 특정 지역, 특히 남쪽 지역 방언을 웃음의 소재로 삼는 예가 종종 있어 내심 못마땅하던 차에 그 글이 꼬부장하게 보이기도 했다. 조언을 가장한 지적을 하려고 잠시나마 마음먹은 이면에는 적어도 내 나라 안에서 의사소통의 불편함 따위는 겪을 리가 없다는 자신감도 한몫했을 테다. 할머니와 한집에 살았던 스무여 해 시간 덕분에 어르신들의 옛말이나 사투리는 문제없이 알아들을 수 있었다. 더구나 친정집 부산과 시댁 밀양은 말하자면 경상도문화권으로 묶이는 곳이 아닌가. 의사소통의 장애는 요즘 말로 '1도' 걱정하지 않았다.

'귀가 막힌' 순간이 머지않아 찾아왔다. 신혼여행을 마치고 친정에 들렀다 시댁으로 입성한 신행길. 요즘 젊은 부부들이 신혼여행의 줄임말로 이해하고 쓰는 '신행'의 본뜻을 알려주고 싶어 안달났던 순간이 한두 번이 아니다. 아무튼, 그 신행에서 나의 오만함은 깨지게 되었다.

아들 내외를 환대하던 어머니가 남편에게 말했다.

"can not."

할 수 없다. 그렇다면 무엇을? 주입식 교육의 결과, 강산이 여러 번 바뀔 동안에도 잊히지 않고 입에 붙어버린 영어 숙어들이 자동으로 떠오른다. 'can not help ~ing, can not but 동사 원형….' 남편은 심상한 얼굴로 대답했다.

"예."

둘의 표정을 재빨리 눈으로 스캔해보았지만, 암호를 주고받는 것 같지 않다. 되묻고 싶었으나 막 신행 온 며느리가 모자간 대화를 끊기란 쉽지 않았다.

'can not'의 정체는 경상도 방언 특유의 음운 탈락과 축약의 결과와 맞닿아 있었다. '그렇게 하다'를 '그카다'로, 과거형은 '그캤다'로 줄인 것도 모자라 시부모님은 첫음절 '그'마저 생략해 '카다'와 '캤다'로 발화할 때가 많다. 이 과감하기 그지없는 음운의 변동현상이 의문형 '캤나(캔나)?'로 나타난 것이다. 그렇다면 무엇을 했더란 말인가? 사건(?)의 전모는 이러하다.

신혼여행에서 무사 귀환했음을 전화로 보고하는 남편에게 시부모님이 신신당부하신 바가 있었다. 정식 사위 자격으로 처음 밟는 처가 방문길에 빈손으로 가는 무례를 범하지 말라. 소고기 좋은 것으로 넉넉히 끊어 가라. 고깃값은 집에 올 때 주마고 여러 번 당부한 만큼 지시대로 이행했는지가 퍽 궁금했을 테다. '(시킨 대로) 그렇게 했니?'의 '캤나'는 바로 그러한 곡절이 있었던 말이다. 지금 생각하면 영어의 'can not'과 첫 음절에 강세를 두는 '캤나'는 억양부터가 다르거늘, 순간적으로 이해하지 못한 말이 잠시 허공에 떠 있다가 말도 안 되는 상상으로 귀에 꽂혀버린 것이다.

이상한 상상력의 뿌리는 괴담 수준의 뜬소문에 있었다. 당사자가 공개적으로 부인했음에도 오랜 세월 회자되다 TV 드라마 여러 장면에 모티프를 제공하기도 했던 일화이다. 재벌가로 시집간 모 배우를 시집 식구들끼리 영어로 대화하며 따돌리다 그녀가 영어 대화를 알아들을 만큼 공부하고 나자 프랑스어로 대화했다든가 하는. 시댁이 재벌가가 아니고 그녀 발끝에도 미치지 못하는 외모를 지닌 나에게는 그야말로 객쩍은 상상일 따름이다.

얼마 전 가평에 갔다 들르게 된 한 커피숍. 나지막하고 평탄한 억양으로 발화되다 의문형 어미만 살짝 올리는 말투에 기가 죽어, 다른 지역 카페에 가거든 블루베리스무디를 절대 주문하지 말라던 유언같이 비장한 말을 떠올린다. 이 음료의 명칭을 입 밖으로 내뱉는 순간 경상도 화자를 단박에 알아챌 수 있다는 전언이다. 다 같이 해보자. "블루베리스무디." 첫 음절부터 세 번째 음절인 '블루베'까지는 점점 음이 높아지다가 네 번째 음절 '리'부터 마지막 음절 '디'까지 하강조로 발음하고 있다면 의심의 여지없이 경상도 화자이다. 영화 〈친구〉 속 동수의 대사 "니가 가라 하와이"의 음보를 오선지에 그려넣으면 이와 유사할 것이다.

남편이 대학 신입생 때의 일이다. 학과 오리엔테이션에서, 동아리 모임에서, 밀양에서 왔다고 하니 '쌀'을 발음해보라는 사람이 그렇게 많더란다. "자기네들도 서울 사람이 아니면서 남의 사투리 가지고 그렇게 입들을 대더라고." 안타깝게도 남편의 '쌀'과 '살'은 물리적으로 변별되지 않는다. 맥락으로 파악할 뿐이다. 정작 본인은 바르게 발음하고 있다고 강하게 믿고 있을 뿐이니 믿는 자에게 복이 있나니.

『구약성경』 사사기에는 이런 내용이 있다. 에브라임 족속과 싸우던 길르앗 족속이 도망가는 에브라임 사람을 색출하기 위해 '쉽볼렛'이라는 단어를 발음하게 한다. '십볼렛'이라고 발음하면 에브라임 사람인 것으로 간주되었고 이에 죽임당한 자가 4만2천 명에 이른다는 담담한 서술은 소름이 돋게 한다. 멀리 구약시대까지 갈 것도 없다. 관동대학살 당시, 일본인과 조선인을 구별하는 과정 중 어려운 일본어 발음이 이용되었고 이 과정에서 발음이 불분명하거나 청각장애가 있는 일본인 또한 조선인과 함께 희생되었다.

삶과 죽음의 경계가 혀끝에 머무는 참으로 아슬아슬한 순간까지는 아니더라도 내 입에서 나오는 말이 나의 본질을 대변하는 때가 살다보면 오는 듯하다. 조금 과장하자면 '언어'가 '나'로 환언되는 순간이 누구에게나 한번쯤 오게 마련이다. 어떤 사람의 말실수가 꼬리표처럼 따라붙어 그것이 마치 그의 전부인 것처럼 오해받게 되는 때가 있다. 말실수란 애초에 있을 수 없다는 강경주의자도 있다. 그 사람의 평소 생각이 언어로 표출된다는 이유에서다. 그러한 관점에 따르면 무의식적인 말실수라는 것은 더욱 있을 수 없는 일이다.

무라카미 하루키는 1990년대 초 미국 뉴저지주 프린스턴대학에 머물 당시에 쓴 에세이를 책으로 엮어 '이윽고 슬픈 외국어'라는 제목을 붙였다. 저자는 말한다.

"이 책의 「이윽고 슬픈 외국어」라는 타이틀은 나에게 있어서는 상당히 절실한 울림을 갖고 있다. (중략) 그러나 '슬픈'이라고 해도 그것이 외국어로 말해야 하는 것이 힘들다거나, 아니면 외국어를 잘 말할 수 없어 슬프다는 건 아니다. 물론 조금은 그럴지 몰라도 그것이 중요한 문제는 아니다. 내가 정말로 하고 싶은 말은 무슨 연유인지 자명성自明性을 지니지 않은 언어에 이렇게 둘러싸여 있다는 상황 자체가 일종의 슬픔과 비슷한 느낌을 내포하고 있다는 것이다."

영어 구사가 능숙하다는 하루키조차 종일 영어에 둘러싸인 기분을 '슬픔'으로 표현한 것일까? 이와 마찬가지로 편한 옷 같고 공기 같기도 한 경상도 사투리. 그 경계를 벗어났을 때 뭔지 모를 차가움과 불안을 나는 느끼고 있다. 억양을 최대한 죽이고 말하다가도 어느 순간 불쑥 고개를 드는 본연의 나. 방언을 사용하는 것이 부끄러운 일은 아니지만, 타인이 나의 출신 지역을 말투로 바로 짐작할 수 있다는 사실에 나는 슬픔과도 비슷한 감정을 느낀다. 블루베리스무디는 됐고 아메리카노나 한잔할까? 그러나 아메리카노를 발음해도 금세 탄로나는 내 정체. '카'에 강한 엑센트가 사정없이 찍히는 것을.

가평에서 집으로 돌아오는 길. 구미 선산휴게소쯤이면 아메리카노든 무엇이든 자신 있게 주문할 수 있다.

수필과비평

● 작가는 처음 시댁에서의 의사소통 과정에서 겪었던 어려움을 매우 유쾌하게 풀어내고 있다. 특히 'can not'으로 들었던 '캔낫'라는 표현의 일화는 흥미롭게 다가온다. 무라카미 하루키의 『이윽고 슬픈 외국어』라는 책 제목을 인용하여, 사투리에 둘러싸인 상황을 슬픔과 비슷한 느낌으로 표현한 부분이 인상적이다. 통통 튀는 듯한 감각적인 언어로 사투리와 표준어 사이의 간극을 세밀하게 포착한 작가의 관찰력과 구성력이 돋보인다. /심선경/

밤을 읽다

장경미 | ala127@hanmail.net

낯이 세상의 색을 거둬가면 밤은 묵직한 어둠을 끌고 온다. 빛을 잃은 세상은 지겨운 가면을 벗어버린다. 이성에 눌려 있던 본성이 고개를 드는 시간이다. 형형한 눈빛을 번쩍이며 날뛰는 광기를 용인하는 밤은, 꺼져가는 생명에 냉정하다. 그런 밤 속에서 한 남자의 생은 숨을 팔딱이며 스러져갔다.

어둠이 차지한 다섯 평 원룸은 주인을 잃자, 시간이 멈췄다. 싱크대에 널브러진 그릇은 슬픔의 때를 벗지 못했고, 세탁기에 던져진 옷가지는 시큼한 그의 냄새를 품었다. 둘둘 말린 한 달 치 약이 냉장고에 가득하다. 반찬보다 더 큰 공간을 차지하고도 그를 살리지 못한 죄책감에 굳어 있다. 붙박이장엔 덩그러니 어둠을 덮고 있는 신발 상자가 보인다. 현관 앞에 아무렇게나 놓인 낡은 운동화에 비하면 검은 정장 구두는 발에 꿴 흔적이 없다.

출국 도장 한번 찍히지 못한 여권과 확인하지 않은 복권이 상에 놓였다. 날지 못할지라도 남자는 날개를 갖고 싶었던 것일까. 행운 점을 치듯 검은콩으로 숫자를 만들며 잠시나마 하얀 구름 위를 걸었을지도 모른다. 이제 그의 날개를 꺾을 무엇도 존재하지 않는다. 그 가벼움에 날개를 달아본들 무슨 소용이 있으랴만.

밤의 깊이는 깎아지른 절벽 같아서 외로움을 수직으로 퍼올린다. 불면의 시간은 아무런 가책도 없이 잠을 훔쳐 달아나기 일쑤다. 푹푹 빠지는 밤의 늪에 발을 내딛는 순간부터 혼자가 된다. 의식은 더욱 또렷해진다. 뼈마디를 훑고 지나는 밤의 혀에 날카로운 고독이 묻었다. 그도 등이 오그라드는 밤을 숱하게 버텨냈겠지.

'꼭 챙겨야 할 물건'이라는 쪽지가 붙은 주머니에 그의 한때가 담겨 있다. 꾹꾹 눌러쓴 삐뚤빼뚤한 글씨에서 남자의 간절함을 읽는다. 사진첩 속에는 남자의 웃음만이 지난 시간을 애도한다. 챙기지 못한 그의 희미한 미소 속에 알 수 없는 사람들의 얼굴이 겹친다. 어쩌면 가족에게 전해지기를, 기억해주기를 바란 건 아닐까.

밤은 인색하다. 소통과 교류의 조그만 틈도 허락하지 않는다. 철컥철컥 가게 문을 닫고 집마다 현관문도 잠근다. 지극히 사적인 시간은 세상의 소리를 차단하는 데 익숙하다. 혹여 어디선가 들려오는 찢어질 듯한 비명은 견고한 벽에 부딪혀 허공에서 부서진다. 남자의 작은 공간도 차가운 밤을 피하지 못했다. 사람들이 귀를 닫고 따뜻한 불빛에 취해 있었을 때 그는 마지막 숨으로 밤의 냉갈령을 맞았으리라.

밤이 다시 남자의 방을 찾았다. 한 사람의 모든 것이 사라지고 없다. 그의 체온을 마지막으로 보듬었을 자리도 치워지고, 장판이며 벽지까지 뜯겼다. 살림살이가 모두 빠져나간 방은 휑하니 커보인다. 싹싹 문질러 그의 흔적을 지워버린 방은 아무 일도 없었던 것처럼 시치미를 떼고 있다.

　이젠 육신으로 남아 있지 않은 남자를 뉴스에서 떠올린다. 나이는 오십팔 세, 이름 중 한 글자를 따서 '길이 삼촌'이라 불린 남자. 그의 죽음을 처절하게 알렸던 냄새와 마지막 삶이 잠깐 조명을 받는다. 어느 이웃은 "성격 좋고, 인상도 좋은 사람이었다. 찾아오는 사람은 없었다"라며 그를 기억한다.

　그의 흔적을 품은 검은 비닐봉지가 트럭 뒤칸에 실려 떠나간다. 차꽁무니에는 고인의 명복을 비는 댓글 행렬이 따라나선다. 그가 들을 수 없는 말들이 행간 밖을 떠돈다. 얼굴 한번 본 적 없는 그가 내 안으로 들어왔다. 온기가 사라진 싸늘한 옷뭉치가 검은 봉지 속으로 툭 던져지는 것을 보았다. 그가 세상 밖으로 밀려나는 것만 같아 가슴이 선뜩했다.

　혼자만의 밤에 흠뻑 빠져들던 때가 있었다. 밤이 주는 차분함을 즐겼고, 별을 보면서 고독한 예술가 빈센트 반 고흐를 떠올렸다. 외로움이 밀려오면 철저하게 외톨이가 되었다. 살아 있기에 느낄 수 있는 감정이라 여겼다. 감정 또한 유한하다는 것을 그때는 몰랐다. 갱년기가 시작되면서는 밤이 두려워지기 시작했다. 노래를 들어도 시큰둥하고 좋아하는 빗소리에 흠뻑 젖어드는 열정도 사라졌다. 이렇게 갱년기는 삶을 무기력하게 만들었다.

　밤은 예리하다. 묵정밭처럼 황폐한 마음에 촉수를 뻗는다. 우울의 씨앗을 퍼부어놓고는 등을 보인다. 그늘처럼 습기가 많은 밭에서 싹은 금세 자라나 주위를 잠식한다. 꼿꼿한 줄기 하나 없는 환삼덩굴이 키 큰 소나무를 덮어버리듯 하루가 다르게 번진다. 씨앗이 뿌리내린 것도, 싹이 자라는 것조차 알아차리지 못하면 돌이킬 수 없는 결과를 초래할 수도 있다.

슬슬 어두운 기운이 다가와 손을 잡으려 할 땐 벌떡 일어나 세상 속으로 나간다. 다행히 집 앞에 공원이 생겼다. 바다를 보며 걸을 수 있어 마음을 다독이기에 안성맞춤이다. 푸른 물결에서 생기를, 북적이는 사람들에게서 활기를 얻는다. 깊은 어둠이 걷힐 때까지 햇볕에 마음을 말리고 축축한 생각들을 끄집어내 바람에 헹군다.

누구에게나 찾아오는 밤이지만, 밤의 결은 사람마다 다르다. 결이 곱거나 거칠 수도, 모가 나거나 주름질 수도 있을 거다. 그와 나의 결은 별반 다르지 않게 읽힌다. 외로움이 긁어대는 소리가 귓전에 울려서일까. 밤을 흔드는 쓸쓸함의 진동은 어둠을 타고 여기저기를 집요히 파고들 테다. 어딘가에서 삶과 이별을 하고 있을 또 다른 길이 삼촌들에게로.

남자가 없는 세상은 여전히 바쁘게 돌아간다. 태어날 땐 누군가 곁에 있었을 텐데. 외로웠을 마지막 밤이 눈에 밟힌다. 그는 아무도 모르게 조용히 떠났으나 많은 이의 가슴을 흔들어놓았다. 고작 비닐봉지 하나로 정리된 사람, 어쩌면 누군가의 삶을 읽는다는 건 남겨진 자의 몫일지도 모르겠다. 남자를 통해 삶과 죽음의 경계가 밤과 낮의 경계 같은 게 아닐지 생각한다.

저녁놀의 붉은 빛이 마지막을 불태우고 사그라든다. 어둠이 몰려온다. 우울의 냄새가 퍼지기 전 온기가 흐르는 등불을 밝힐 시간이다.

에세이문학

● 낮의 밝은 빛이 사라지면 밤의 어둠은 그 실체를 적나라하게 드러나는 법. 오히려 인간 삶의 진실은 어둠 속에서 더 잘 보인다. 한 남자 즉 소우주 하나가 사라졌으나 세상은 아무것도 알지 못하고, 아무 일도 없었다는 듯 시침뗀다. 현대사회의 씁쓸한 단면이다. 그러나 한 인간의 존재성이 고작 방송 화면 몇 컷으로, 혹은 비닐봉지에 담겨 사라지는 순간, 화자의 관심과 필력에 의해 존재성을 부여받는다. 비록 서술 방식은 어둡고 쓸쓸하나 '인간의 삶이 이래도 되나요?' 우리의 존재성을 묻는 나지막한 목소리와 그의 시선만은 따뜻하다. /김지헌/

착하게 살기에 너무 늙었다

조문자 rain9006@hanmail.net

삭아간다. 허리는 비에 젖은 참나무 둥치 같고 눈가는 누군가에게 버림받은 설움인 양 잔주름투성이다. 사는 게 조금도 재미없다는 꼴을 하고 세상사 냉소적이다. 착하게 살기에 나는 너무 늙었다.

위층 여자는 청춘은 일찌감치 끝났으나 외모에 자신감이 넘친다. 동창회 파티에 입을 옷을 몇 개월 동안 보러 다니고 새로운 옷차림을 디자이너처럼 연구한다. 액세서리 찾는 눈썰미가 코디네이터를 능가한다. 적당한 노출로 관능적인 미를 과시한다. 살이 찐 몸매보다 패션 감각을 잃어버리는 자신을 더 두려워한다. 아름다움이 곧 존재감이다. 다리에 힘이 없어 타박거리면서 뒤뚱뒤뚱 우아한 카페를 찾아다닌다. 색깔만 보고도 맛있는 커피를 구별해낸다. 그녀와 비교해 나는 개뿔, 내세울 거라곤 없다. 즐거움을 비관으로 보는 재주밖에 없다.

컨테이너 하우스 낡은 카페 구석진 자리에 다리 하나 삐걱거리는 나무 탁자 있다. 누가 거기에 앉을까 싶지만 누추함이 풍겨내는 낭만은 있다. 손님 없어 파리 날리는 날은 궁둥이 붙이고 앉아 커피 한 잔으로 한나절 뭉갠다. 가슴 밑바닥까지 훑는 알토 '문주란'의 절창 〈나야 나〉를 주인은 자주 틀어놓는다. 딱 내 스타일이다. 그래, 나야 나는 남자가 안고 블루스를 추려 해도 옥수수 포댓자루 같아서 착 안기지 않는 여자다. 솔직히 이등이라는 포지션을 좋아한다. 날콩보다 배릿했던 시절 친구 등쌀에 못 이겨 연극 좀 했다. 카메라에 되도록 잡히지 않으려고 주연을 방패막이 삼은 조연이었다. 남 앞에 서는 일이 성격에 맞지 않는다. 나란 존재가 눈에 띄지 않는 이 상태가 감사하다. 이런 여백마저 없다면 각박한 세상에서 어떻게 휩쓸려가지 않고 남아 있을 수 있었겠는가. 미안해 기자. 기자는 어릴 적 불렀던 내 이름이다.

현대인은 속을 뒤집어보면 그지없이 고독할 것이다. 아파트는 애견족만 사는 착각이 들 정도로 웬만큼 사는 집은 개를 키운다. 개와 산책하는 사람은 애어른 할 것 없이 분위기는 시詩적이다. 율리시스가 긴 장정 끝에 변장하고 집으로 돌아왔을 때 유일하게 주인을 알아보고 반겨준 이는 개, 아르고스였다. 인간이 인간을 사랑하는 일은 배신과 갈등이므로 배신당할 염려 없는 개가 필요한 걸까. 털이 뽀글뽀글한 개가 꽃밭에 코를 처박고 있고 중년 남자가 그 곁에 서 있다. 개끈을 꽉 움켜쥔 외로운 남자의 손을 물끄러미 바라보고 있는데 그가 주뼛주뼛하더니만 불쑥 곁으로 다가와 캔커피를 보여주며 뜬금없이 말을 건다.

"저… 저… 이 커피 사드릴 수 있습니다."

뭣이라고? 가슴을 냅다 질러버린 충격이다. 그 자리에 굳어버린다. 나 말고 다른 사람이 있는지 두리번거렸으나 휑뎅그렁하니 아무도 없다. 그러니까 건초같이 윤기 없는 얼굴에 더벅머리 중년 남자가 귀밑머리 허연 할매한테 데이트하자는 말이다. 눈앞이 뽀얘진다. 저 먼 나라

쿠바도 아닌데 싱거운 인종이 대명천지에 번연히 살고 있다니. 캔커피란 말이, 사주겠다는 말이, 아침마저 굶어 허당한 속을 후려친다. 새 옷 입고 외출했다 물벼락 맞은 기분이다. 커피 깡통을 빼앗아 구둣발로 박살내고 싶도록 으으 부아가 치민다. 졸아드는 남자의 얼굴을 뜯어본다. 가만 보니 덜떨어진 사람은 아닌 것 같다. 입 열기까지 다소 시간이 걸리지만 일단 말문이 트이면 온화한 어조로 재미난 이야기를 들려주는 사람 있는데 그런 인간미가 느껴진다. 어딘지 성경책이나 들어야 어울릴 사람처럼 순박한 시골 정취를 돋워주는 위인이다.

이런 하찮은 일로 열받을 건 없다. 뒤틀린 심사를 억지로 가라앉힌다. 갑자기 왜 이리 착해지는 것일까. 보리밥에 열무김치 비비듯 연민이 가슴을 비빈다. 말하자면 여자 꾀는 비법을 가로 왈 세로 왈 알려줘야겠다. 푼수 짓도 이쯤이면 풍년이지 싶다. 남자에게 훈수 둔다. 여자를 꾀려면 우선 자기 자신부터 유혹해야 한다고. 뻔뻔스러움이 오히려 유리한 태도라고. 모세 이후 모든 카리스마가 지닌 핵심적 자질이라고. 남자는 눈을 게슴츠레 뜨고 '뭘 좀 아는군' 다소 어이없는 표정으로 바라본다. 팔자에 없는 짓 했다. 텔레비전 재방송 프로그램 틀었나보다. 돈 받으러 왔다가 도리어 잡힌 짝퉁명품 장사 같다. 에라 모르겠다. 어깨에 침이나 맞으러 가야겠다. 한의원으로 헛둥헛둥 오리걸음 옮긴다.

아프리카 피그미족을 돕는 단체가 파라솔을 펴놓고 후원자를 모집하고 있다. 멍지털도 벗지 않은 청년이 나를 보더니만 뽀르르 뛰어온다. 넙죽 절부터 한 후 싱글싱글 웃으며 한 계좌 후원해주십시오,다. 다시 오장에서 부레가 끓어오르지 않을 수 없다. 너희 젊은이가 언제 노인을 존중한 적 있었나. 요즘처럼 젊은이들 놀아나라고 깔아놓은 무대는 없다. 영화관이나 예술관은 젊은이들이 독점하고 늙수그레한 노인은 갈 곳이 없다. 세계가 한마당처럼 가까워지는 시대지만 또래들만 모여앉은 카페는 젊음과 늙음이 전쟁터 전선보다 삼엄한 경계선이 쳐졌다. 세대를 뛰어넘어 함께할 수 있는 것이 없다. 나이차를 두고 맺어지는 인간관계가 없다. 노인에게 물어볼 말이 없는 시대. 인생 경륜에 호기심이나 경외심이 없는 시대다. 아쉬우니까 송편 반죽 말캉거리듯 말캉거리는 청년이 왠지 떫다. '내가 너의 미래다.' 속으로만 말한다.

늙음은 영감靈感의 샘이다. 기억력은 둔해졌지만, 속눈은 밝아 사람마음 읽어내는 건 형사보다 빠르다. 태고 때처럼 우둔하면서 천진스러운 눈으로 앞날을 내다보는 안목은 젊은이들이 따라오지 못할 자랑이다. 고생살이에 찌들어 이마와 입가 목 언저리에 세월 자국이 움푹 팼으나 다시 돌아오지 못할 소중함이다. 이 외로움도 아픔과 후회까지도 언젠가는 그리워할지 모른다. 하여, 지금, 이 순간을 사랑한다.

그럴지라도 아프리카 피그미족 후원금은 내지 않겠다. 도그이즘dogism으로 마음 삭풍 달래는 남자한테 캔커피는 얻어먹지 않는다. 쌍고동 울어 연락선 떠난다 해도 착하게 살기에 너무 늙었다.　　　　**선수필**

탈옥 II

최아란 aranie@daum.net

노인은 한숨을 쉬며 주위를 둘러본다. 아니 주위를 둘러보며 한숨을 쉰다. 매 순간 눈에 들어오는, 보지 않으려야 그럴 수도 없는, 마치 세찬 물 호스가 뿜어내듯 시야 안으로 콸콸 쏟아져 들어오는 저 벽지 때문이다. 빠삐용 죄수복을 닮은 줄무늬. 그 단호하고 타협 없는 흑백의 직선. 노인은 가슴이 답답해 부러 몰아쉬지 않고서는 숨이 쉬어지지 않는 듯 군다.

몇 번이나 알아보지 않은 것은 아니다. 시장통 근처에서 대충 헤아려 본 가게만도 몇 군데 된다. 도배 타일 배관. 대개 이렇게 시작되는 문구가 입구 유리창에 빼곡히 쓰여 있다. 너무 많은 글씨 때문에 밖에서는 내부가 잘 보이지 않는다. 가게 주인과 눈 마주치기 어려운 것은 거의 언제나 문이 잠겨 있기 때문이기도 하다. 출장 중이니 휴대전화로 연락 달라는 메모지가 글자들 위에 겹쳐져 있다. 매장 안을 겨우 살핀들 김치찌개 5,000원, 콩국수 6천원 이런 식으로 가격표가 붙어 있을 리도 만무하다.

문을 열고 들어갈 엄두는 나지 않는다. 거기까지 가서 네 잘 알았습니다, 하고 뒤돌아설 재간이 없다. 왜요, 비싸서 그러슈 하는 눈길이 등 뒤에 꽂힐 것만 같고, 왜요, 늙어서 그러슈 하는 핀잔도 박힐 것 같다. 살면 얼마나 더 산다고. 그는 지레 등 뒤에 설움을 찔러넣고 속 안이 가늠되지 않는 어지럼증을 느끼며 돌아선다. 또 한 번 숨을 부러 만들어 쉰다.

넬모레 팔십. 벽 쪽으로 붙은 싱크대 상부 장에는 매일 먹는 약봉지가 수두룩하다. 벽지의 검은 직선이 찬장을 가리키고 있다. 이 안에 든 아슬아슬함을 잊지 말라고, 잊을 수도 없는 일을 저토록 꾸역꾸역 알려주고 있다. 그래 나도 안다. 자식들이 지금 이 산골 집으로의 이주를 말릴 때도 노인은 그렇게 말했다. 그러면서 왔고, 아신다니 놀랄 일도 아니라는 듯 자식들은 발길을 끊었다. 모두가 알 만한 일에 대해 저토록 치열하고 빈틈없는 안내를 받는 것은 폭력이다. 그것은 그냥 알려주는 게 아니라 강요하고 지탄하는 일이다. 끝없이 재촉하는 일이다. 찬장을 하루 세 번보다 더 자주 열어 약을 꺼내 먹어야 할 것 같은 강박에 사로잡히는 일인 것이다.

산속 겨울은 목구멍까지 눈이 차오르곤 한다. 침침한 창밖 풍경으로는 때를 가늠하기 어렵다. 새벽인가, 밤인가. 밥때인가. 약을 먹었던가. 식전 약을 챙겨야 하는가. 노인은 꺼내 먹은 약 비닐 포장을 하루치 모았다가 잠들기 전 한번에 버려볼까 하다가 이내 고개를 가로저었다. 잠들기 전 다섯 장의 봉지는 반갑겠지만, 그것보다 두어 장 모자라거나 두어장 넘치는 밤은 감당하기 어려울 것 같았다. 노인은 식전 약을 꺼내 삼키고 냉장고를 연다.

두부 한 모. 이 정도면 괜찮다. 그러나 내일이면 괜찮지 않아진다. 냉동실에서 열빙어 두 줌을 발견한다. 괜찮다. 내일까지도 괜찮다. 싱크대 아래에서 마른 누룽지 가루를 찾아낸다. 어쩌면 약봉지 열 개쯤은 무사히 모을 수 있겠다. 한낮 햇살이 밤새도록 쌓인 눈을 녹이지 못한 채 또 해가 지고 눈이 내릴 것이다. 제일 가까운 식료품점도 20분쯤 차를 몰고 나가야 한다. 저 눈밭 위로는 네 바퀴는커녕 두 발자국 찍기도 어렵다. 이런 날엔 길고양이도 몸을 사린다. 땅의 일에 무심한 까치들의 발자국만 밀랍으로 봉인된 편지봉투의 인장처럼 눌러 박혀 있고. 중력에 매달려 다니는 것들은 결코 열 수 없는 표식이다.

이미 노인은 집안에 갇혔다. 단호하고 타협 없는 흑백의 직선 안에. 그 촘촘한 창살 안에 갇혀 옴짝달싹할 수 없다. 선 사이의 간격은 자꾸만 좁아지다가 어느 날 있는 대로 쪼그라들어 모든 것을 압살하고 말 것이다. 노인은 벽지를 피해 책상 밑으로 몸을 숨겼다.

별다른 장식 없이 무겁고 튼튼하기만 한 책상은 오랜 세월 그를 따라다니다 여기까지 왔다. 책상 아래는 두 사람쯤 목을 움츠려서 쪼그려 앉을 만한 공간이 있다. 기어들어간 노인 옆으로 노트 십수 권이 쌓여 있다. 검정, 또는 진한 갈색이나 감색의 비닐커버가 씌워진 다이어리. 한 달 일정을 적을 수 있는 바둑판 같은 내지와 줄이 그어진 메모란, 연락처란 따위가 있다. 페이지마다 그의 필체가 새겨져 있다. 업무와 관련된 내용도 있지만 그날의 일기가 대부분이다.

책상과 함께 이 아래 공간을 오랫동안 지켜온 노트 더미지만 펼쳐 읽어본 기억은 거의 없다. 가끔 꺼내 읽기도 하던 건 아직 날마다 일기를 쓰던 때다. 책임져야 할 것들을 수레에 잔뜩 싣고 하루하루를 끌고 가던 시절. 안간힘을 써도 도무지 바퀴가 구르지 않을 때 그는 잠시 예전 일기장을 꺼내 지나온 고통을 더듬어보았다. 그 안에 그것들이 박제된 채 갇혀 있는 것을 보면 잠시나마 마음이 편해졌다. 토사물 같은 글들이 종이 무게에 눌려 바짝 말라 있었으므로 그것은 조금도 위협적으로 보이지 않았다.

어떠한 위협도 과거에 있지 않다는 걸 그는 이제 안다. 그것은 언제나 다가올 날 속에 있다. 그리고 지금 당장은 자꾸만 좁아지는 저 줄무늬 벽지 속에 있다.

노인은 밖으로 나가 양동이에 눈을 퍼 담아온다. 옛날식 아궁이를 남겨둔 현관 옆 창고로 가서 가마솥에 눈을 쏟아붓는다. 삼 년 전 낡은 트럭을 폐차하기 전 공사장을 찾아다니며 땔감으로 쓸 만한 나무장작을 모아두었다. 이제 얼마 남지 않은 전부를 아궁이에 밀어넣고 불을 붙인다. 물이 끓으면 온 집안이 증기로 가득 찰 것이다. 그때 벽지를 긁어내리라. 노인은 생각하고 있다. 아궁이에다 책상 밑 다이어리를 한 권씩 던져넣으리라. 노인은 마음먹고 있다.

눈이 잠시 기다리고 섰다. **계간수필**

The 수필

● 이 글에서 작가는 노인의 복잡한 내면과 상황을 생생하게 묘사하였다. 과거의 추억과 경험이 현재의 삶에 의미를 줄 수 있다는 메시지를 전달하며, 과거의 경험을 되돌아보고 그것으로부터 배우는 것의 중요성을 강조하였다. 노인의 삶의 애환과 그의 내면세계를 깊이 있게 다루며, 독자에게 삶의 소중함과 인내심을 일깨운다. 작가의 섬세한 관찰력과 문장력이 특히 돋보이며, 인간의 삶과 감정에 대한 진지한 탐구는 독자들에게 깊은 이해와 공감을 불러일으킨다. /심선경/

별안간

최윤정 3338gh@naver.com

마당이 넓고 장독대가 많은 집에 셋방을 살았다. 주인집이 꽤 부자여서 담이 높고 대문 단속이 철저했다. 여기서 사는 동안 엄마는 일하러 나갈 때 방문을 잠그지 않았다. 단칸방에서 가지고 놀 만한 건 책뿐이었다. 이것저것 닥치는 대로 읽었다. 엄마는 그런 나에게 희망을 걸어 보겠다는 듯 푼돈이 생기는 족족 책을 사줬다. 더 찢어질 것도 없는 궁색한 살림에 다섯 살 무렵 혼자 글을 깨치고 셈을 하는 아이는 부모가 고된 생활을 이어가게 하는 힘이 되었다.

일곱 살 무렵 엄마가 할부로 위인전집을 샀다. 전래동화와 동아대백과사전도 들였다. 한꺼번에 많은 책이 생겨서 그저 좋았다. 몇 번이고 다시 읽으며 아침부터 밤까지 혼자여도 괜찮았다. 책을 읽다가 마당에 나가 놀기도 했다. 우물에 돌을 던져보거나 물을 길어올리기도 하고, 몰래 주인집 장독 뚜껑을 열어 장을 손가락으로 퍼먹기도 했다. 그래도 책 읽는 것이 제일 재미있었고 마당에서 잠깐 딴짓을 하는 것은 다음 책을 보기 위한 전조에 불과했다.

동화책을 읽다 한 단어가 내게 최초로 온 순간을 기억한다. '별안간'이라는 단어는 무슨 뜻일까. 문장 안에서 어림잡아 이해할 수 있는 위치가 아니었다. 사전은 없고 물어볼 어른도 없었다. 어린 나는 혼자 곰곰 생각했다.

별의 안간이라니. 얼마나 밝고 푹신한 말인가. 빛의 아름드리 안쪽으로 눈부신 마당이 있고 엄마의 품처럼 포근한 바람이 간간이 부는 곳일까. 손톱만 한 흰 아기별 꽃이 만개한 나무가 있는 곳. 우물에서는 언제나 따뜻한 물이 길어지고 어디선가 불어온 바람에 앞 머리칼이 흔들릴 때 아기별 꽃이 우수수 떨어져 날리는 곳. 별의 안간에서는 모든 것이 부드럽고 온화하여서 겨울이 와도 엄마는 새벽에 부러 일어나 연탄을 갈지 않아도 될 것이다. '별안간'이라는 단어는 이렇게 무한히 환하고 따뜻하다는 뜻일까.

한 계절 동안 이 단어를 가지고 놀았다. 한낮 마루에 앉아 눈을 감고 고개를 들면 눈꺼풀 안까지 주홍빛으로 들어차던 태양의 힘. 작고 동그란 이마로 뛰어내리던 빛의 아가들. 정수리를 빙빙 돌리며 노래를 흥얼거리면 습자지처럼 얇은 현기증이 일었다. 눈을 감아도 보이는 세상이 있었다. 섬광이 이는 하늘을 눈 꼭 감아 가두면 나의 안간은 작고 빛나고 금방이라도 넘어질 듯 위태로운 별이 되었다.

내 안에 별의 안간을 들이고 많은 것을 담았다. 정말로 재미있었던 이야기들과 이미 죽은 사람들의 이름. 피라미드의 신비와 마당 감나무, 바닥에 떨어진 풋감들. 우물 옆에 만개한 작약과 손으로 툭 치면 흩날리던 노란 꽃가루. 어느 날의 빗소리와 국 냄비에서 터지던 거품, 시큼한 냄새 그리고 마을 구판장 외상장부에 적힌 내 이름. 나는 자주 눈을 감고 내 안간의 것들을 들여다보며 보살폈다.

어느 해에는 외할머니집에서 지냈다. 할머니는 또래보다 마르고 왜소한 나를 안쓰러워했다. 이것저것 주는 대로 받아먹고 할머니의 말동무가 되어 지냈지만 대체로 엄마를 기다리며 보내는 날들이었다. 해가 저물면 어린 나로서는 근원을 알 수 없는 불안으로 쉬 잠들지 못했다. 뒤척이는 손녀의 턱밑까지 무거운 솜이불을 당겨 덮어주던 손길, 할머니는 거친 발로 내 차가운 발을 비벼주었다. 이불에 밴 군불 냄새를 맡으며 할머니가 들려주는 옛날이야기를 들었다. 그 품에서 까무룩 잠이 들어 도착한 노구의 안간은 앙상했지만 성긴 울타리에서 박하 향이 났다. 옛날 옛적의 산골을 누비고 구름을 타고 선녀가 되어 천국에서 놀았다.

장독대에 붙은 달팽이는 손가락으로 툭 치면 제 안간으로 머리를 숨기고 톡 떨어졌다. 소금물에 담가둔 풋감은 꼭지 안으로 별의 안간을 들여 노랗고 달콤하게 삭아갔다. 우물에 고개를 박고 부른 노래들은 길고 어두운 통로를 따라 우주까지 흘러갔을까. 고추장에 손가락을 푹 찔러넣고 붉은 안간의 맛을 쪽쪽 빨아먹으며 나는 커갔다.

오줌이 마려워 잠에서 깨면 아빠와 엄마는 입을 벌리고 잠이 들어 있었다. 허술히 열린 안간에서 고단한 숨소리가 새어나오고 한번씩 알아들을 수 없는 우주의 언어를 뱉었다. 너무나 피곤해 보이는 두 사람의 얼굴을 보며 나는 아이러니하게도 안도감이 들었다. 그래도 이 단칸방으로 돌아와 몸을 뉜다는 사실. 악착같이 한 이불을 덮고 잠이 들었다는 사실. 무방비상태로 열린 두 사람의 안간에서 여전히 온기가 있고 익숙한 냄새가 흘러나왔다.

또래보다 조숙하고 외로움을 타지 않는다는 것이 되바라졌다거나 건방지단 평가로 돌아왔지만 괜찮았다. 내게는 가지고 놀 책과 어찌 되었든 집으로 돌아와 한 이불을 덮고 잠들던 두 사람이 있었다. 밤이면 엄마가 나를 안간에 들여 재우고, 낮에는 세상의 안간들이 요람이 되어 나를 돌봤다. 살펴보면 여기저기 반짝이던 별의 안간들이 밤이나 낮이나 수두룩했다.

후에 사전에서 '별안간'은 '갑작스럽고 아주 짧은 동안'이란 뜻인 걸 알았음에도 이 단어를 만나면 내 의지와 상관없이 순식간에 따뜻한 곳으로 건너갔다. 별안간 도착한 곳에는 두 손을 가슴에 모으고 누운 할머니가 있었다. 이제는 엄마도 그 곁에 누워 있다. 가슴에서 무언가 뭉클한 것이 비집고 나오려 할 때 우리는 우리가 품은 별의 안간이 있어 오래도록 뜨거울 것이다.

한국산문

The 수필

● 동화 속 신데렐라처럼 한 짝의 유리구두를 가슴에 품고 있는 단어 '별안간'은, 잠결에 달려갔다가 급하게 돌아온 파티처럼 작가의 시간 속에 한 칸의 화려하고 아름다운 공간으로 존재한다. 별의 안쪽을 오르는 비밀 계단이기도 하다. 선연한 꿈으로 간직한 내면의 별나라다. 문학적 아이러니를 아우르는 작가의 깊이 있는 독서력과 감성을 엿볼 수 있다. 그 별의 광장에서 아직 빛나는 유리구두 한 짝을 들고 드레스를 입은 채 잠들어 있을 어린 공주를 생각한다. /김희정/

어머니의 등

최희숙 primera35@hanmail.net

어머니의 등이 저리도 작았던가. 이제 어린아이도 업지 못할 것 같다. 위기 상황에서 나를 구했던 어머니의 등은 이 세상 그 무엇보다 넓었다.

"엄마, 개암 따러가서 벌에 쏘였다고 나를 업고 왔던 거 기억해?"

어머니는 당시의 내 모습이 가물가물한가보다. 하지만 유년시절 내가 땅벌에 쏘였던 그날의 기억이 또렷하다.

부모님이 운영하는 세탁소는 군인들이 맡기고 간 세탁물로 넘쳤다. 세탁소 전축에서는 어머니가 즐겨 부르던 노래나 회심곡, 배뱅이굿이 잔잔히 퍼졌다. 열려진 미닫이 유리문을 통해 들려오는 노랫가락은 가게를 더 활기차게 하였다. 아버지는 군복을 짓거나 수선하기 위해 온종일 재봉틀을 멈추지 않았고, 어머니는 세탁한 군복을 줄에 널었다. 그 사이 연탄불에서는 다리미 두 개가 달구어졌다. 뜨거운 다리미 밑으로 솔잎을 깔아 군복을 다렸다. 각이 살아난 군복은 광택도 좋았다. 어머니가 다림질을 마치면 솔잎이 다리미의 열에 누렇게 바스러져 있었다.

항상 세탁소는 솔잎과 다림질을 마친 군복에서 나는 냄새로 가득 찼다.

학교를 다녀온 나는 바쁜 어머니의 치맛자락을 잡고 개암을 따러가자고 졸랐다. 개암은 산에서 얻을 수 있는 고소한 간식거리였다. 개암을 딱 소리나게 깨물어 야무지게 먹던 친구들의 모습이 부럽기만 했다.

어머니는 어린 딸의 성화에 연탄불을 갈아놓고 개암이 있을 만한 앞산으로 나를 데리고 갔다. 나는 소쿠리를 들고 신바람에 뒤따랐다. 개암나무는 열매를 많이 달고 있지 않았다. 그 맛을 아는 사람들의 손이 거쳐간 후였다. 엄마를 쫓아다니며 개암을 찾던 내 눈에 저만치 보리수 열매가 눈에 들어왔다.

그 순간이었다. 그만 땅벌집을 건드리고 말았다. 벌들이 하늘로 치솟아오른 것은 찰나였다. 녀석들은 어느 꿀벌과 달랐다. 어른들도 한번 쏘이면 침의 독으로 부어오르고 며칠은 꼼짝할 수 없었다. 보리수를 따려고 헤집고 다녔던 작은 발 아래 땅벌집이 있으리라고는 짐작하지 못했다. 벌들도 갑작스러운 침입자에 놀랐겠지.

어머니는 벌들보다 더 기겁을 했다. 개암이 담겨 있던 바구니를 허공에 휘두르며 나를 등에 업고 정신없이 뛰었다. 어머니의 급박한 뜀박질을 추월한 벌들이 기어코 나의 머리에 독한 침을 찌르고야 말았다.

나의 울음소리가 산에 울려퍼졌다. 한참을 달렸을 때 벌은 더 이상 달려들지 않았다. 어머니는 땀에 흠뻑 젖은 등에서 나를 내렸다. 점점 부어오르는 머리의 부기는 얼굴로 번졌다. 어머니는 내 손을 잡고 그 부근의 집으로 들어갔다. 일면식도 없던 그 집 아주머니는 괜찮다고 다독이며 그 부위에 된장을 발라주었다.

어머니 나이 스물 중반이었으니, 아이를 가뿐히 업고 뛸 수 있을 때였다. 나는 벌겋게 부풀어올라 아픈 머리와 얼굴로 된장 냄새를 풍기며 며칠을 누워지냈다. 파란 색 모기장 안에서 날아다니는 파리 소리가 아련히 들렸을 뿐이다.

며칠이 지났을까. 밤이었는지, 낮이었는지 모른다. 눈을 떠보니 부모님은 걱정스러운 눈빛으로 나를 들여다보며 행여 내가 깰세라 숨죽이며 파리를 잡고 있었다. 내 손에는 아버지가 안겨준 개암이 들려 있었다. 나는 개암을 꼭 쥐었다.

부기가 빠지고 세탁소가 보이는 방에 누워 있을 때에도 나의 시선은 어머니의 등을 놓치지 않았다. 어머니의 일상은 여전히 분주하기만 했다. 고무 대야에 가득한 세탁물을 빨랫줄에 경쾌한 소리가 나도록 힘있게 털어 반듯하게 펼쳐 널었다. 세탁물과 함께 펴지던 어머니의 등도 한없이 넓어졌다. 어머니의 등은 다림질을 하거나 군복에 각을 잡을 때면 미세하게 흔들리거나 분주하게 좌우로 오갔다. 소리 없는 메트로놈처럼 규칙적인 반복을 거듭하던 어머니의 등은 단정하고 일정했다. 가끔은 전축에서 들려오던 〈동백아가씨〉를 따라 흥얼거렸다. 그것은 내게 통증을 잊게 해주는 리듬이 되어주었다. 어머니의 노래를 듣다보면 나는 잠에 빠져들었다.

연년생 동생으로 평상시에는 내 몫이 아니던 어머니의 등이었다. 저녁이면 가끔 나는 어머니의 등에 얼굴을 묻었다.

요양원 창밖을 바라보는 어머니의 등이 오늘 따라 자닝하다. 더욱 왜소해 보이는 어머니의 등을 오랫동안 쓰다듬었다. 시간을 되돌릴 수 있다면 세탁소 앞에서 그 시절 어머니의 등에 업히고 싶다.

그날도 나는 오래 머물지 못하고 요양병원을 나왔다. 출입문을 나서던 내 등을 바라보았을 어머니의 애잔한 시선이 눈에 밟힌다. 어머니 등에서 전해지던 온기가 가슴에 얹힌다.

에세이포레

The 수필

● 유년 시절 땅벌집을 건드린 위급한 딸을 업고 뛰던 어머니의 등은 넓고 따뜻한 세상 자체였다. 사랑과 보호 본능으로 헌신했던 어머니는 반복되는 노동과 무조건적인 사랑을 베푼 강인한 존재였다. 이제 왜소한 뒷모습으로 남은 어머니와 요양원에서 서로 등을 보이며 헤어져야 한다. 인간 존재의 유한성과 시간의 덧없음을 절감하며 저마다의 마음속에서 사라지지 않는 따뜻한 존재를 불러온다. /엄현옥/

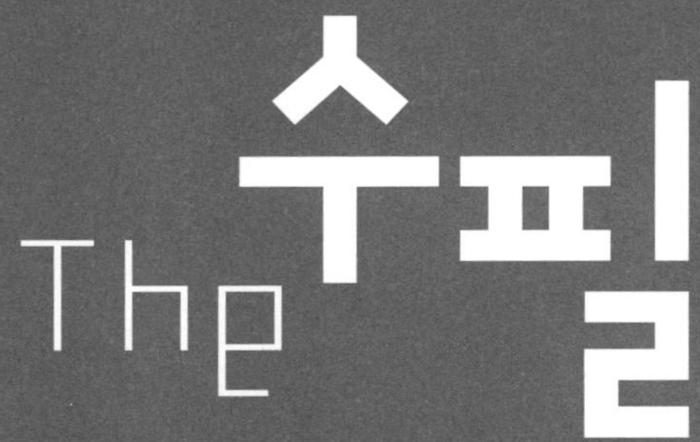

The 수필
Spring

달밤

강이정 2024jung@gmail.com

나는 열서너 살 무렵 추석에 이 이야기를 처음 들었다.

부친을 따라 추석 성묘를 다녀오는 한 소년의 이야기였다. 돌아오는 길, 아직 집은 먼데 어스름이 내렸다. 두둥실 동녘에 나타난 보름달이 동행이 되어주었다. 부자가 마지막 고갯마루에 도착했을 때 달도 중천까지 따라 올라와 저 아래 마을을 훤히 비춰주었다.

징용 갔다 왜국 땅에 노동자로 눌러앉은 소년의 부친은 3,4년에 한번꼴로 귀국했고 자식들도 그 터울로 태어났다. 보기만 해도 입이 절로 벙긋해지는, 아깝고 귀한 아버지였다. 형님들이 장성하여 집을 떠나니 마침내 열두 살 소년에게도 기회가 온 것이었다. 단둘이 가는 길, 소년은 내내 마음이 기꺼웠다고 한다. 왕복 수십 리를 걸어도 고된 줄을 몰랐다.

훗날 돌아보니 처음이자 마지막 동행이었다. 머지않아 소년도 대처로 나가 눈코 뜰 새 없는 고학생이 되었다. 소년의 아버지, 즉 나의 조부는 몇 년 후 영구귀국하여 농사꾼이 되었는데 오래지 않아 병석에서 돌아가셨다. 본시 병약했던 몸으로 버터낸 타국살이가 화근이었을 것이라 했다. 살아생전 내 아버지는 이 이야기를 서너 번 더 들려주었다.

"그 밤은 달이 고왔더라."

스토리는 항상 이 문장에서 뚝 끝이 났다. 마지막으로 이야기를 듣던 날, 나는 오십을 앞두고 있었고 아버지는 정신이 흐려지고 있었다. 기억이 소멸되기 전 알고 싶은 디테일들이 있었지만 묻지 않았다. 고운 달 밤에 무엇을 더 보태랴. 묵묵히 보름달을 향하는 당신의 먼 눈빛으로 충분하다 싶었다.

물끄러미 달을 향하는 버릇이 내게도 생겼을 때, 달을 보던 아버지 옆얼굴이 생각났다. 당신도 이러했을까. 닳을 대로 닳은 마음을 기대고 싶었을까.

지체되었던 삶의 과제를 완수해보려고 몇 년에 걸쳐 바쁘게 지내던 중에 갑자기 기계가 멈추듯 나는 머리와 몸이 고장이 났다. 하던 일 모두를 일시에 내려놓고 치료에 집중해야 했다. 명확한 원인이 쉬이 찾아지지 않았다. 중년에 한번쯤 받게 된다는 건강 경고장이다, 롱코비드의 후유증일지 모른다. 주변에서 의견들이 교차했다. 혹시 퇴행의 초입에 들어선 것은 아닌지 나는 불안에 시달렸다.

아버지를 보러 갔다. 역병 핑계로 오랜만에 뵙는 아버지는 더욱 왜소해졌고 더 이상 나를 알아보지 못했다. 경계의 눈빛으로 나를 주시할 때마다 "저에요, 아버지 딸!" 거듭 내 이름을 크게 말했다. 요양보호사가 아버지를 달래 실내 자전거 위에 앉혔다. 그녀가 곁에 쭈그려 앉아 손뼉을 치며 동요를 불러주자, 아버지는 아기처럼 웃으며 페달을 밟기 시작했다.

엄마와 한참 안부를 주고받고 있는데 우렁찬 목소리가 들렸다. 딴판으로 표정이 또렷해진 아버지가 내 이름을 불렀다.

"잘~ 사냐?"

벼락같은 외침에 보호사가 휘청하더니 엉덩방아를 찧었다. "이건 있을 수 없는 일이라예! 이 단계에서는 이런 말이 불가능합니더." 그녀가 더듬으며 같은 말을 반복했다. 하지만 나는 하나도 별스럽지 않은 기분이었다. 아버지는 항상 나의 안녕이 궁금한 사람이었다. 언어와 인지를 상실한 후에도 무의식 속에서 걱정했을 것이다. 오랫동안 쌓여 응축돼 있던 기다림과 염려가 현시점에 튀어나온 것뿐이라고 생각했다. "네! 아주 잘 살아요!" 내 대답에 아버지는 안심한 듯 다시 아기 얼굴이 되었다. 지나고 나니 생전 당신에게서 들은 마지막 말이 되었다.

아버지를 보고 온 후 나는 입버릇이 생겼다. "너 잘 살고 있니?" 자문하고 "대체 어찌하면 잘 살 수 있을까?" 답답한 마음으로 되물었다. 회복이 지지부진했다. 일시 정지 상태로 속절없이 시간만 흘렀다. 나의 지난 삶은 약간의 전진 후에 어김없이 브레이크가 걸리는 상황으로 점철되어 있었다. 떠올랐다 가라앉기를 반복하며 생애 그래프는 희미한 점선을 그려내고 있었다. 이 나이쯤에는 굵은 실선을 쭉쭉 그으며 걸림 없이 나아갈 수 있을 거라 믿어왔는데 다시 건강에 발목이 잡혀버렸다. 몹시 화가 나서 버티는 일을 그만두고 싶었다. 가계를 원망하기도 했다. 할아버지처럼 아버지도 나도 병약을 타고났다. 선조들도 대체로 그러했다고 한다.

그런데도 후대가 끊기지 않고 '허약'을 물려주고야 마는 독한 유전자라고 우리는 자조하며 웃곤 했다. 연약하게 태어난 것들은 '가늘고 질긴' 나름의 생존법을 배우게 된다. 나는 알고 있었다. 내가 다시 일어날 것을. 계속 가는 것을 포기하지도 않을 것이다. 배운 것이 그것 하나라 별 수 없었다. 한동안 혼자 화를 내다 제풀에 수그러져 나는 점선의 삶을 다시 받아들였다.

맞는 약을 찾아 회복이 빨라지기 시작했을 때 아버지가 돌아가셨다. 당신을 화장하던 날은 그믐이었다. 다시 태어나려고 달이 모습을 감추는 날이다. 지구 반대편 하늘에서 달의 뒷면이 햇빛을 한가득 받는 풍경을 상상했다. 달에게는 음울한 상처투성이 얼굴이 하나 더 있다. 그 모습을 숨기려 달은 자전과 공전의 속도를 일치시켜버렸다. 그리하여 언제나 고운 낯 하나만 보이며 지구를 따라 돈다. 애써 감추어둔 달의 이면은 그믐날 저 건너편 우주적 관점에서 만월로 뜬다.

아버지가 돌아가신 후 엄마는 자식들이 알지 못했던 얘기들을 자주 들려주었다. 우리가 알던 것보다 훨씬 겁이 많았던 아버지는 아내에게는 성깔도 잘 부리고 실수도 하는 보통 남편이었다. 속 모르고 아버지 편만 드는 자식들이 서운했고 악역을 도맡느라 엄마는 억울했었단다. 하지만 아버지로서의 삶에 온힘 기울이는 모습이 항상 안쓰러웠다고 했다. 떠난 뒤에 더욱 가여워져서 자꾸 눈물이 난다고 했다.

마음 다쳐 귀가한 날, 가장 두꺼운 솜이불을 꺼내 뒤집어쓰고 울분을 토했던 일화를 들었다. 날아오는 운석을 등으로 막으며 지구를 따라 도는 달을 떠올렸다. 평화로운 미소를 우리에게 보여주는 동안 당신 등은 그 많은 충돌로 수없이 패였던가.

무수한 크레이터*로 울퉁불퉁한 달의 이면이 태양 아래 온전히 드러

날 때 아버지의 상처, 연약함과 오점까지 햇볕에 데워지며 위로받고 있을까. 강렬한 태양 아래 한 생애가 녹아내리고 나면 완전한 재생의 시간이 올 것이다.

옛날 옛적 산길을 가던 밤, 내 아버지 가슴 속에 달이 하나 떴다. 아버지와 달은 한 생애를 함께 걸어갔다. 달을 보던 아버지를 생각하며 나도 달을 본다.
달 속에 한 소년과 그의 아버지가 산다.
느려도, 가다 쉬더라도, 가기를 포기하지 않는 자들이 달밤을 간다.

수필오디세이

*행성이나 위성 따위의 표면에 역원뿔형이나 원통형, 타원통형으로 움푹 파인 지형. 화산 활동이나 운석의 충돌, 가스 분출에 의하여 생긴다.

The 수필

● 「달밤」은 한밤중 산길에서 시작된 부자의 동행을 따라, 기억과 병약, 상실과 재생의 시간을 관통한다. 개인의 회고로 출발한 이야기는 아버지와 자식, 생애의 끝과 그 이면에 대한 깊은 성찰로 확장된다. '달'은 단순한 풍경이 아니라, 삶의 어두운 뒷면까지 함께 견디는 존재로 그려진다. 누구나 기억의 한 모퉁이에 꾹 눌러 담아둔 '아버지의 얼굴'을 이 글은 조용히 불러낸다. 이 수필은 한 생의 연약함과 아픔을 고요하고도 단단하게 응시하는 글이다. 「달밤」을 따라 걷다보면, 문득 우리 삶의 전체를 적당한 거리에서 돌아보게 된다. 생각하게 한다. 강이정의 글이 지닌 힘이다. /
이상은/

동動

김희숙 huisuk5601@daum.net

당신 덕에 삽니다. 밥벌이하고 배웁니다. 땅을 갈고 씨앗 심어 거둡니다. 눈 쌓인 도로를 뚫고 바닥을 쓸고 닦습니다. 타인의 손을 맞잡고 연인은 팔을 껴안습니다. 아이는 걸음을 떼기도 전에 보행기를 몰아 집 안을 휘젓고 유모차에서 바깥세상을 알아갑니다. 어른이 되어서도 자동차를 운전하든 대중교통을 이용하든 종일 같이 지냅니다. 당신 세계에 사람이 살고 있는지 인간 세상에 당신이 존재하는지 헛갈립니다만, 많은 순간을 함께하는 걸로 보아 따로인 듯 하나인 것만은 확실합니다.

편애에서 권력이 생겼습니다. 인간의 법은 당신이 다니기 쉽도록 길을 내고 넓힙니다. 흑단 카펫을 깔아 행여 흠집이라도 생길세라 애지중지 모십니다. 가는 곳마다 편히 쉬도록 주차장 확보부터 나섭니다. 고궁이나 절집에 가보면 옛사람들은 신과 임금이 오가는 중앙 길을 구분해두었습니다. 그런데 현대에는 도로 가운데로 당신이 다닙니다. 사람들은 자연스레 길가로 밀려났습니다. 세상이 걷는 인간보다 구르는 당신을 치켜세운 까닭입니다. 그나마도 좁은 골목에선 당신 없는 틈을 찾느라 사람의 몸가짐이 공손해집니다.

지닌 능력을 가늠하기 어렵네요. 거대한 비행기를 가뿐하게 띄우고 증기기관차는 물만으로도 달리게 했습니다. 말이 끄는 수레에 고분고분 딸려 다니다가 화석 연료를 들이키고부터 질주 본능을 드러냈습니다. 운명의 수레바퀴는 생을 끌기도 인간의 의지에 끌려가기도 합니다. 운전대를 달아 마음대로 굴리고 싶습니다. 다른 이들과 맞물려 돌아가는 톱니바퀴는 경계 밖으로 튀려는 충동을 억누릅니다. 주어진 선을 지키고 붉은 신호 앞에서는 서라며 길들입니다. 브레이크 없는 인터넷 바퀴는 가속이 붙어 인간사를 쥐락펴락 주무릅니다. 자칫 충돌하거나 밀려나기 십상이니 정신 바짝 차려야 따라갑니다. 빈 수레의 요란함을 감당하는 것도 당신 몫입니다.

있는 듯 없는 듯 지냅니다. 덮어쓴 테두리에서 크게 벗어나지 않는 몸체를 가졌습니다. 외형을 중요하게 여기지 않는 성품일 테죠. 사람들이 자동차회사에서 화려한 모터쇼를 열어 자동차를 추앙할 때도 아래에서 받쳐주는 당신까지 시선이 미치지 못합니다. 대부분의 날은 잊고 지내다가 멈추거나 삐걱댈 때, 비로소 머리 숙여 살핀답니다. 때문에 그늘 속 삶은 바닥과 친밀합니다. 부대껴 닳아 너덜거려도 묵묵히 살갗을 내어줍니다. 그러나 인간은 밑바닥 가까이 가기를 꺼린답니다. 틈만 나면 끌어내리려 혀를 날름거리는 괴물처럼 느껴지거든요. 우둘투둘한 돌부리에 걸려 넘어지거나 우묵 파인 구덩이에 빠지기라도 한다면 일어서기 위해 온힘을 쏟아야 하고 생채기가 나 쓰라리고 아프니까요. 신이 모든 곳에 있을 수 없어 어머니를 보냈듯이 인간에게는 삶의 무게를 대신 짊어져줄 무언가가 필요했을 겁니다. 거친 바닥을 어르고 달래면서 발 내리는 시간을 줄이려 당신을 탄생시켰는지도 모릅니다.

고마운 당신이지만 마냥 기껍지만은 않습니다. 국경을 넘나들며 나르는 전염병이나 죽음으로 내모는 전쟁은 피하고 싶습니다. 당신이 과해지면 세간에서 역마살이라 부르며 경계합니다. 동작이 어긋났을 때, 9층에 사는 그녀 다리 위로 당신의 온몸이 얹혔습니다. 그녀 나이가 열일곱 살이었습니다. 이동식 들것에 실려 다녔고 깨어나니 한쪽 뒤꿈치가 없었습니다. 절단된 상처는 활동을 가두었고 이동을 멈추게 했습니다. 휠체어를 의지하고 목발에 기댄 행동은 부자연스럽고 더디었습니다. 긴 시간 서 있지 못했고 먼 곳을 오갈 수 없었습니다. 계단 하나에도 방해를 받으며 사회와 멀어졌고 절망했습니다. 만물의 이치는 궁즉통입니다. 기술자들이 다독이고 채근하였나 봅니다. 까다로운 식성을 가진 당신이 전기를 받아들이고서야 소외되었던 이들에게도 실력 발휘하게 되었습니다. 환갑 넘긴 그녀가 전동스쿠터를 타던 날, 바큇살도 신바람을 일으키며 돌아갔을 겁니다.

영광 고을에서는 가을마다 e-모빌리티엑스포를 엽니다. 작고 낮은 당신 가족들이 모여 축제를 벌입니다. 행사장에는 고가의 타이어가 보이지 않고 현란한 몸짓의 축도 없습니다. 그녀를 문밖으로 끌어내준 것처럼 접이식 전동차는 힘없는 노인이 타기 쉽도록 날렵하고 전동운반차는 로봇처럼 적재함을 변신시켜 일꾼에게 힘을 보탭니다. 든든한 당신의 등이 있어 그들의 역할이 빛납니다. 농부 대신 농약 치는 드론은 당신을 머리에 이고 다닙니다. 땅바닥만 보며 구르다가 푸른 하늘도 마주하니 음이 양이 되고 양이 음이 되기도 하는군요. 엑스포장에서 만난 당신은 쏜살같이 달려나가는 본성보다 노약자의 어려움을 해결하는 일에 가치를 두었습니다.

인간을 욕망의 물살에 올라타도록 부추겼나요. 개천에서 용 나는 시대는 지났다는데 연결 끊긴 사다리라도 기어오르라며 꾀었나요. 더! 더! 더! 세상은 당신을 믿고 빨리 넓게 멀리 가자며 동분서주합니다. 동그라미가 늘 고픈 통장을 채우려 누비고 나날이 발전된 신기술로 중무장한 물건들을 운반하고 뿌립니다. 고정되길 거부하고 이쪽에서 저곳으로 옮깁니다. 모았다 흩고 가져오고 보냅니다. 당신의 궤적을 따라가려니 멀미가 날 지경입니다. 인간사 만나고 헤어지는 일도 당신이 일으키는 조화이지 않을까 의심됩니다.

바뀌지 않고 그대로 머물기만 하는 것이 있는가 항변하는군요. 맞습니다. 어떤 물건도 모방하지 않고 만들어낸 발명품이 당신이니까. 있던 것을 없애고 없었는데 새로 생겨나게 하는 변화의 최전방에 서 있는 것은 얼핏 당연해 보입니다. 바뀐다고 해서 좋거나 나쁘다고 말할 수 없고 쓸모 있거나 의미 없다는 뜻은 아닙니다. 구르는 것이 당신의 소임이듯 자연의 리듬은 변해야 순리입니다. 변화는 당신의 본질이니까요. 돌고 도는 당신을 긍정하지만 가끔은 미동 없이 잠기고 싶습니다.

당신의 언어는 움직이다 멈추고 힘을 가하면 다시 굴러갑니다. 가로지르고 경쟁합니다. 운동과 정지의 운율 속에서 굼뜨거나 쉼이 길어지기도 합니다. 사람도 때와 장소에 따라 자신에게 맞는 속도나 보폭을 가졌음을 알려주고 싶은 게죠. 또 신속하고 편리함으로 나아가는 시대에 앞만 보고 달리기보다 뒤처지고 고립된 이들도 돌아보라며 그녀의 전동스쿠터를 통해 귀띔도 해주었습니다.

오늘도 덕분에 심장은 뛰고 피는 돕니다. 눈동자는 좌우 위아래로 굴

리고 입은 말을 건네고 귀는 열어 듣습니다. 바퀴, 당신의 동動이 무엇
을 하든 자유롭기를 바랍니다. **수필과비평**

The **수필**

● 바퀴가 끊임없이 돌고 도는 모습은 자연의 리듬과 연결되며, 변화의 불가피성을
수용하고 적응하는 방법을 생각하게끔 만든다. 이러한 철학적 접근은 독자에게 강
한 인상을 남기며, 바퀴가 "흑단 카펫을 깔아 행여 흠집이라도 생길세라 애지중지
모신다"거나 "인터넷 바퀴는 가속이 붙어 인간사를 쥐락펴락 주무른다"는 표현은
바퀴의 다양한 역할을 효과적으로 전달한다. 작가의 통찰력 깊은 분석과 디테일한
묘사는 독자의 상상력을 자극하며, 현대 사회를 바라보는 새로운 시각을 열어준다.
/심선경/

고등어를 졸이며

남태희 october8285@hanmail.net

칼을 들었다. 바다의 물결이 새겨진 등 푸른 두 마리의 고등어를 봉지에서 꺼내 살아서 움직이는 생명을 풀어주듯 싱크볼에 놓아준다. 유선형의 몸체는 다소곳하게 제 배 반쪽을 내보이며 살짝 미끄러진다. 무심을 가장하고 한 마리를 머리 쪽에서 등뼈 가운데 어디쯤을 눌러 잡고 한 손으로 오래 묵은 칼자루를 단단히 잡는다. 미끄럽고 단단한 부드러운 주검을 앞에 두고 심호흡을 한다.

파닥이던 생명이든 누워 있는 주검이든 한때 살아 있던 것들에 칼을 겨누는 일은 여전히 어렵다. 어금니를 꽉 깨물고 배꼽에 칼끝을 꽂으며 살짝 들어 일 자로 죽 긋는다. 가두어진 내장들이 스르르 힘을 잃고 삐져나온다. 살아생전 배에 힘을 주며 꼬리를 힘차게 흔들었을 고등어는 목 끝까지 도달한 칼날에 완전한 항복을 할복으로 보인다. 죽은 피와 내장들이 힘없이 스러지는 순간, 목 밑까지 깨끗이 비우리라 다짐하며 검붉은 것들을 냉정하게 긁어낸다. 자신 속의 무언가 바글거리던 오물이 게워져 나오듯 개운하고 시원한 것이 살 것만 같아서 수도꼭지를 틀어 속을 씻어낸다. 한 마리, 두 마리, 순하게 싱크볼에 누운 고등어, 이제 머리를 따야 한다.

펼쳐 말린 우유곽을 상판에 놓고 고등어를 얌전히 올린다. 칼끝을 힘주어 목의 가장 두꺼운 부분에 대고 누르듯 힘을 일시에 준다. 버티다 끊어지는 목뼈 소리를 내 속 비명으로 듣는다. 상대를 시원스레 넘어뜨리고 싶어 한방먹였다고 생각했는데 돌아서니 가슴이 갑갑해지는 일처럼 목을 따는 일은 언제나 조금의 찝찝함이 있다. 연이어 마저 한 마리를 작업한다.

한 마리는 굽고 한 마리는 지져먹을까. 한 마리는 어슷하니 토막내어 조리고 한 마리는 저며 펼쳐 소금 뿌려 구울까. 아니 두 마리 다 저며 펼쳐 조림이나 해야겠다. 통으로 어슷하니 하는 조림보다 펼쳐진 살 속으로 마늘을 듬뿍 넣은 빨간 양념이 속속 배는 게 맛있지. 뱃속 잔뼈 사이 어디쯤에 칼끝을 옆으로 뉘여 등 쪽을 향해 조금씩 그어간다. 한 몸이 두 쪽이 되어 펼쳐지니 나비의 날개처럼 한 쌍이 된다. 하지만 공정치 못한 세상처럼 한쪽으로 살점이 기울어 있으니 덜한 쪽이 어차피 내 차지이다. 그것이 서운하다 했다면 관계는 어떻게 진행이 되었을까. 물로 한번 씻어낸 고등어를 납작한 소쿠리에 넣어 물기를 잠시 빼둔다.

이제 부재료의 시간이다. 고구마 줄기를 깔든 묵은지를 깔든 시래기를 깔든 그때그때 있는 재료들을 찾으면 된다. 없다고 주눅들 필요 없다. 집안 서늘한 곳 하나쯤은 있는 재료들, 감자와 양파, 호박을 적당히 듬성듬성 썰어 냄비 바닥에 깔면 그만이다. 오늘은 감자와 늙어가는 호박을 넣고 붉은 국물이 자박한 고등어조림을 하면 되겠다. 베란다 뒤쪽에서 껍질이 두꺼워지고 있는 감자 두 알을 꺼내 호박과 다듬어 굵직하니 썰어본다. 감자를 썰 때 들어간 힘에 비하면 어중간하게 늙어가는 호박은 만만치가 않다. 군데군데 푸른 기가 아직 있고 한쪽은 누렇게 물들어가는 중늙은이 호박 한 덩이. 물렁해 보이던 사람이 어느 날 보이던 단호함과 단단함에 놀라게 될 때가 있듯이 순해빠진 호박에 비켜가는 엇칼질이 의외로 반갑다. 가끔은 누구나 한번쯤 세상에 어깃장을 놓고 싶은 적이 있지 않은가.

양념장을 만들어볼까. 진간장, 고추장, 고춧가루, 매실액, 설탕 조금, 물 약간 부어 고춧가루를 불린다. 그동안 칼 손잡이를 뒤집어 마늘을 찧는다. 간단한 양념조차 비율에 맞게 잘 섞어 조화를 맞추어야 하듯 맵고 짜고 시고 떫은 삶을 잘 버무리다보면 인생의 단맛이 의외의 곳에 숨어 있음을 발견할지 모를 일이다. 어느 쪽이 과하거나 부족하면 전체적인 맛을 망치게 되듯 사람과 사람 사이에도 적절한 말과 행동의 농도와 조절이 필요한 법이다.

불에 앉힌 냄비에 감자와 호박을 깐다. 그 위에 고등어를 펼친다. 반대쪽에 퍼즐을 맞추듯 한 마리를 마저 펼치니 맞춤하다. 마음이 맞으면 좁은 침대도 크게 느껴지던 한 쌍처럼 다소곳이 몸을 맞대니 펼쳐진 속살이 부끄러워 양파 이불을 덮어준다. 한때는 서로에게 열중했으나 가끔은 삐걱대는 부부 사이, 하지만 차츰 그 소리가 잦아들듯, 어느 인간관계인들 그렇지 아니할까. 부드러워진다는 건 조금씩 자신을 깎아간다는 것, 서로 불편하지 않을 만큼 양보한다는 게 아닐까.

자작하니 조리는 요리에는 중년의 여인을 닮은 품 넓은 냄비가 제격이다. 깊은 냄비에 음식이 완성되지 않는 것은 아니지만 나지막한 높이는 숟가락으로 양념국물을 끼얹어야 하는 요리에 안성맞춤이다. 냄비

하나, 그릇 하나의 쓰임새도 이러할진데 사람의 쓰임이야 오죽할까. 타고난 성품대로 재주대로 알맞은 자신의 길을 찾기가 어디 쉬울까마는 그 길을 찾는다면 좀 더 신명나는 삶이 되지 않을까. 칼끝으로 홍고추, 초록 대파 하나씩을 어슷하니 썰어 삶의 고명처럼 얹어보니 붉고 푸른 한 냄비의 세상이 조화로워 흐뭇하다.

자글거리는 냄비에 불을 더 낮춘다. 뭉근히 감자와 호박을 익혀야 한다. 깊은 맛이 우러나고 적당한 감미가 배려면 시간이 필요하다. 고등어의 육즙은 밖으로 나오고 양념은 고등어와 호박, 감자에 은근 스며야 하니 두 합이 맞아야 참맛이 된다. 조급히 마음만 앞서 불을 높이면 설익어 깊은 맛은 달아나고 수분은 졸아 냄비 아래는 눌어붙게 된다. 시간과의 싸움이 어디 요리에만 있을까. 살아가는 내내 칼춤추듯 무엇을 좇아갔는지 모르고 자신을 잃고 살아온 적이 있다. 단박에 이룰 수 있는 것이 아무것도 없음을 이제야 알게 되니 늦되고 늦되었다.

집안 가득 맛있는 냄새가 후드 돌아가는 소리로 고조된다. 뒷정리를 하며 도마를 보니 온통 상처로 가득하다. 도마에 난 칼침의 흔적처럼 서로에게 자잘한 상처를 주고받으며, 그 틈새로 배어든 홍고추의 흔적처럼 가끔 눈시울 붉혀가며 살아온 세월이다. 처음 쥐어본 칼처럼 조심스러웠던 시간, 도려내고만 싶던 삶의 흔적들, 자근자근 다져내며 곱씹어보던 다사다난. 자르지 못하고 버티어온 시간 속에 녹아들어 한 몸이 된 칼날과 손잡이처럼 한 사람의 일부가 되었다. 등 푸른 한 마리의 생선처럼 푸르고 비렸던 젊은 날을 지나 겁 없이 무어라도 해낼 수 있는, 없으면 있는 재료로 뚝딱 한 냄비의 요리를 해내듯 삶의 담금질 속에 단단해졌으니 그것조차 인생의 메달처럼 감사하다.

자박한 국물과 감자를 조금 떠서 맛본다. 적절한 단맛과 매콤함, 짭쪼름한 맛이 포슬한 감자에 스미어 입안 가득 충만하다. 주재료인 고등어, 부재료인 감자와 호박이 맛의 합일을 이루니 어느 것이 주인공인지 분간하기 어렵다. 세상사 살다보면 주연도 되고 조연도 되듯 역할의 크고 작음보다는 필요한 위치에, 필요한 순간 제 역할을 할 수 있음에 감사하다. 매사 작은 일이라도 진심을 다하고 고마움을 느끼며 산다면 날선 눈빛보다는 따스한 눈길로 세상을 보게 될 터이다.

고등어를 조리며 생각이 참으로 많다. 찬거리를 준비하는 일이나 세상 살아가는 이치나 별반 다르지 않다. 싫어도 해야 하는 일이 있고, 냉정히 끊어내야 하는 일도 있으며 감자의 싹을 파내듯 도려내야 하는 아픔도 분명 있을 것이다. 어중간한 호박의 단호함처럼 소심히 세상에 어깃장을 부리고 대거리한 적도 있지만 결국 하나의 음식이 만들어지는 것처럼 그것조차 무언가를 향한 간절한 몸짓이 아니었을까. 도마 위 잔잔한 칼침의 흔적처럼 누군가를 아프게도 상처주기도 했을 우리를 위로하고 싶다. 따스한 이 한 그릇의 음식을 앞에 두고 당신, 그리고 나를 초대한다. 우리는 이미 충분히 우리의 인생을 완성해가고 있다.

에세이문학

The **수필**

● 일상의 소재인 요리를 인생과 환치시키는 작가의 필력이 남다르다. 글 속에 중용의 미덕을 섬세하게 심어 자못 깊은 맛을 낸다. '어중간하게 익은 호박의 단호함'의 발견이나 세상에 어깃장을 부리고 대거리한 것조차 존재의 간절한 몸짓으로 껴안는 포용이 독자를 위무한다. /김지헌/

두모가치

박태선 namu8821@naver.com

울 아버지는 시골에서 농사를 짓다가 1970년대 초, 20대 후반에 상경하여 대한통운(영등포 지점)에 일자리를 얻으셨습니다. 시멘트, 쌀가마, 무연탄 등속의 짐을 화물차에 싣거나 철로변에 부리는 일이었어요. 철길 건널목 근방에 있던 판잣집(일꾼들이 옷을 갈아입는) 처마 아래 뽀얗게 먼지를 뒤집어쓴 코스모스와 맨드라미가 아스라한 기억 너머 아른아른한 풍경으로 떠오르네요. 아버지는 집에 돌아와서는 손바닥에 박인 굳은살을 더운물에 불려 긁어내셨는데요. 한때는 시멘트 독이 올라 쑥찜질을 하느라 집 안에 온통 쌉싸름한 냄새가 진동하던 나날도 있었습니다.

*

대한통운에서 하역일꾼으로 10년을 일한 이후에는 일흔이 넘도록 30년 이상을 노가다판에서 막일꾼 노릇을 하셨습니다. 13년 전, 일흔 중반에 간암에 폐암 합병증으로 돌아가셨는데 입관할 때 아버지의 시신을 붙들고 통곡하시던 엄마의 말씀에 의하면 세상의 온갖 먼지를 다 자서서 그렇게 일찍 가셨다고 하네요.

*

아버지는 주무실 때에도 다리를 쭉 뻗지 못하고 책상다리하고 주무셨어요. 온종일 서서 일하다보니 다리도 쉬고 싶었을 거예요. 간혹 오밤중에 다리에 쥐가 나서 발목을 부여잡고 입을 딱 벌린 채 일그러진 얼굴 표정을 지으셨는데요. 홀쭉한 정강이에는 떼지렁이가 엉켜 있는 것처럼 시퍼런 심줄이 우툴두툴했어요. 엄마는 무섭다고 그러셨어요.

*

스물즈음에 나는 처음으로 아버지를 따라 건축 현장에 가보았어요. 아파트 지하 주차장 건물의 목재나 철제 거푸집을 빠루를 들고 뜯어내는 작업인데요. 장마철이었는지 바닥 한편에는 저벅거릴 정도로 물이 차 있던 기억이 나네요. 아버지의 별명이 '두모가치'라나요. 두 사람 몫을 혼자 거뜬히 감당한다는 말이에요. 아버지는 휴식이나 새참 시간이 끝나면 장 폴 벨몬드처럼 입 언저리에 담뱃 질끈 물고는 곧장 엉덩이를 털고 일어나셨어요. 오야지가 아버지더러 "박 형 좀 쉬엄쉬엄 혀어—. 쎄빠지게 일헌다구 언놈이 일당 두 대가리라도 쳐주남?" 하고 야지를 놓아요. 그러면서도 아버지가 일 잘한다는 말은 누구나 다 하더라구요. 그날 나는 바닥에 널브러진 거푸집에서 튀어나온 대못에 된통 발바닥을 찔렸어요. 아버지는 제 작업화를 벗기고는 발바닥에 소주를 붓고 상처 부위를 라이터 불로 지진 다음에 망치로 두어 번 두드려주시더군요. 그러고 나자 약간의 이물감은 들었지만 통증은 거의 없었어요. 가공할 만한 '노가다식 민간요법'이라고나 할까요.

*

　언젠가는 아파트 공사장 주변에 쓰다 남은 시멘트나 고철, 화목火木 나부랭이를 푸대에 담아 리어카로 실어다 한곳에 정리하는 일을 한 적이 있어요. 단순한 작업이에요. 그치만 한여름 땡볕에 바깥에서 일을 하다보니 팥죽 같은 땀방울이 얼굴에서 뚝뚝 떨어져요. 눈살을 잔뜩 찌푸리고 중천에 걸린 해를 바라보면 머릿속에서 징소리가 울려 퍼지고 골머리가 지끈거리며 어지럼증이 났어요. 그때 어디선가 아버지가 나타나서 포카리스웨트 캔을 건네주며 한 말씀 하셨어요. "땡볕에서 일을 해봐야 바람 한 점이 얼마나 고마운지 안다." 실상 아버지의 검붉게 탄 얼굴은 번들거리기만 했을 뿐, 땀 한 방울 흐르지 않았어요. 이 세상에서의 모든 땀은 일찌감치 자연에 반납하신 것은 아닐는지요.

＊

　어느 해 추석이었어요. 광명시에 사는 외삼촌댁네에 인사를 드리고 30번 버스를 타고 오류동으로 가는 버스를 갈아타려고 중간에 내렸지요. 그런데 아버지가 도로 경계석을 쾅쾅 발로 구르더니 귀퉁이의 흙먼지를 쓸어내고는 손바닥을 탁탁 터시면서 "아귀가 잘 맞았네. 10년 됐나— 이거, 내가 놓은 거란다. 장정 둘이서도 낑낑대며 들어다 놓는 걸, 나 혼자서 옮겨놓았지" 하며 뿌듯해하시던 모습이 잊혀지지 않아요. 경계석은 양팔을 한껏 벌려야 할 만한 길이의 직사각형 화강암덩어리예요. 아버지는 그놈을 곧추세운 다음에 뉘여 양팔로 품에 감싸안고서 옮기셨대요. 사람들이 무심히 밟고 다니는, 심지어 침을 뱉고 담배꽁초를 짓이겨 밟는 개봉동 사거리의 경계석을 우리 아버지가 놓았답니다.

＊

아버지는 일흔이 넘어서는 야방夜番을 보면서 낮에는 자재정리 같은 단순한 작업을 하고는 열흘에 한번 정도 집에 들르셨어요. 이제 기력도 딸리고 해서 노동일을 그만둘 참이었는데 현장 소장의 배려로 그리된 거랍니다. 하루는 아버지가 한낮에 돌아오셔서 안방에 들어가 이불을 뒤집어쓰고 끙끙 앓는 소리를 내시는 거예요. 공사 현장에서 일제 전동 드릴이 사라졌는데 젊은 일꾼 하나가 아버지가 범인이라고 함부로 주둥아리를 놀렸다나요. 아버지는 상대방의 귓방망이를 냅다 후려치고는, 휑하니 집에 와버린 거예요. 이튿날 소장이 찾아와서 사과하고 다시 모셔갔지요.

*

아버지는 목수일, 쓰미, 미장 따위 못하는 일이 없을 정도로 팔방미인이었지만 전문적인 기술은 없었어요. 우리 집은 30여 년 전에 소방도로가 나는 바람에 건물 한 모퉁이가 잘려나가고 재건축을 하게 되었는데요. 아버지가 직접 관리 감독을 하셨고요. 바닥 공구리는 두터워 층간 소음은 어림 반 푼어치도 없네요. 외벽은 붉은 벽돌로 마감하고 옥상 방수 페인트도 당신이 몸소 여러 벌 꼼꼼하게 손보셨어요. 당시 소방도로 양편에 나란히 지은 여남은 채 건물 가운데 우리 집은 아직도 금간 데 한 곳 없이 제일 튼튼하답니다.

*

"사람이 머리만 쓰면 악마가 되고 몸만 쓰면 짐승이 된다"고 하잖아요. 울 아버지는 이 세상에서 몸만 쓴 분이라 할 수 있지만 짐승 같은 인간은 결코 아니었어요. 다소 고지식한 면은 있지만 정과 의리가 남달랐고 정직한 분이었습니다.

＊

어릴 적 월급날, 아버지가 다갈색 봉투에 담긴 '센베이' 과자를 사들고 오시면 우리 삼남매가 다람쥐처럼 아삭아삭 갉아먹거나 똑똑 부러뜨려 먹던 고소하던 그 시절이 하냥 그립습니다. **계간수필**

● '두모가치'라는 별명은 그가 얼마나 많은 일을 묵묵히 해냈는지를 보여준다. 작가의 아버지는 비록 전문적인 기술자가 아니지만 자신의 일에 정직했으며, 타인에게 신뢰를 주는 인물로 그려져 있다. 삶의 고단함 속에서도 잃지 않는 인간다움과 가족애, 삶의 소박한 가치는 그가 남긴 유산이었다. 작가의 생생한 묘사와 구체적 에피소드의 전개는 강한 힘으로 독자를 휘어감아 이야기 속으로 몰입하게 한다. / 심선경/

내 외로움을 팝니다

변해진 jinny8107@naver.com

"내 외로움을 팝니다."

"얼마에요?"

"7달러입니다."

현대인들의 냉소적 농담이 아니고 실제 미국, 중국 등에서 유행하는 비즈니스다. 남의 외로움을 산 사람은 외로움을 판 사람과 1.6㎞를 산책해주면 7달러를 받는다. 함께 쇼핑도 하고 놀기도 한다. 미국에서 이 비즈니스의 이름은 '피플 워커people walker'이다. 우리나라 말로는 적절한 번역조차 없는 독특한 형태의 새로운 서비스산업이다. 산책하며 정서적, 신체적 건강을 증진하도록 돕는 것이 주요 업무라고 한다. 함께 걷고 대화하는 것은 보통 가족, 친구, 이웃과의 관계에서 자연스럽게 이루어지는 일일 것이다.

외로움은 인간에게 오래 전부터 이어온 보편적 현상이 아닌 근대의 산물이라고 주장하는 이들의 말처럼 오늘날 외로움은 전염병처럼 번지고 있다. 현대 사회가 심각하게 겪고 있는 이러한 현상을 피플 워커는 금전적 교환의 대상으로 만들어 수익을 창출한다. 그들은 인간의 순수한 감정을 일시적이고 표면적인 거래 대상으로 바라봄으로 깊은 정서적 연결을 제공하지 못할 수도 있다. 이런 상업적 과정을 통하여 사람들은 외로움을 해소할 수 있을까.

지난 연말, 꽤 오랜만에 친구를 만났다. 그사이 그녀의 얼굴은 몹시 마르고 초췌해보였다. 그녀는 6개월 전쯤 남편을 먼 세상으로 떠나보냈다. 당시 얼마간은 본래의 쾌활하고 활동적인 모습을 잃지 않아 다행으로 생각했는데 그때와는 많이 다른 모습이었다. 어디 아팠느냐는 물음에 그녀는 내 시선을 비켜 허공을 바라보며 말을 꺼냈다. 온종일 집에 혼자 있다보면 괜스레 추위가 느껴지고 마음이 먹먹해져 낮에는 무조건 할 일 없이 밖으로 나다닌다고. 해가 진 후 집에 돌아오면 남편이 앉아 있던 자리에 먼저 눈이 가는데 그곳에는 텅 빈 공간뿐이었다며 남편에 대한 그리움을 울먹이며 얘기했다. 늘 남편과 함께했던 그 공간에 어느 날 갑자기 홀로 남겨진 상실감을 그녀는 남편에 대한 그리움이라 말했으나, 어쩐지 나는 그 자신에 대한 외로움으로 보였다.

외로움은 혼자이기 때문에 느끼는 감정만은 아닐 것이다. 때로는 자신이 갖고 있던 무엇을 잃었을 때 느끼는 허탈감 공허감이 몰고 오는 막막함일 수 있다.

"목적 없이 그냥 거리를 걸어다녀. 자동차가 내는 소음 등, 거리가 시끄러워도 내 발걸음 소리를 들으며 걸을 때가 제일 마음이 편안해."

그녀는 자신의 발자국 소리와 동행하며 외로움을 위로받는 듯했다.

"왜 혼자서, 너의 집 가까이 친구들 있잖아. 아니면 나한테 전화하지!"

"아니야, 친구들하고 걸으면 내 발걸음 소리를 듣지 못해. 그 소리는 자주 남편의 발걸음 소리로 들리거든. 그러면 전처럼 남편과 함께 걷는 것 같아."

친구의 그 말에 가슴이 먹먹해왔다. 그녀는 그런 내가 불편한 듯 벌떡 일어나 카운터로 가 커피 한 잔을 더 시키고 와 자리에 앉으며 물었다.

"진아, 전에 우리가 사진 배울 때 '아무것도 없다'라는 제목의 사막을 찍은 작품에 대하여 합평할 때 네가 인용했던 그 시 아직도 생각나?"

뜬금없는 질문에 좀 놀랐지만 "그럼, 내가 그 시를 얼마나 좋아하는데" 하며 의연하게 휴대폰 메모를 뒤져 그 시를 건네주었다. 그녀는 티 테이블 건너편에 앉은 내가 들리도록 그 시를 소리 내 읽었다.

"그 사막에서 그는 너무도 외로워 가끔 뒷걸음질로 걸었다. 자기 앞에 찍힌 발자국을 보려고."(「사막」, 오르탕스 블루Hortense Vlou). 그녀는 다시 속마음으로 시를 읊듯 한참을 휴대폰에서 눈을 떼지 않았다. 그러고는 아주 진지하게 시에 대한 자신의 느낌을 객관적으로 말하며 삶의 허무함을 얘기했다. 내가 적극적으로 그녀의 느낌에 공감하지 않자 흐릴 듯 말을 내뱉었다.

"시인은 사막을 걸으며 너무도 외로워 가끔 뒷걸음질로 걸었다잖아. 자기 앞에 찍인 발자국을 보려고."

그녀는 짧은 그 시를 인용하여 자신이 어떻게 외로운 삶을 지탱해가고 있는지를 나에게 냉소적으로 내보여주는 듯했다. 시인이 너무 외로워 모래에 찍힌 자신의 발걸음과 동행했듯이 그녀는 혼자 거리를 걸으며 남편의 것으로 들려오는 자신의 발걸음 소리와 동행하며 외로움을 버텨내는 듯했다. 나는 무슨 말을 해야 할지 몰라 한참을 망설였다. 잠시 침묵이 흘렀다. "힘들면 나한테 알려줘" 하고는 내가 말문을 다시 열자, "아니야. 혼자가 좋아"라고 대답하며 그는 나를 밀어냈다.

외로움은 조용한 속삭임처럼 다가온다. 사람들 틈에 있어도, 혹은 텅 빈 방안에서도, 그것은 존재의 가장 깊은 곳에서 천천히 퍼져 나와 우리를 자신과 마주하게 한다. 떠나간 사람들, 다가오지 않는 것들, 그리고 메울 수 없는 빈 곳들. 그 빈자리를 우리는 묻는다. "왜 이 공간은 이렇게 차가운가?" 하고. 그 차가운 공간 속으로 낯모르는 사람, 피플 워커가 표면적으로 끼어들어 몇 시간 함께한다고 하여 그 차가움이 데워질 수 있을까.

내 친구가 보여주었듯 외로움은 개인의 지극히 주관적인 감정이기에 가까이 있는 사람들조차 어떤 객관적인 잣대로 재어 나눌 수 없는 느낌인 것 같다. 그럼에도 이 비즈니스, 피플 워커는 많은 사람이 이용한다고 한다. 오늘을 살아가는 사람들이 얼마나 외로움에 지쳐 있으면.

수필과비평

The 수필

● '피플 워커'라는 기이한 현대의 서비스산업을 화두로 삼아, 외로움이 금전거래의 대상이 되어가는 시대의 정서를 날카롭게 포착한다. 기사적 정보에서 출발하지만 곧 친구의 상실 경험으로 옮겨가며, 외로움이 단순한 고독이 아닌 '잃어버린 것과의 관계'에서 비롯되는 심연의 감정임을 보여준다. 작가는 오르탕스 블루의 시 「사막」을 인용해 작품의 정서를 더했고, 오늘의 사회가 겪는 '구조적 고립'을 개인의 서사와 문학적 인용을 통해 조명하며, 외로움이라는 주제를 진부함 없이 성찰로 끌어올렸다. /한복용/

스무날 후에

염미숙 yms631110@gmail.com

3주 만에 집에 돌아왔다. 거실을 둘러보았다. 모든 것이 그대로였다. 내가 없었던 3주의 시간 동안 아무 변화가 없다니. 거실의 시간은 멈추어 있었나. 어쩐지 조금 맥이 빠졌다. 깔끔하게 정리되었거나 먼지가 쌓였거나, 아니면 가구 배치라도 바뀌었다면 좋았을까. 내가 보낸 시간의 의미를 확인하고 싶었던 모양이다. 애초에 시간이란 없는 것인지도 모른다.

뒷마당으로 나갔다. 선뜻 다가서는 바람의 온도가 달라졌다. 떠날 때 한 송이 피었던 해바라기가 여러 송이가 되었다. 가을 아네모네는 무리 지어 피었고 벌써 꽃잎을 떨구기도 했다. 뿌리를 땅속으로 내리고 물을 마시며 살아 숨쉬는 식물에게 뚜렷한 변화가 보였다. 집 안으로 들어와 거울을 보니 내 마른 얼굴도 고향 음식으로 볼살이 살짝 올랐다. 역시, 시간은 있다.

냉장고 안이 궁금했다. 야채칸 구석에서 3주 전에 사놓은 브로콜리 봉지를 꺼냈다. 좀 시들었다. 냉장고 옆에 놓인 자루를 들어보니 손가락만 한 초록 싹을 올린 양파가 보였다. 같은 시간을 먹고 시든 것과 자란 것이 나란했다. 시간을 겪은 모든 것들이 다 같은 변화를 경험하는 것은 아니다. 내 여행의 시간이 양파 싹만큼 의미가 있었다고 혼잣말을 했다. 갑자기 싹을 힘차게 밀어올리는 양파의 변신을 보고 싶어졌다. 투명한 병에 물을 담고 그 위에 양파를 올렸다.

며칠 후, 책 한 권을 들고 도서관에 갔다. 빈구석 자리를 찾다가 잡지 코너로 갔다. 그러고 보니 오래 전 아이들과 함께 이곳에 자주 드나들 때도 이 자리만 비어 있는 날이 많았다. 자리를 잡고 책장을 넘겼다. 책을 절반쯤 읽었을 때 일어섰다. 늦은 오후, 시계가 집에 갈 시간이 되었다고 일러주었다. 시간을 숫자로 말하는 것은 편의를 위한 약속일 뿐이야. 더 머물고 싶어서 바늘이 가리키는 숫자를 무시한다. 사람들이 떠난 창가 자리로 옮겨 앉았다. 자리에 앉자마자 창밖의 풍경으로 풍덩 빠져들었다.

길 건너 늘어선 푸른 삼나무들이 커다란 창을 시원하게 메웠다. 그 익숙한 풍경은 여러 해 전과 다르지 않다. 삼나무는 해마다 제 몸 안으로 나이테를 그려넣을 텐데도 내가 바라보는 풍경은 그대로라니. 나무와 나는 시간과 공간이라는 같은 숙주 안에서 자라고 소멸하지만, 머무는 기간은 다르다. 나무가 겪는 수백 년의 시간은 인간이 겪는 시간보다 더 길기 때문일까. 시간 속을 분주하게 지나온 내 눈엔 나무의 변화가 미미하다. 액자 같은 창틀 속에 시간이 갇혔나 싶은 순간, 멈춘 시간을 뚫고 무언가 움직인다.

한 남자가 애완견을 데리고 나타난다. 그가 사라지고 잠시 후 또 다른 사람이 다른 개를 데리고 등장한다. 길은 런웨이가 되고 길 저편의 삼나무와 이편의 나는 관객이 된다. 모델들은 약속이나 한 듯 띄엄띄엄 나타나고 또 사라진다. 그들 사이사이로 시간은 또 지나가고. 그들 사이엔 어떤 약속도 없다. 다만 바라보는 내가 시간을 재는 눈금으로 그들을 사용하고 있다. 눈금과 간격을 보니 시간의 흐름이 도드라져 보인다. 그러다 다음 순간 누군가에겐 한순간이 한 해보다 의미가 있을 수도 있다는 생각에 이른다. 시계의 눈금이 무의미해지는 순간이다.

한 남자가 멈추어 서서 잠시 시계를 본다. 만약 그가 몹시 시장하다면 산책 시간이 느리게만 느껴질 것이다. 그가 애견가이고 잔소리가 심한 아내가 집에서 기다리고 있다면 산책의 시간은 턱없이 짧다. 시간은 만만치 않은 상대다. 너무 느리거나 빠르게 움직여서 인간의 애를 태운다.

먼 젊은 날엔 시간의 의미 찾기에 간절히 매달렸다. 그다음 여러 해 동안은 숨차게 달려 시간을 따라잡으려 애썼다. 이제는 속도를 늦추고 조금씩 쉬어가는 시간으로 접어들었다. 내 몸이 수동카메라가 되어버린 듯, 순간을 담는 눈에선 철컥 셔터가 떨어지는 소리가 묵직하다. 순간의 의미가 가중되는 시간, 다시 의미를 찾는 시간이다. 시간이 언제나 같은 속도로 움직이는지는 알 수 없지만, 내가 속도를 늦추었기 때문에 시간이 빨라졌다고 말하는 것은 상대적 사실일 뿐이다.

어느 틈에 시간이 창을 어둑어둑 채워놓았다. 런웨이도 모델도 모두 사라지고 유리창에 비친 여자의 모습만 점점 선명해진다. 이젠 주름이 익숙해진 마른 여자. 어른이 된 그녀의 아이들은 이제 이 도서관에 오지 않는다. 시간은 있다. 적어도 지금의 그녀에겐. 여자가 어둠 속을 응시한다. 시간이 움찔한다. 들키지 말아야 해. 언젠가 영원이 오면 나는 그 속으로 빨려들어가 촛농처럼 녹아버릴지도 몰라. 시간이 발꿈치를 들고 몰래 달아난다.

에세이문학

The 수필

● 인간이 보고 듣고 감지하는 것 너머의 현상을 알지 못한다는 것은 얼마나 다행인지 모른다. 그나마 겸허해질 수 있고, 질문을 던지며 통찰할 수 있기 때문이다. 이 수필은 일상에서 변화하고 변화하지 않는 것(느리게 변할 뿐 변하지 않는 것은 없다)을 통해 시간에 관한 철학을 보여준다. 보편적 시간은 사회적 약속으로 정해진 개념이어서 주체의 시간 사용법에 따라 시간은 다르게 적용할 수 있다는 사유가 깊다. /김지헌/

꿈에 두고 온 편지

이경은 dramawt@hanmail.net

캄캄하다. 아무것도 생각이 나질 않는다. 안과 밖이 까마득한, 꿈과 현실의 거리. 옆 지기가 흔들어주어 간신히 깨었다.

팔이 아픈 듯하다. '이건 분명히 명작이야' 하며 신나서 써내려갔던 기억이 얼핏 난다. 아니 또렷하게. 그런데 아무것도 없다. 아침에 눈을 뜨자마자 찾았다. 그러나 아무리 둘러봐도 보이질 않는다. 핸드폰 안의 메모장을 열어보았으나 어디에도 그 흔적이 없다. 이상하다. 좀 전까지 분명히 적었는데. 넘쳐 오르는 아이디어를 다 받아 적어두었는데. 귀신 곡할 노릇이다.

오랫동안 몇 종류의 비슷한 꿈들을 반복적으로 꾸었다.

한 마리의 앨버트로스 새가 되어 오대양의 거대한 바다를 날아다닌다거나, 막다른 골목의 파란 대문집을 계속 찾아가기도 하고, 돌아가신 아버지에게 마음 안에 맺힌 말들을 마구 토해내는 장면이 연출되거나, 현실의 모범생과는 다른 배우자의 또 다른 모습에 매번 놀라기도 하고 아니면 밤새 대학 도서관 같은 곳에서 책을 찾아 읽거나 글을 썼다.

꿈의 세상에서는 운전도 잘해 어디든지 신나게 돌아다니고, 춤도 예전처럼 잘 춘다. 속이 시원하다. 그런데 반대로 파 선생 때문에 약의 부산물로 악몽을 꾸기 시작하면서부터는 그 세상이 반은 시꺼멓다. 악마들과 괴물들, 화장실의 달걀귀신과 망토귀신, 위협적인 폭력배들과 교활한 인간들이 출동해서 괴롭힌다. 이건 현실과 무슨 상관관계가 있으며, 내 안의 어떤 무의식의 발로이고 표출인가.

나의 의식 안에는 '생각'들이 많다. 그걸 '사유'라 부르며 언어로 표현한다. 감정들도 가슴 안에 가득하다. 그 이름은 서정이나 감성으로 불리며 마음의 강물을 끌어당긴다. 하지만 이건 육체 밖의 일에 해당된다. 분명 나의 내면에서 작용되지만 결국은 밖에서 그 결과물이 발생하기 때문이다.

그러나 꿈은 다르다. 완전한 무의식 세계의 일이라고 귀에 박히도록 들었다. 프로이트의 꿈과 정신, 성욕의 세계, 잠재의식을 바탕으로 한 심층심리분석, 그의 외로운 혁명을 생각하면 나도 따라서 외로워진다. 프로이트가 어느 카페에 앉아 차 한 잔을 마시며 이런 생각들을 들여다볼 때, 훗날 동양의 나이든 여인이 그의 이름과 생각을 떠올릴 줄 몰랐을 것이다. 오랜 뒤에 세상 모두가 그의 생각을 빌려 쓰게 될 거라는 어마한 사실도 꿈속에서 만나는 모든 것들을 써볼까 싶다. 현실에서 다 하지 못한 이야기들을 써서 책을 내면 어떨까 하는 허무맹랑한 생각도 해본다.

거대한 앨버트로스 새에게, 오대양의 바다에게, 파란 대문집 주인에게, 슬쩍 눈 돌리는 배우자에게, 애증의 관계인 아버지에게, 기막힌 남자 친구 파킨슨 선생에게 편지를 쓰고, 검은 망토의 악마들과 화장실

달갈귀신들을 인터뷰 취재해서 생생한 글을 창작해볼까 하는 생각만으로도 가슴이 들썩인다.

어젯밤, 나는 편지 한 봉을 써서 두고 왔다. 뭐라고 썼는지 모르겠지만, 썼다는 기억은 난다. 이런, 이게 환상인가 실재인가. 아무렴 어쩌라. 이러나저러나 한세상인 걸. 인생 이쯤에 서서 돌아보니 '몽중생 생중몽夢中生 生中夢'이더라. 뭔가 꿈꾸는 듯 사는 듯하다보니 어느새 저만치 종착선이 보이고 우리는 자주 멈칫거린다.

오늘밤에 다시 찾아가보리. 문을 두드려 두고 간 편지를 갖고 가겠다고 해볼까. 아니면 옷소매에라도 훔쳐 숨겨 내올까. 저 의식인지 무의식인지 모를 맨 밑바닥에 가라앉은 이야기들을 두레박으로 건져올려볼까. 그러면 혹시 메말라가는 내 안의 감성의 우물이 채워질지도,

꿈속의 세상이 애틋하게 손짓한다. 매일 밤마다 찾아가는 나의 연인. 너, 꿈!

한국수필

The **수필**

● 「꿈에 두고 온 편지」는 작가 개인의 꿈 이야기지만, 독자는 이를 통해 자신의 무의식과 만나게 된다. 작가가 펼쳐놓은 꿈의 장면들은 하나하나 사적이지만, 그 사적 감각이 오히려 더 깊은 보편성으로 다가온다. 누구나 한번쯤은 꿈속에서 무언가를 잃고, 깨어나서는 그것을 애타게 찾는다. 이 글은 바로 그 상실과 그리움의 구조를 문학적으로 공유하게 한다. 결국 문학이란, 누군가의 내면을 통해 모두의 내면을 건드리는 예술이라는 점에서, 이 수필은 문학의 보편성을 잘 보여준다. /이상은/

고개 숙인 사진

이숙희 sukhee6966@naver.com

나이 먹어가는 것이 꼭 나쁜 것만은 아니다. 품위유지비가 부족해도 이제는 일할 수 없으니 놀아서 좋다. 점점 갈 곳도 줄이고 조금은 쓸쓸하고 한가한 생활로 거의 도시 속의 자연인으로 익숙하게 살아간다. 더러는 공짜도 있고 자리도 양보받는다. 예전엔 들을 수 없었던 '어르신'이 되어 가끔은 넘친 대접에 쑥스러울 때도 있다.

어느 곳에서 문화카드 한 장을 받았다. 나이들어 집에만 있으면 우울증 걸리기 쉽고, 건강에도 좋지 않으니 이 카드로 책도 사서 읽고 영화도 보고 사진도 찍으라 한다. 고마운 일이다. 다른 곳에는 쓸 수 없고 오직 문화생활에서만 사용이 가능한 카드다.

그동안 책을 서너 권 사고 영화도 보고 잔액을 아껴두었다. 일 년 안에만 쓰면 되는 줄 알았더니, 사용기한이 아직 많이 남아 있는데 빨리 잔액을 다 쓰라는 독촉을 받았다. 생각 끝에 사진이나 한 장 찍어둘까 생각하고, 걷다가 자주 지나다니던 길에 있는 사진관 앞에서 걸음이 멈췄다.

예전부터 사진을 찍는 것도 찍히는 것도 좋아하지 않는 성격이다. 여권이나 증명사진 말고는 내 손으로 찍어본 적이 거의 없고, 여기저기서 다른 사람에 의해 찍힌 것뿐이다. 카드도 있겠다, 이참에 한번 찍어볼까 하고 평소 나답지 않게 사진관으로 들어갔다.

사진 한 장 찍으러 왔다는 나를 본 사진사는 왜 화장을 안 했냐며 저기 거울 앞에 가서 예쁘게 화장하란다. 부스스한 머리라도 쓰다듬어보려고 거울 앞으로 갔다. 화장할 생각도 없거니와 그곳에서 어찌 화장하겠는가. 사실 그날도 아침에 화장하고 나갔다. 초여름 날씨에 벌써 정오가 훨씬 지났다. 하는 둥 마는 둥 서투른 화장에 손수건으로 이리저리 땀을 닦은 얼굴이니 사진사가 제대로 본 것이다.

그냥 찍어달라고 하니 민얼굴로 사진 찍으러 오는 사람 처음이란다. 생각 끝에 그렇다면 민얼굴이 조금만 보이게 고개를 숙이고 찍겠다고 했다. 사진사는 고개 숙이고 사진 찍히는 사람은 또 처음이라며 고개를 숙이고 찍을 바엔 사진은 뭐하러 찍느냐고 되묻는다.

그건 내 사정이다. 일단 내가 고개를 숙이면 한번 찍어보시라고, 예쁘지 않아도 탓하지 않겠다고 간신히 설득하여 사진기 앞 의자에 앉았다. 얌전한 모습으로 앉아 꼴보기 싫은 사람 외면하듯, 고개를 한쪽으로 약간 돌려 숙였다.

사진사가 사진기를 들여다보더니 "어, 괜찮네!" 하며 그대로 가만히 계시라 했다. 한 동작으로 가만히 있는 것이 얼마나 어려운가. 목은 아프고 얼굴은 경련이 일어나려 하는데 뭘하는지 셔터 누르는 소리가 들리지 않았다. 한참 후 찰칵찰칵 두 번 찍었다. 두 번 할 일은 아니었다.

잘 나왔다고 컬러, 흑백 두 가지로 하라기에 알아서 하시라고 했다.

메일에 넣어줄까요? 또 물어서 그러시라 간단히 대답했다. 카드의 잔액을 없애기 위한 목적이므로 사진에는 별 관심이 없었다. 와서 보라기에 자세히 들여다보니 고개를 조금 더 숙여도 될 뻔했다.

"이렇게 찍어도 좋네요."

사진사가 몇 번이나 같은 말을 했다.

"그러기에 왜 화장하라 난리를 하세요?"

사진사가 언제 난리를 했느냐고 해서 함께 웃었다. 인화까지 몇 장 해주더니 카드 잔액이 모자랐다. 엉뚱한 데 돈을 쓰고 사진관을 나오며 돈이 아깝기도 했고, 생각할수록 우습기도 했다.

다음해 가을, 내 신세타령을 쓴 글 한 편이 어느 문학잡지에 실리는 일이 벌어졌다. 사진을 보내라 했다. 사진이라곤 없으니 두말할 것도 없이 고개 숙인 그 사진을 보냈다. 만약 사진관에서 메일에 넣어주지 않았다면 달리 보낼 방법조차 몰랐을 것이다. 사진사는 예감이 있었나 보다. 얼굴이 잘 안 보이니 다시 보내라 하면 어쩌나 은근히 걱정했는데 받는 쪽에서 다행히 아무 말 없었다.

두 달 후, 책이 집으로 왔다. 내 글 앞에서 볼품없는 약력도 아랑곳없다는 듯, 무심하게 고개를 숙인 채 내 글을 대변하고 있었다. 몇 사람에게 책을 주었다. 글은 읽어보지도 않고, 약력에 대한 말도 없고 사진에만 관심이 집중되었다. 표정이 좋다느니, 어디서 찍었느냐, 스냅이냐, 왜 고개를 숙였느냐, 심지어 어느 분은 두고두고 필요할 때마다 프로필 사진으로 쓰란다. 어찌 생각하면 자존심이 상할 수도 있는 말이었다.

그동안 다른 사람들과 함께 찍은 사진이 몇 장 있다. 나 때문에 사진이 엉망이었다. 그 사진들이 얼마나 보기 좋지 않았으면 고개 숙인 사진을 두고 두고 써먹으라 할까 싶지만, 고개 숙인 얼굴에 도도한 고집이나 나만의 고요한 여유를 읽은 것이라 믿고 그러겠다고 대답했다. 언제 사진 필요할 날이 다시 있기나 할까.

카드 잔액을 없애려고 그럭저럭 찍은 사진 한 장, 늘 자신 없는 삶이었으니 사진을 찍을 때도 다소곳이 고개를 숙인 나다. 그리고 보니 책에 실린 글과 사진이 닮았다. 무심이 취한 한순간의 자세에서도 지난 세월과 성격이 묻어나다니….

쓸쓸함이 엿보이는 사진으로 어설프나마 수필의 소재로 삼을 수 있는 것은, 주어진 모든 걸 받아들여 녹이며 한적한 노년을 즐기는 일상에서 나온 나만의 어떤 믿음 아닐까 생각한다. 그린에세이

The 수필

● 삶의 단면을 고요하면서도 자기성찰적인 어조로 풀어냈다. 형식적으로도 조용하고 단정한 문체를 유지하며, 내용과 훌륭한 조화를 이룬다. 겉으로는 문화카드 사용의 일상적 에피소드를 따라가지만, 그 속에는 '고개 숙인 삶'이라는 존재론적 태도와 삶에 대한 정직한 응시가 담겨 있다. 회피하지도 과시하지도 않으면서, 작가는 유연한 수용을 문학의 언어로 바꾼다. 고개를 숙였기에 오히려 더 분명히 보이는 세계와, 그 시선에서 길어올린 자기 인식은 이 작품의 진정한 가치이다. /김은중/

다듬이질

이승애 agatha3333@hanmil.net

대지를 처음 두드린 것은 물방울이었다. 모든 것을 녹여대는 열화의 시간을 지나 식어가는 땅에는 숨탄것 하나 없었다. 물방울이 땅을 두드리자 땅의 본성이 깨어났다. 이어 땅은 생명을 잉태하고 뭇 생명은 가지를 뻗고 잎을 벌렸다.

친구에게 주었던 다듬잇돌을 다시 만났다. 반가운 마음이 앞섰다. 마주하고 앉아 다듬잇돌을 손바닥으로 쓰다듬었다. 세월의 더께에 묻혔던 어머니의 체취가 느껴졌다. 아스라한 기억 너머로 다듬이질 소리가 귓전에 쟁쟁하게 울렸다. 방망이를 들고 가만히 두드려본다. 어머니의 고달픈 삶을 내 다듬이질 소리가 토닥토닥 위무한다.

저녁 설거지가 끝나도 어머니는 일손을 놓지 않았다. 푸새해 널어놓은 이불 홑청과 옷을 걷어 마루에 펼쳤다. 물을 한입 가득 물고 뿌리고 판판하게 당겼다. 그런 다음 솔기를 맞추어 네모지게 접어 흰 광목천에 쌌다. 자근자근 밟은 뒤 툭툭 털어 다시 곱게 접어 다듬잇돌 위에 얹었다. 작은 제단 위에 무엇을 얹고 어떤 의식을 치르는 것처럼 몸짓이 경

건했다.

툭툭툭 처음 두드림은 타진음이었다. 점차 쿵딱쿵딱, 뚝딱뚝딱, 똑딱똑딱, 리듬을 찾아갔다. 이 순간 어머니는 온통 두드림에 집중하였다. 또닥 또닥 또도닥 톡도르르, 딱딱 끊어지면서도 이어지는 소리가 내 마음을 콩콩 두드렸다. 가만히 들으면 몸과 마음이 편안해졌다. 묘한 쾌감이 느껴질 때 나는 일어섰다. 어머니의 다듬이질 장단에 맞춰 두 팔을 휘저으며 지휘자가 되었다. 다듬이질 소리에 내 막춤이 더해져 그 시간은 한바탕 살풀이 무대 같았다.

어머니 감정선에 빨간 불이 켜지는 날, 방망이도 사나워졌다. 회오리치듯 거칠고 빠르고 합을 이루지 못한 소리는 감정선 밖으로 튕겨 나갔다. 좀처럼 속내를 드러내지 않는 분이지만 이때만은 과감하게 직설법을 썼다. 석고처럼 굳은 얼굴에 땀이 눈물처럼 흘러내렸다. 응어리를 거친 언어로 토하고 나면 방망이 소리는 달라졌다. 빠르고 거칠게 몰아치던 휘모리장단이 자진모리장단에서 중중모리장단으로 조금씩 느려졌다. 감나무에 걸터앉은 달님도 숨을 죽이고 바라보았다.

어머니의 다듬이질에, 빳빳한 모시도 성질을 죽였다. 쭈글쭈글 주름진 홑청은 매끈해졌다. 어머니의 마음이 부드러워지고 매끈해지면 집안에도 나긋한 정이 흘렀다. 어른의 삶을 읽지 못하는 나는 그 두드림이 주는 심리적 영향을 알 리가 없었다. 그저 어머니가 다듬잇돌을 실컷 두드려 화를 풀었다고만 여겼다.

어른이 되어 어머니가 하시던 다듬이질을 이어받았다. 첫 다듬이질은 합을 이루지 못하고 절뚝댔다. 한 번 두 번 내리치는 방망이에 옷감이 견디지 못하고 다듬잇돌 가장자리로 밀려났다. 옆에서 지켜보던 어머니의 눈이 화등잔만해졌다. 어머니께서 옷감을 반듯하게 놓은 뒤 다시 두드려보라고 하였다. 숨을 고르고 손목에 힘을 뺐다. 어머니의 장단에 맞추어 자근자근 두드렸다. 뚝배기 깨지는 소리만 지르다 끝날 것 같던 다듬이질이 서서히 타격점을 찾아 또닥또닥 경쾌한 리듬을 탔다.

마음의 파장에 따라 다듬이질 장단도 음색도 달라졌다. 마음이 평온하면 방망이도 나긋나긋 춤을 추었다. 마음이 격해지거나 험해지면 팔뚝에 힘이 들어갔다. 소리도 리듬을 찾지 못하고 불협화음이 났다. 나는 그제야 알았다. 어머니의 삶에는 내가 헤아리지 못한 무게가 실려 있었다는 것을. 다듬이질은 단순히 구겨진 옷을 펴는 작업만이 아니었다. 설움을 분출하는 분화구였으며 사나워진 마음을 다스리는 의식이었다.

다듬이질은 삶의 노래다. 콩닥콩닥 얼룩지고 상처난 부모님의 주름진 마음을 펴주고, 가장의 무게로 짓눌린 지아비의 어깨를 도닥도닥 두드려준다. 올망졸망한 아들딸이 누구에게도 주눅들지 않고 꿋꿋하게 잘 자라라고 자근자근 두드린다. 여인의 다듬이질은 사랑의 세레나데요, 염원과 기원이 담긴 기도였다.

두드림은 사물의 물성을 깨운다. 그 음률은 우리의 오감을 자극한다. 핸드팬의 깊고 섬세한 울림은 봄날 햇살처럼 따뜻해 서리가 날카롭게 서린 마음을 녹여준다. 그런가 하면 다이내믹한 난타의 힘찬 리듬은 심장을 자극해 잠자는 흥을 깨운다. 덩덩 더더 궁따쿵 다 다르르르 기따, 장구의 다채로운 가락은 급하게 상승곡선을 타다가 시원하게 울려 퍼지면서 신명을 불러일으킨다. 장작개비처럼 뻣뻣한 내 몸도 반사적으로 고무된다. 흥에 겨워 덩실거리다보면 새로운 문이 열린다.

두드림은 또 다른 곳으로 향하는 문이다. 수없이 두드리며 생의 문을 열어간다. 흠집나고 상처난 삶을 깁고 더 단단해지기 위해 두드린다. 울퉁불퉁했던 삶도 자근자근 두드리다보면 아지랑이처럼 가물거리던 내일도 보이고 풀지 못한 문제도 풀린다. 두드림은 소리를 낳고, 소리는 마음을 새로운 길로 인도한다.

두드림의 언어, 그 의미는 깊디깊고 넓디넓다. 신과 사람을 잇고 사람과 사람을 잇는다. 사람과 만물을 이어 합일하게 한다. 우리는 두드려 깨우고 일으키고 손을 맞잡고 어우렁더우렁 살아간다. 손으로 치고 두드리며 우리는 고달픈 삶을 위로받는다. 단순한 타격음이지만 두드림은 삶의 아픔을 치유하는 명약이다.

다듬잇돌과 방망이를 다시 한번 쓰다듬어본다. 지금은 깊은 적요에 들었지만, 여전히 소리를 품고 있다. 어머니의 다듬이질 소리가, 어머니의 어머니, 그 어머니의 할머니 한과 기원의 소리까지 아니, 태초의 소리가 담겨 있다. 그 소리의 울림은 광활하고 무한하여 우리를 깨우고 또 다른 생명으로 이어진다.

빗방울은 대지를 두드려 파문을 일으킨다. 동그란 원심의 리듬은 생명의 나태를 깨운다. 잠들었던 생명이 일제히 일어나 싹을 틔우고 고목조차 움이 튼다. 햇살이 잎을 두드려 연둣빛 웃음이 온누리로 번진다. 온갖 생명의 합주가 두드림에서 시작되는 것이다. 때로는 부드럽게, 때로는 강렬하게.

우주는 두드림을 통해 낡고 묵은 것을 벗고 새로운 것으로 거듭난다. 불가능한 것을 가능케 하고, 절망에서 희망으로, 통하지 않는 것을 통하게 하는 신통력이 있다. 톡톡 딱딱 타닥타닥, 간결한 언어지만 그 속에는 하늘의 말씀이 있고 자연의 화음이 있고 사람을 사람답게 빚어내는 울림이 있다.

　소리의 근원을 쫓아 방망이를 들어 자근자근 두드려본다. 우주의 소리가 내 영혼에 깊게 스며든다. 투명한 빗방울 하나가 나태한 내 영혼을 두드려 깨운다. **선수필**

　● 두드림은 우주를 깨우는 동작이다. 어머니는 다듬이질을 통해 설움과 고통을 풀고 마음을 다스린다. 대대로 이어온 어머니들의 다듬이질은 삶을 노래하고 화평의 염원을 담았다. 그 장단은 단순한 타격음을 넘는 다양한 변주로 오감을 자극하여, 새로움을 일깨우는 격문이다. /노정숙/

벚꽃엔딩

이춘우 chungdong59@naver.com

어릴 때는 몰랐다. 아니 알 수가 없었다. 내가 경제 주체도 아니었고, 그렇다고 흥청망청 살 정도로 부유했던 것도 아니었으니 말이다. 그래도 바나나를 먹어봤고, 스케이트도 타봤으니 궁상은 아니었나보다. 이게 아마 다 억척으로 살아낸 당신 덕이 아닌지 모르겠다.

당신 고향은 전기도 들어오지 않고, 버스도 다니지 않는 깡촌, 위로는 언니하고 오빠 하나 그리고 아래로 동생이 여섯으로, 하루라도 꿈쩍거리지 않으면 입에 풀칠하기 어려운 집안에서 태어났다. 어려서부터 손끝이 야무지단 얘기 자주 듣고, 인물 반반한 데다 똘똘하다보니 부잣집 며느리감이라 점쳐지기도 했지만, 어찌어찌하다 옆 동네 고등학교 다니는 남편과 결혼하게 되었단다. 그러니 공부하러 대처로 간 남편 때문에 때 아닌 청상靑孀으로 홀로 시부모님을 모시고, 집안일하랴, 삯바느질하랴, 하지 않아도 될 고생하며 살아내자니 일에 이골나고 고난은 훈장처럼 치마폭에서 치렁댔단다. 다행은 시고모부가 소학교에 계셔서 학교 운동복이며 뭐며 일감이 되는 건 죄다 가져오셨으니 가난으로 청승을 떨지 않아도 되었으리라.

하지만 이리 고달픈 시집살이는 어디서 그리 꾸역꾸역 자꾸 나오는지 보는 남들마저 애달파했단다. 한량 남편은 학교 마치자마자 도시로 직장 구해 훌쩍 가버리고, 노망난 시어머니는 간난이 들쳐업고 밤낮없이 예다제다 뜬금없이 나다니니 파출소 문지방을 제집 드나들 듯 드나들며 애걸복걸했었단다. 한번은 엄동설한 낙동洛東 언 강을 젖먹이 안고 건널 적에 짜장짜장 얼음장 깨지는 소리가 애 우는 소리보다 무서웠다는데, 무슨 심보로 그 언 강을 건너 시고모께 쌀동냥 갔을까, 애닯다. 쟁쟁 이는 타박 소리는 귓등이라 하지마는 언 어미 손 한번 안 잡아주고, 등짝서 우는 간난이만 챙기니 야속하기 이를 데 없었다더라.

인간사는 새옹지마인가! 한때 남편 덕에 목에 깁스하고 사모님 소리 들어도 봤고, 자식새끼 잘난 덕에 치맛바람 날리며 학교 문턱을 뻔질나게 드나든 적도 있었지만 어찌하랴 당신 팔자 집에 있을 사주가 아니다 보니 뭐라도 하려 할 때 "자식 서울로 보내놓고 장사든 뭐든지 하라" 하니 이 어찌 아니 반가울쏘냐. 하지만 장사가 어찌 그리 만만하던가. 목이 좋아야 하고, 돈도 제법 들어야 하고, 신경써야 할 게 어찌 한두 가지뿐이겠는가. 참 모질게도 장사하셨다. 새벽부터 일어나 부지런을 떨어야 하고, 빵이 잘 팔리는지 깜냥깜냥 애써야 하고, 느지막할 땐 남의 자식새끼 시집, 장가 갈 때 쓰는 폐백이며 이바지 음식이며 아니하는 게 없었으니 오지랖이야 타고나셨다지만 그리 몸을 마구 굴리셨으니 아무리 무쇠 같다 하더라도 견디기 어려웠으리라.

이리 고달파도 자식새끼들 다 서울로 보냈으니 어찌 허전하지 않고 쓸쓸하지 않을 수 있었으랴. 일이 손에 잡히지 않는 날도 허다했으련만

자승자박한 장사니 누를 탓하고 누를 한하랴. 만만한 게 남편이라 이리저리 잡도리하고 푸념도 해보지만, 외려 남편과 데면데면해지다보니, 툭하면 그래, 가게 일 끝내고 밤차로 상경해 자식새끼 보러와서는 불이 나게 빨래며 방 청소해주고, 가게 문 열어야 한다며 기차 타고 되짚어가는 그 걸음걸음, 뒤돌아가는 당신의 모습은 왜 그다지 애처로운지…. 맘 편히 오셔서 따신 국밥 한 그릇을 같이 하고 하룻밤이라도 도란대며 어릴 적 얘기라도 나눌 수 있다면, 왜 장사를 해 저리 총총대며 걸음을 디디시는지, 어릴 적 가난이 포원抱冤들으셨나, 정 없는 남편에게 정을 받고 싶어 저리 애쓰시나, 이도 저도 아니면 자식새끼들 대처로 나가 훨훨 날갯짓하며 살기 바라서 그리하셨나….

　이른 봄날, 하 고달파 군대 간 아들 보러 면회간다는 핑계로, 새벽 댓바람에 수백 리 떨어진 장파리 황해여관까지 갔으니 제정신이 아닌 건 분명하였으리라. 이른 면회를 신청했으나 저녁 어스름이 깔려 나온 자식을 보니 그래도 반가워 이 음식 저 음식 해먹이고, 군복 세탁해주고 다독이다보니 어느새 창밖 매화나무에 발그스레한 아침 해가 걸렸으니 시간은 어찌 이리 야속하게도 빨리 흘러가버렸나. 어미는 그랬다. 주고도 주고도 못 다준 듯했고, 애쓰고 애써도 덜 애쓴 듯해 잠자는 자식 보고 눈물 그렁그렁, 내 손 잡아보는 당신 손이 더 차다는 걸 알아 슬그머니 빼시니, 눈 감고 있는 내 심정도 어찌 무덤덤하겠는가.

　덜컥 아프셨다. 이도 저도 허사다. 돌봐주는 사람도 돌봄을 받는 사람도 지칠 때쯤 봄이 아무는 자락, 초록이 흐드러지게 피기 시작할 때 당신은 말 한마디 없이 이 세상의 모든 걸 땅에 묻으셨다. 왜 그리 억척이셨는지, 왜 그리 서둘러 가셨는지 아직 대답을 듣지도 못했는데 당신

이 좋아한 아카시아 향기 묻어나는 자리에 벚나무 마른 꽃잎이 도돌이
표로 맴돈다. 눈물보다 외려 그리움으로 말이다.   **한국산문**

The**수필**

● 어머니, 후드득 꽃 지던 봄날 부풀린 초록만 어질러놓고 가신 아름다운 이름, 어
느 하루 비바람에 꽃을 몽땅 잃어버린 벚나무처럼 급하게 스러진 그리운 꽃잎 한
장, 살아내느라 애쓰시던 고마운 사랑이 자식에겐 무작정 그리움이리라. 어쩌면 어
머니의 외로움이었는지도 모를 수고와 열심들이 행간에 묻어나 아득하다. 몽땅 털
어주고도 모자라서, 그래도 모자라서 밑동까지 덜컥 내어주던 아낌없이 주는 나무
한 그루를 생각한다. /김희정/

사과와 이별하는 방식

장금식 julienna@hanmail.net

고난이 연거푸 겹친다. 내면에 이는 감정이 쉼 없이 너울거린다. 문쪽을 응시한 채 불안한 눈동자를 굴린다. 휑한 눈동자는 감정조절 난이도를 탐색한다. 콜록거리는 마음의 병, 그 소용돌이에서 나를 회복하려 문고리를 잡는다.

구조의 손길을 기다리며 냉장고 문을 연다. 나와 같은 처지인 듯 사과가 움츠리고 있다. 냉장고 안의 온도가 적절하지 않았는지 통증이 훑고 간 듯 시들하고 물기 빠져 여기저기 주름투성이다. 사과는 무슨 생각을 할까. 잼으로 변신을 시도하려나. 사과가 사과잼을 보는 것과 사과잼이 사과를 바라보는 마음은 어떨까. 깎이고 갈릴 운명 앞에 섰다.

나는 사과를 깎고 믹서기에 간다. 갈려진 과육은 뜨거운 불세례를 받기 전 틈새에서 또 다른 생으로 건너갈, 허물어졌다가 다시 꾸덕꾸덕해질 반고체가 될 자신을 생각할까. 쭈그러들거나 기울어짐 없는 냄비 속에 담긴 게 두렵지만, 불의 강도가 세지더라도 냄비 탓은 하지 않겠지. 곱게 갈린 과육을 냄비에 투하하고 설탕을 섞는다. 바닥부터 데워지니

갈려진 살결이 한데 섞여 흥건히 과즙을 만든다. 사과의 운명처럼 나도 펄펄 끓여야 할 시간이 왔다.

벽처럼 단단히 그리고 회오리바람처럼 휘몰던 부정의 감정을 냄비에 끓인다. 자신을 죽이고 새로 거듭나기란 쉽지 않겠지만 펄펄 끓여질 운명을 바꿀 수 없을 바엔 긍정과 부정이 오르락내리락하더라도 부풀었다 줄어드는 졸임의 시간을 차분히 기다리는 게 낫겠다. 수분의 임계와 온도의 숫자를 어림짐작한다.

불이 달아오르자 과즙이 내 손등에 마구 튄다. 설탕에 힘입어 튀는 강도가 세다. 얼음을 싼 행주로 손을 감싸고 방어에 나선다. 아랑곳하지 않고 과즙은 연신 자신을 알아봐달라는 듯, 세상사 아픔에서 오는 울부짖음을 내 튕기듯, 하얀 싱크대에 점점이 박아놓는다. 아프다, 뜨거워 못 참겠다는 몸짓은 타닥타닥 냄비 밖으로 눈물 아닌 과즙을 더욱 세게 내 튕긴다. 과즙 튀는 소리는 달궈진 화력에 못 견디겠다는 분노와 가슴에 담아뒀던 응어리의 음역일지 모른다. 공포와 자기연민에 빠진 징징거림이거나 의식의 산란, 끝없이 밀려오는, 주체할 수 없는 내면의 슬픈 소리일 수도 있다.

포기인 듯 수용인 듯 조금 얌전해져 불의 세기를 두세 단계 줄였다. 이제 과즙 튕기는 소리도 둔탁해졌다. 주걱으로 살살 저어주며 달랬다. 과육과 과즙은 떼려야 뗄 수 없는 한몸으로 서서히 사라지는 정체를 유지하려 안간힘을 다한다. 갈려질 때 미색이었다가 점점 갈색으로 바꾸며 일차적 슬픔의 농도를 내보이며 마음을 알아달라고 표현한 것이 결코 어리석어 보이지 않는다. 솔직한 감정 드러내기가 자신을 치유할 수도 있으니까.

격렬하게 요동치던 처음과는 비교가 안 되지만 아직도 울분에서 나오는 눈물처럼 물기를 조금 머금고 있다. 고통의 울부짖음이나 상처가 덧나는 형태로 과육이 계속 서로 얽히고설킨다. 조금 더 지나면 새롭게 거듭날 존재가 드러날 텐데 그때쯤엔 끈적해지며 날것의 상태를 완전히 벗어나겠지. 아픔과 난관이 정말 괴로웠겠지만, 통증 통과의례를 위배하거나 반칙은 쓰지 않을 듯 타닥거림의 수위를 한껏 낮춘다.

냄비 안에서 버둥거리는 몸짓과 온 싱크대에 쏟아놓은 점들은 어차피 서로 아무 관련 없다는, 먼 남인 것 같은 주체와 객체 관계다. 좁은 공간에 드러누웠다 앉았다 이리 비틀었다가 저리 비틂도 헛된 춤사위에 불과할 뿐이다.

화상을 입을 만큼 툭툭 던져도, 나는 풀이 좀 죽고 나면 얌전해지고 과즙을 밖으로 덜 튕겨낼 거야,라고 생각한다. 과즙이 줄고 흐느적거림이 흐물거림으로, 본디 몸체의 완전 변신에 조신해지고 말 테니까. 내 감정도 덩달아 가라앉았다.

잼의 모양에 점점 가까워진다. 불의 세기를 마지막으로 한껏 높였더니 완전히 과즙을 없앴다. 롤러코스트의 시간이 잠잠해졌다. 가열해도 기포를 만들지 않아 불을 껐다. 잼이 완성되었다.

사별의 고통에 허덕이다 괴로움과 그리움, 미안함과 죄책감에서 오는 부정적 감정의 회오리를 끊어내고 담담히 받아들인, 치기 어린 삶의 풋내가 헐떡거리다 흐느끼다가 한숨의 늪에 빠져 헤어나오지 못했던 파편들을 소진燒盡한 모양새다.

감정의 파장, 감정의 파도타기, 인간의 운명, 그 어떤 것도 누가 수선하거나 바꿀 수 없다는 것. '고'의 두께를 얇게 하는 것은 감정찌꺼기를 소멸시키는 것임을 알았다. 먼저 보낸 것에 대한 죄책감을 올라타야 순간순간 돋아나는 감정의 색을 객관화할 수 있는가보다. '고'의 원인은 외부 탓이 아니다. 내가 자초해서 슬프고 아프고 괴로웠던 게다. 괴로움보다 괴롭다는 생각이 문제였다. 슬픔을 잊기 위해 미친 듯이 일하다가 한 템포 쉬어가는 시점이 생기면 늘 울기 좋은 곳만 찾았던 것은 어리석음의 긴 시간적 퇴행이었다.

움츠리고 쭈글쭈글하던 사과가 깎이고 갈리다가, 빨간 색과 아삭거림, 풋내와 시큼함이 끓임과 조림의 시간을 통과하고 비로소 달콤함으로 태어났다. 죄책감의 비등을 씻어내느라 스스로 뜨거운 용광로를 택했다. 찌그러지고 상처투성이던 내 감정도 졸여졌고 뜨거운 냄비 속에서 기화되었다. 냄비 안의 소용돌이로 잼 만들기에 실패하지 않기 위해, 사과와 못난 이별을 하지 않기 위해 용광로의 단련을 견뎌내느라 무척 힘들었다.

사과가 사람의 입으로 바로 들어가든, 잼으로 변하든 본래 남을 위한 생으로 태어나지 않았던가. 인생도 마찬가지다. 새로, 다시, 이제, 나와 같은 처지에 있는 사람에게 벼랑 끝 손을 잡아주고 감정을 포개주는 사람. 잼이 되어 타인을 위한 맞춤형 존재로 건너가려 한다.

냉장고 안이 비었다. 시들하고 주름을 만들지 않으려 안간힘을 쓰던 사과도 사라졌다. 고통에서 오던 신음, 몸부림, 타닥거림이 새로운 몸짓으로, 해체의 의미에 긍정으로 순응했다. 속성의 변색, 변화된 인식을 받아들임으로 그 의미는 굳어지고 구체화됐 다. 그물망처럼 나를 옥죄던, 죄책감이 주던 그 쓴맛을 외면하지 않고 껴안았다.

내 슬픔이 타인으로 건널 때나 타인의 슬픔이 나의 고통으로 건너올 때 풍화된 '고'의 쓴맛을 다시 맛보지 않으리라. 밝음에서 오는 이타의 단맛이 주는 가성비가 커질 것이다. 고통의 구간이 좁아지고 부정이 만들어낸 구멍 뚫린 생의 그림자도 사라질 테다. 나로부터 타인으로 건너가는 돌다리에서 고통과 이별하는 방식, 사과와 멋지게 이별하는 방식으로 내 삶을 견인하며 새 풍경을 그리고 싶다. **계간현대수필**

The 수필

● 왜 하필, 사과였을까. 사과는 그의 속살 같은 내면의 고백이다. 핑계이며, 절규이며, 속울음이었는지도 모른다. 쏟아내듯, 분노하며, 잦아들기까지 사과는 부서지고 갈리고 데이고 튀어나가며 버티던 존재의 메타포다. 냉장고라는 제한된 공간에서 온도와 습도를 견디며 앉아 있는 사과의 모습을 클로즈업해 자신에게 투사하며 비로소 자작하고 얌전한 한 병의 잼이 되기로 한다. 부단한 사유와 고단한 치유가 넘치게 들어 있다. 불 위의 시간은 작가의 뜨거운 애도의 과정이며, 지난한 몸부림이다. /김희정/

거미발

조이섭 seop2166@daum.net

파우치를 열었다. 한 손에 쏙 들어오는 녹색 벨벳 주머니다. 네 모서리가 낡아 아른아른하고, 박힌 금박마저 어느 금은방 상호인지 모를 만큼 흐릿하다.

지퍼를 열어보니 깨알만 한 다이아몬드가 들어 있는 금반지 두 개와 진주 반지 하나가 들어 있다. 아무리 장신구 욕심이 없는 아내이긴 하지만, 아무려면 가진 패물이 기껏 이것뿐이라니. 결혼 예물은 첫아이와 아내를 본가에 맡겼다가 다시 살림날 때, 일 년짜리 사글셋방 얻느라 모두 처분해버렸다. 주머니에 남아 있는 반지 세 개는 한참 후에 무슨 기념일 같은 때 내가 다시 끼워준 것들이다.

그런데 진주 반지는 알이 어디 달아나고 거미발만 남았다. 거미발은 반지나 장신구 따위에 보석이나 진주알을 박을 때 빠지지 않도록 감싸서 오그린 부분을 말한다. 진주가 빠지고 난 자리는 거미의 배가 말라붙은 듯 거무튀튀하다. 진주를 잡고 있을 때는 눈에 들어오지도 않았을 거미발의 존재가 새삼 두드러져 보인다.

파우치를 만지작거리는 나를 뒤늦게 발견한 아내는 진주가 빠진 걸 오래 전부터 알고 있었는지 목석처럼 가만히 서 있다가 한마디 툭 던져놓고 돌아선다.

"그거 인조 진주야."

무춤해진 나 혼자 씁쓸하게 반지를 만지작거린다.

거미는 생긴 모양과 달리, 모성애가 매우 강하다. 겨울이 되면, 산란한 알 덩어리를 위장시키려고 갖은 노력을 기울인다. 몇몇 종은 수많은 새끼 거미를 업고 다니면서 돌본다고 한다. 염낭거미류는 갓 부화한 새끼에게 자기 몸을 먹이로 내주는 극단적인 모성애까지 발휘한다. 거미의 발도 생존과 사냥에 중요한 역할을 한다. 먹이를 사로잡고, 작은 갈고리와 털로 벽을 기어오르거나 천장에 거꾸로 매달릴 수 있다. 미세한 온도와 진동의 변화, 화학물질을 감지할 수 있다.

세상의 모든 어미가 자식을 위하는 힘은 거미발의 등인 둥근 링, 곧 영에서 나오는 게 아닌가 싶다. 영은 어느 수에다 곱해도 영zero, 0으로 만들어버린다. 반면에 그 어떤 수의 뒤에 붙이면 그 수의 열 배, 백 배, 천 배를 만들 수 있다. 자기를 위해서는 0, 자식을 위해서는 무한대∞로 생산되는 사랑의 계산법이다.

불룩하던 거미의 배는 간데없고, 홀쭉한 거미발만 남은 반지의 허무한 모습을 보니, 새끼들이 모두 떠나간 빈 둥지처럼 허전하다. 그 위에 가족에게 가진 것을 다 내어주고 빈 껍질만 남은 얼굴 하나가 겹쳐 보인다. 아내는 주머니에서 돈 냄새 나는 것을 못견뎌할 만큼 낭비벽 심한 신랑과 함께 사느라 힘들었지만, 강인한 거미발로 몸과 마음이 건강한 자식 둘을 품어내었다. 남편의 박봉은 오로지 아이들의 양육과 남편

뒷바라지를 위해서만 지출했다. 정작 자신을 위해서는 아무것도 쓰지 않을 작정이었을 테니 장신구 장만이며 명품 가방 따위는 꿈도 꾸지 않았을 것이다. 나는 그런 알뜰한 아내를 두고 스크루지라고 놀리고, 때론 자린고비라고 몰아세웠다.

나이가 드니 아내나 나나 모임이 시나브로 줄어든다. 아내의 외출 준비는 오전에 달걀 한 개 풀어 얼굴에 퍼 바르고, 밑화장 조금에 루주를 바르는 것이 끝이다. 평소 입성 그대로이니 구태여 보석치레, 머리치장 할 필요를 느끼지 않는가보다.

무릇, 모든 사람 더구나 여자는 과시욕까지는 아닐지라도 꾸밈에 대한 최소한의 욕구는 있게 마련이다. 그러나 아내는 원천적인 욕구조차 억눌러가며 살았다. 두 아들 잘 키워 며느리들을 맞을 때도 혼수품으로 명품 가방, 보석 반지 말이 나오기 무섭게 한사코 손을 내저었다. 잘 입고 잘 차린 친구들이 많을 터인지라, 웬만하면 그런 데 마음을 둘 만도 하건만 오불관언이었다.

이렇듯 아내는 사치를 싫어하는 실용파처럼 보이지만, 판은 그게 아닐지도 모를 일이다. 아내도 여자가 아니던가. 결혼기념일이나 생일날 내가 손을 잡고 백화점에 끌고 가거나, 하다못해 명품을 살 만한 상품권을 손에 쥐어주었다면 마다했을까. 좋은 거 할 줄 모르는 사람이라고 아예 제쳐두고, 돌아보지 않았던 내가 부끄럽다.

보석처럼 껴안고 애면글면 키운 자식들이 모두 떠나갔다. 거미발을 아래로 하여 화장대 바닥에 세워본다. 거미발이 진주알을 물고 있을 때는 어림없지만, 진주알을 빌고 나면 똑바로 설 수 있다. 자식들을 내려놓은 지가 십수 년째인 아내도 이제부터라도 제2의 삶을 즐겼으면 좋겠다. 텅 빈 거미발에 새살을 채워야 한다.

　요즘처럼 밝고 좋은 세상에 빈둥지증후군에 빠진 것처럼 넋 놓고 앉아 있다는 게 말이 되는가. 텅빈 마음을 채워줄 형이상학적인 일이야 차차 생각하기로 하자. 우선 아내가 피부 마사지도 받고, 시내 유명 디자이너의 손길로 머리 손질을 받는 호사를 누리면 좋겠다. 도와달라고 떼쓰는 자식도 없으니 때깔나는 옷에다 명품 가방을 들고 근사한 레스토랑에 드나들고, 해외여행도 다문다문 가도 좋겠다. 주머니 사정이 흥부네 박 터지듯 나아져서가 아니다. 아내가 긴 세월 애써 모아둔 약간의 여윳돈이나마 자기를 위해 쓰라는 응원이다. 어차피 떠날 때는 자식들이 수의에 넣어주는 노자 몇 푼이 전부가 아니던가.

　떡 본 김에 제사 지낸다고, 탈출한 진주알을 찾으러 백화점에 가야겠다. 쥐꼬리만큼 받는 연금조차 아끼려고 애면글면하는 아내 지갑 열리기는 애당초 기대난이다. 평생 아내에게 월급봉투 맡기고, 용돈 받아 쓰는 백수가 비상금을 터는 만용을 한번 부려볼 밖에. **수필미학**

The **수필**

● 「거미발」은 인조 진주가 빠져나간 반지의 빈자리에서 시작해, 한 여자의 삶 속을 지나간 시간을 돌아본다. 반지를 지탱하던 '거미발'은 어머니, 아내, 여자로서의 자신을 부정하고 희생하며 살아온 한 여자의 생의 상징이다. 진주가 빠져 텅빈 거미발'을 보며 작가는 새로운 진주를 찾아나선다. 아내가 자신을 위한 삶을 살았으면 하는 바람이다. 작가는 일상의 사소한 사물, 거미발을 통해서 진정한 사랑이 무엇인지 말한다. 이 작품에서 일상의 사물 거미발은 문학적 상징이다. 작가는 작은 사물을 통해 그 너머의 의미 세계를 보여준다. 우리 주변의 사물들을 새롭게 보이게 한다. /이상은/

두루마리를 풀다

진가록 nana4333@naver.com

할머니와 살면 자연스레 배우는 삶의 기술들이 있다. 내가 그것을 배운 것인지도 모를 만큼 은근슬쩍 스며들어 알고 있는지도 모르는 채 지내다가 시간이 흘러 어느 순간 갑자기 등장하여 깜짝 놀랄 일도 생긴다.

"가는 세월 바람 타고 흘러가는 저 구름아 수많은 사연 담아 가는 곳이 어드메냐." 드라마 장녹수의 노래를 전화번호부 수첩에 받아쓰게 했던 할머니의 마지막 모습은 할머니가 떠나고 몇 년이 채 지나지 않아 고등학교 수업시간에 불쑥 떠올랐다. 고전문학 수업 중 선생님은 시신을 관에 고정하기 위해 무엇을 넣는지 아냐고 물었는데 나 혼자 '휴지'라고 무심코 대답했다. 선생님과 친구들의 놀란 표정에 나는 더 놀랐고, 그때 교실을 훑고 간 정적을 관에 누워 있던 할머니의 모습만큼이나 잊을 수가 없다. 가족들이 둘러서서 붙잡고 울던 관 속 할머니의 얼굴은 덤덤했다. 장의사는 조그만 틈도 허용하지 않고 심지를 뺀 두루마리 휴지를 밀어넣었다. 끝이 없을 것처럼 엄청난 휴지가 들어가고 난 후에야

관이 닫히고 못이 박혔다. 정신없이 보았기에 기억하는지도 몰랐던 그 장면을 나중에야 이해하게 된 것이다.

최근 식당에서 밥을 먹다가 반찬으로 나온 깻잎장아찌를 보고서 누군가 한 장씩 깻잎에 양념을 묻히려면 어렵겠다는 말을 했는데, 나도 모르게 깻잎을 실로 꿰면 된다고 대답해버렸다. 의아한 말에 이야기를 나누던 사람들뿐만 아니라 나까지도 잠시 멈칫했다. 이어 내 입에서 깻잎지를 만드는 방법이 술술 나왔다. 먼저 밭에서 막 따온 싱싱한 깻잎을 큰 대야에 넣고 씻은 다음 물기를 뺀다. 그 다음 바느질하듯 깻잎을 포개며 실로 꿰어 묶는다. 묶음 깻잎을 잡고 한 장씩 넘기면서 다른 손으로 깻잎에 양념을 바른다. 이렇게 하면 깻잎을 양념에 절이는 일이 빠른 속도로 끝이 난다. 마지막으로 양념이 묻은 뭉치 깻잎을 반찬통에 넣고 난 뒤에 묶어둔 실을 빼내면 된다. 이 간단하면서도 지혜로운 공정이 내 무의식 어딘가에 있다가 십 년이 두 번이나 지나고서 흘러나온 것이다.

깻잎지를 만드는 방법을 이야기하면서 떠오른 다른 것들도 있었지만 그날 다 말하지 않았다. 아침부터 간장을 졸이던 냄새와 오후의 햇살을 등진 채로 깻잎을 실로 꿰던 할머니, 양념을 숟가락으로 저으며 들떠 있던 어린 나, 그리고 저녁 밥상에 오른 깻잎지를 흰 쌀밥에 걸쳐 맛있게 먹던 가족들. 할머니는 늘 간장으로만 절인 것과 고춧가루를 넣어 절인 것 두 가지를 만들었다. 간장 깻잎지는 만든 날에서 멀어질수록 맛이 더 깊어졌다. 애써 배우려고 했던 일이 아니었고 할머니도 가르치지 않았지만 자연스럽게 내 안에 축적된 레시피와 그에 담긴 추억이 깻잎장아찌를 보고 울컥 쏟아져나왔다.

호박씨도 그랬다. 늙은 호박으로 죽을 끓여 먹고 버리기 아까워 말려 둔 씨를 남편이 손톱으로 까고 있길래, 손톱깎이를 건네주었다. 어리둥 절한 표정을 짓는 그에게 마른 호박씨는 손톱을 깎듯이 가장자리를 깎 아내면 쉽게 껍질을 벗겨낼 수 있다고 말해주었다. 이런 건 어떻게 알았 냐고 묻는 남편의 말에, 할머니와 손톱깎이를 하나씩 들고 앉아 호박씨 를 까먹던 그 옛날이 생각났다. 할머니는 깐 호박씨를 몇 개씩 모아두 었다 한번에 입안에 털어넣었고, 나는 한 알씩 앞니로 톡톡 부러뜨려 입 안에 고소함이 스치고 지나가는 것을 즐겼다. 수고에 비해 먹을 게 없 음에도 우리는 머리를 맞대고 앉아 그렇게 호박씨를 깠다. 호박씨를 깔 때 시간은 유독 느리게 흘러 할머니와 손녀가 마주 앉아 별별 얘기를 다 나눌 수 있었다. 지금에 와보니 할 수만 있다면 까놓은 호박씨를 왕 창 사 먹을 것이 아니라, 시시덕거리며 호박씨를 까먹던 그런 평범한 날 들을 다시 살고 싶다.

어릴 적 가끔 할머니를 따라 거리 약장수를 보러갔다. 공터에 가설한 하얀 천막 속으로 들어가면 뒷머리가 보글보글한 할머니들이 한가득 앉아 있었다. 마이크를 잡은 아저씨의 재담도 듣고 유행가도 부르고 할 머니 무릎에 머리를 기대 잠들었다 깨면 어둑한 밤이 되었다. 천막에서 나갈 때는 줄을 서서 선물을 받아가는데 할머니 손에 자의 반 타의 반 이끌려온 이유가 바로 이 선물 때문이었다. 햄이나 식용유를 받기도 했 지만 가장 많이 받은 것이 두루마리 휴지다. 내가 받기 싫다고 투덜거 리면 종이 한 장이 귀했던 시절을 살아온 할머니는 이게 제일 낫다고 말 했다. 그렇게 할머니가 열심히 모아둔 두루마리 휴지가 안방 이불장 위 를 가득 채우고도 넘쳐서 우리 가족은 할머니가 떠나고도 몇 년이 지나도록 휴지를 살 필요가 없었다.

이제는 간장 깻잎지의 깊은 맛도 가물가물하건만 할머니와 함께 살 았던 시간은 아직도 내 속 어딘가에 겹겹이 두루마리처럼 쌓여 있다. 할 머니 흔적을 다 잊은 듯 살다가도 이십 년 세월이 무색하게 추억이 툭 툭 풀려나온다. **수필과비평**

열꽃 피다

피귀자 pgj555@hanmail.net

눈이 내린다. 풀어진 솜털처럼 폴폴 날리던 얇은 송이가 서로 비비며 몸을 불린다. 점점 굵어진 눈송이는 거세지는 바람에 눕지 않고 바람을 타고 사선으로 휘날린다. 창문을 열면 금방 가슴에 안겨올 것만 같은 송이송이. 몇 년 만인가. 좀체 눈이 오지 않는 대구에 함박눈이 오시다니. 하지만 이 신비한 정경을 바라보고 있는 곳이 화상병원 병동이라니. 창문마저 폐쇄된 7층, 눈앞이 흐려진다. 하늘도 맞장구치듯 점점 어두워진다.

나뭇가지 끝에, 지붕 위에 눈은 천지사방을 뒤덮고 쌓인다. 축 처져 있던 병실도 술렁인다. 눈발이 차려내는 청찬에 복도 창문으로 모여드는 사람들의 환호 소리가 높아진다. 발에 붕대를 감고 휠체어를 탄 사람, 얼굴을 망으로 감싸고 눈만 내놓은 사람, 양손에 붕대를 감은 새댁도 문을 열고 나온다. 병원에 갇혀 있는 몸 대신 눈송이라도 반짝이며 자유롭게 훨훨 날기를 바라는가. 상처는 잊은 채 눈만은 아스라하다.

거리엔 자동차 불빛이 흐르고 바퀴 아래 깔린 눈송이는 금방 눈시울을 적시며 질척거린다. 손바닥으로 눈을 받으며 들떴던 사람들의 발걸음도 빨라진다. 더없이 여린 저것이 쌓이면 무게와 깊이는 또 어떤가. 비닐하우스 지붕은 폭삭 내려앉고 나뭇가지도 찢어지고 발도 푹푹 빠지게 한다. 눈의 무게처럼 화상은 원인에 따라 깊고 묵직한 상처로 비명이 쏟아진다. 활활 타오르는 불꽃에, 뜨거운 물이나 전기요 등 화상의 원인은 많고 많다. 아기 피부는 가습기에서 내뿜는 김이나 덜 식은 다리미 등에도 피부를 다치고 그 아픔은 어떤 아픔보다 아리고 쓰라리다.

화재는 눈 깜짝할 사이에 크게 번지게 마련이다. 불길에 얼굴이 새카맣게 변해버린 할아버지는 목숨을 끊고 싶어했다는 이야기가 돌았다. 무슨 사연이 있었던 걸까. 여린 피부가 화끈거리는 아픔을 안고 입원을 한 아기의 엄마는 늘 눈이 젖어 있더니 내리는 눈을 보고 모처럼 환한 미소를 보여준다. 치매로 본인이 화상을 입은 줄도 모르는 할머니는 동글동글 귀여운 얼굴이다. 예순이 넘은 결혼하지 않은 여동생이 병상을 지킨다. 언니가 밤에 자꾸 괴성을 질러서 옆사람에게 피해를 주는 걸 못견뎌한다. 돈 걱정, 일 걱정과 젖혀두고 온 식당 운영을 걱정하며 부디 언니가 자는 밤에 갔으면 하는 마음을 드러내며 내쉬는 한숨이 움켜쥘수록 거무죽죽한 저녁이다.

식구가 끓는 물에 화상을 입고 병원에 입원을 했다. 사고는 늘 순간이고 가장 안전할 것 같은 집에서 많이 일어난다고 한다. 밤새 안녕이라는 말이 가슴에 와닿는다. 살아오면서 하마터면 큰일날 뻔했던 일은 왜 없었겠는가. 무사히 지나간 수많은 날이 행복이었고 감사할 일이다. 병간호를 위해 함께 매여 있으니 무거운 담장이 무너져 늪으로 가라앉는 듯 눈앞이 캄캄하고, 바람에 쓸리는 뼈대만 남은 나뭇잎 부서지는 소리가 들린다. 햇빛과 비바람으로 엮어 짰던 날들이 멈칫거린다. 그러나 어쩌랴.

각자의 사연을 담고 백여 개의 병상을 채우고 있는 환자들은 고통과 인내의 연속적인 시간 속에서도 빨리 각자의 가정으로 돌아가서 착한 한 끼 저녁 밥상을 원하고 있으리라. 돼지고기라도 한 칼 들어간 된장국을, 순두부찌개가, 김치찌개가 보글거리는 밥상을. 밤이 오면 모든 걱정을 잊고 할 수 있는 모든 일을 했다는 안도감에 평화롭게 잠들 집을 꿈꾸며 아무리 힘들어도 내일 더 나아질 기회가 있다고 희망을 가지리라. 왜냐하면 어둠 없이는 별을 볼 수 없으니까. 밤이 가면 낮이 올 것이므로. 그리고 이미 일어난 일은 지나간 것이고 모든 끝은 항상 새로운 시작일 테니까.

미소년 같은 아가씨가 잘숙잘숙 절름거리며 다가온다. 짧은 커트머리 하얀 얼굴에 턱선 따라 피어난 오들도들 연꽃, 아문 흉터가 홍매화로 피어났다. 반소매 티셔츠 아래 드러난 팔과 손가락은 온통 하얀 붕대다. 열 손가락을 낙지발로 오글거리다가 처연한 흉터다리를 들었다 놨다 빙빙 돌린다. 잠시도 쉬지 않는 몸의 언어는 시린 바람에 부대끼는 갈대 같다. 지나가던 의사 선생님의 "계속 운동해야 피부가 당기지 않는 것 알지요?" 닦달하는 소리에 해맑은 눈동자 눈웃음만은 한 송이 청매화다.

아가씨 얼굴처럼 깊은 상처가 아물기 시작하면 피부 위에 발갛게 열꽃이 핀다. 저마다 열꽃을 피운 사람들이 치료실 앞으로 모여든다. 어느새 꽃밭을 이룬다. 얼마나 더 시간이 지나야 저 열꽃이 지고 하얀 피부로 돌아올까. 아니 처음처럼 다시 되돌릴 수 있는 걸까. 흰머리가 자란 정수리와 까만 염색이 남은 아랫부분이 극과 극을 이루고 부스스 제비집을 지어도 빗질마저 잊은 할머니 할아버지들. 겉모습은 관심 없다는 듯 상처의 아픔에 찌들어 만사 귀찮은 얼굴이다.

아장아장 걷는 아기나 상처 입은 발로 잘도 뛰는 아이들과 꽃다운 아가씨 얼굴에 피어난 열꽃은 더 애잔하다. 하지만 첫눈 오는 날은 다시 시작하기 참 좋은 날! 모든 것을 덮어주는 저 눈송이들이 열꽃을 하얗게 덮어 하루빨리 깨끗해지는 날이 오기를. 열꽃 없는 나는 덩달아 연민꽃 피운다.

수필과비평

● 작가는 화상환자의 치료 과정에서 새살이 돋아날 때의 살빛을 '열꽃'이라 명명하며, 고통 속에서 피어나는 생의 빛을 포착한다. 예기치 않은 사고로 화상병동에 갇힌 환자들을 첫눈 내리는 풍경과 나란히 두어, 차가운 함박눈조차 환호의 장면으로 바꾸어낸다. 폐쇄된 공간 속에서도 마음만큼은 펄펄 흩날리는 눈발처럼 자유로이 날아오르기를 바라는 시선이 섬세하게 배어 있다. 결국, 화상병동에도 눈은 내리고 그 눈은 잠시나마 삶의 가능성을 밝혀주는 조용한 위안이 된다. 작품은 감정에 매몰되지 않은 절제된 문장으로, 어떤 상황에도 희망은 스스로 길을 찾아온다는 사실을 보여준다. /한복용/

숨그네 시간

허정열 hur2838@hanmail.net

공터 화단에 폐타이어가 널브러져 있다. 먼 어디선가 운석처럼 날아와 떡 버티고 있다. 한때 속도의 제왕으로 아스팔트 콜타르 빛 근육을 뽐내며 질주하던 바퀴다. 그가 밟지 않은 곳은 없다. 그저 앞만 보고 달렸다. 속도로 쾌감을 즐기는 동안 거죽이 긁히고 찢기고 펑크 나고 몇 번씩 땜질도 했을 터다. 더 좋은 기술에 밀려 느닷없이 낙오자 신세다. 버림받은 생을 마감하는 중이리라. 책임과 의무를 내려놓고 소멸하는 그날까지 권태로운 질긴 시간을 견뎌야 한다. 그가 나를 끌어당겨 시간 너머로 데려간다.

시간의 굴렁쇠를 굴려 아득한 옛날로 잠기듯 걸어들어간다. 진학을 포기하던 날 학교 뒤뜰에 앉아 꺽꺽 눈물 흘리던 나를 만난다. 울다 지쳐 고개를 주억거리며 무릎 사이에 얼굴을 묻은 소녀가 내 안에 있다. 가난한 집안 맏이인 나에게 '포기'라는 운명이 경고도 없이 들이닥쳤다. 엄마는 왜 하필 이때 아파서 병원에 입원했을까. 왜 내 희망을 송두리째 앗아갈까. 그래도 엄마가 살아계셔야 했기에 이 말은 한번도 입 밖에

낸 적이 없다. 내 일손까지 보태야 하는 형편이며 진학을 포기하면 엄마가 벌떡 일어나 집으로 돌아올 것만 같아 입속에서만 뭉개버린 말이다. 어둠에 묻힌 진실을 밝히는 명석한 법학자가 되고 싶었는데 가난이라는 뿔이 나를 사정없이 들이박아 흔들다 패대기쳤다. 삶을 끝없이 옥죄고 가두고 벌주었다.

대학에 진학한 친구가 가슴에 배지를 달고 저 앞에서 걸어오면 꼬리 말아올리는 고양이가 되어 나도 모르게 전봇대 뒤로 숨곤 하였다. 낮은 자존감으로 엉버텼다. 마음 한편이 항상 휑하다. 왠지 인생 실패자 같다. 남은 모르고 나만 아는 부끄러움이었다. 숨그네 시간은 그때부터 시작되었다. 숨이 그네를 타듯 이리 왔다 저리 갔다 하는 것을 '숨그네'라 한다. 가슴이 둔중한 통증으로 늘 쿵쾅거렸다. 이유도 없이 기진맥진해지곤 하였다. 낙타는 죽어서야 등짐에서 벗어난다. 진학은 내 생에 걸친 거대한 꿈이며 숙제다. 저물녘 적막이 내리면, 바람 부는 날 나뭇가지가 흔들리면 내 꿈도 폐허가 되어가는 것 같아 불안해진다. 나에게 있어 젊음은 어서 빨리 벗어나야 할 도피의 시간이다. 다시 어떻게 해보기도 전 숨차오름이 성급한 어른으로 만들었다. 결혼이라는 인생 무대에 과감히 올라탔다. 겨우 숨을 몰아쉰다. 다시 살자.

새로운 삶은 스테인드글라스 창문을 뚫을 듯한 푸른 빛이 아니다. 나도 모르게 지향도 없이 끝도 없이 꿈은 더 팽팽해지고 담쟁이넝쿨처럼 뻗어나가 엉클어질 대로 엉클어진다. 이렇게 살 수 없다. 이대로 머물러서는 안 된다. 눈앞이 전부 허깨비로 남는다. 자녀가 태어났다. 시간은 넉넉지 않았고 의무와 책임만 산더미처럼 앞에 놓여 있다. 생활에 가위 눌리면서 갈수록 힘에 부치는 몸을 다스려가며 어떻게든 삶을 얼기설기 엮는다. 욕망이 제발 잠들기를 바랐다. 대학에 가지 않아도 살아갈 수 있었으면 좋겠다. 그래도 마음은 여전히 무겁고 생의 한 도막을 싹둑 잘라던지는 느낌이다. 살아 있어도 나는 헛것이다. 조금이라도 살 만해지면 그저 방 한 칸에 나를 유폐시켜 공부를 시작하리라.

아이들이 내 키보다 훨씬 크게 자랐다. 나는 누가 지라고 하지 않은 괴로운 짐을 지고 허덕이다 어느새 중년이다. 이제야 나만의 방에서 캄캄한 동굴에 갇힌 상처 입은 짐승처럼 공부를 시작한다. 오랜만에 혼자다. 오롯이 혼자다. 고독한 충만감이 살아난다. 시간을 아껴쓴다. 책장을 넘긴다. 그리하여 무모한 꿈을 기어이 실행해냈다. 부끄러움이라는 쓸쓸한 상처에서 놓여났다. 어떤 것도 소홀히 할 수 없는 주부와 학생인 몸은 엿가락처럼 늘어졌다. 어느 날 눈을 떠보니 병원에 누워 있었다.

폐타이어는 항해하는 법을 잊어버린 지 오래된 배처럼 화단 구석에 닻을 드리웠다. 야들야들 섹시한 분홍 장미꽃은 오른쪽에, 수술에 적갈색 꽃가루를 달아 구부러진 백합은 왼쪽에 끼고서 엉덩이를 토닥이며 풍류를 즐긴다. 주변에 야생화들이 입을 삐죽대며 개미보다 가는 허리 흔들어댄다. 이슬이라도 맞으면 폐타이어 품으로 들어가려고 더욱 향내를 뿜어낼 것이다. 산전수전 다 겪은 폐타이어 속내는 굴뚝 막은 덕석만큼 시커멓고 엉큼하다. 공터를 차지하고 앉아 이 꽃 저 꽃 다 받아 기르는 화분으로 변신하였다. 이래도 좋고 저래도 좋다. 쉽게 갈 일은 쉽게 가고 어렵게 갈 일은 어렵게 가는 그의 존재감이 자꾸 마음을 시리게 하여 내 눈은 말갛게 젖어든다.

生의 벼랑을 아등바등 기어오르는 나와 대비되어 얼굴이 화끈거린다. 폐타이어는 꼭 써먹지 않아도 좋다는 듯이 원망도 없다는 듯이 얼마나 간단하게 놓아버리는가. 풍요를 얼마나 비탄 없이 떨구어버리는 가. 어떤 것도 오래도록 똑같은 것으로 남아 있지 않는다는 것을 보여 준다. 누가 이렇게 간결하고 정확하게 폐부를 찔러오는 말을 해줄 수 있을까. 전부인 줄 알고 붙잡았던 밧줄도 검불이 되는 세상사. 정상이 라 규정해놓은 산의 정상만 정상인가. 칠부 능선도 내가 정상이라면 정 상이다. 놓아버린다는 것은 바보스러울 만큼 힘든 일이다. 폐타이어가 부럽다. 만화방창 풋풋하고 싱싱한 꽃들을 양쪽에 끼고 노는 그가 자못 부럽다.

숨그네 시간이란 그저 지독한 현재의 뒷모습일 뿐 아름다운 뒷모습 으로 남지 않는다. 무모했던 숨그네 시간이 새삼 가슴 저리게 엄습해온 다. 쓴웃음이 흐른다. 나 이제 질주를 멈추고 가쁜 숨 쉬고 싶다. 가만히 폐타이어 세계를 음미하며 살고 싶다. 돌아와 생각해보니 폐타이어를 향해 엄지척이라도 해주고 올 걸 그랬나 후회된다. **선수필**

The **수필**

● 공원에 버려진 폐타이어가 주변 사물들과 잘 어울리는 모습을 바라보며 세상사 를 초월한 여유로 읽어낸다. 삶과 죽음을 오갔던 타이어의 시간, 절박했을 시간을 건너온 존재에게 보내는 위로가 찬사다. 가쁜 숨을 이어와 넉넉해진 사유를 전하는 작가에게 엄지척을 보낸다. /노정숙/

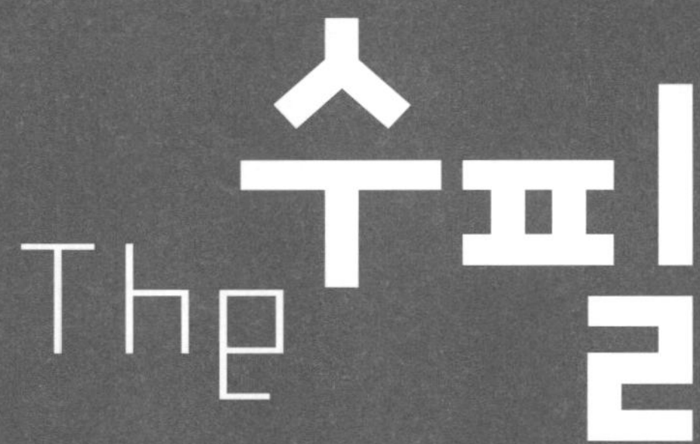

The 수필

Summer

서까래 계약서

강향숙 kdongbek@hanmail.net

젖은 앞산이 낮게 내려앉았다. 공중에 잠자리가 떼지어 난다. 제비 한 무리가 뒤를 쫓는다. 비행능력이 최고라는 잠자리와 곡예비행에 능한 제비가 한바탕 전투를 벌이다 흩어진다.

날던 제비 한 마리가 처마를 기웃댄다. 빈 집에 둥지를 틀지 않는다더니 사람이 든 걸 알았을까. 내 방 앞을 맴돌며 지지배배 지저귄다. 또 한 마리가 날아든다. 전깃줄을 타고 앉아 고갯짓하더니 V자 꼬리를 흔들며 사라진다.

제비 부부가 안전점검 마치고 서까래 끝에 터 잡았다. 물고 온 진흙을 기둥에 찍더니 번갈아 들랑날랑하며 기초공사를 다진다. 에헴, 헛기침 소리에 설핏 눈맞추고 태연히 돌아선다. 제 천적이라도 막아줄 사람이라 여기는가.

강남 갔던 제비가 다시 오지 않는다는 소식이 심심찮게 들려온다. 십팔 년간 개체수가 백 분의 일로 줄었단다. 지구생명보고서가 그 이유를 밝혀준다. 먹이 줄고 오염되고 콘크리트 구조물들이 제비를 몰아냈다.

서울시는 제비를 보호종으로 지정했다는데, 이쯤 되면 천연기념물 될 날 머지않았다.

이 마을에 떼지어 날아온 제비들은 무슨 바람이 불었을까. 귀소본능을 이기지 못하고 찾아온 나와 같은 처지일까. 아니면 귀하신 몸이 된 것을 확인하러 왔을까. 낡은 집에 유일하게 돋보였던 서까래 살려두길 잘했다.

"에, 에… 마을회관에서 알려드리겠습니다."

여름맞이 팥죽잔치 소식에 잘잘대며 회관으로 달려간다. 양은솥 한 가득 걸러낸 팥물 용암처럼 부글댄다. 머리맞대고 반죽 밀다 팥알 같은 말이 툭 터진다.

"우리 집에 제비 왔어요."

"못써. 똥 싸고 비듬 떨어져."

말이 끝나기도 전 반죽 썰듯 단칼에 잘려나간다. 자랑 끝에 불붙었다. 새끼들이 엉덩이 돌리고 똥 싸면 창문으로 날아들겠다. 주둥이 벌리고 밥 달라 울어젖히면 시끄럽겠다. 예서제서 일러주는 비법을 전해 듣고 달달한 팥죽 먹는 둥, 마는 둥 헐레벌떡 집으로 달려온다. 흙 발라놓은 자리 올려다보니 벌써 눈썹달만큼 테가 둘러져 있다. 의자 놓고 올라서서 미끄러운 비닐로 달을 가린다. 접착제 같은 제비침 아무리 발라 이겨도 붙지 못하리. 오호라, 사람이 천적보다 무섭다.

제비 오면 복 굴러들어온다는 말 옛날 옛적 얘기. 둥지에서 떨어져도 못 본 체할 변한 인심. 터 잃은 제비 부부 여기 갸웃 저기 갸웃 맴돌다 돌아선다. 가진 자 유세떨듯 꼼짝않고 지켜본다. 체구 작아도 강남까지 가는 기개로 포기 않고 날아든다. 어디서는 대우받고, 어디서는 내쫓기고, 먼 길 찾아와 찬밥신세가 따로 없다. 제비 부부 사정하듯 눈앞을 맴돈다.

집 짓는 데 일주일, 알 낳고 부화하는 데 보름, 둥지 떠날 때까지 이십일, 대략 한 달 반. 이 마을에 날아든 나도 철새이긴 마찬가지. 산 설고 물 선 동네로 왜 왔느냐는 날선 물음에 주눅이 들어 일 년, 둥지를 보수하는 데 또 일 년, 농지원부까지 만들어 농부가 될 기반을 다진 지 올해로 삼 년. 고향 가까이 살고 싶어 천리길을 찾아온 속내는 묻어두고 말았다. 그 사이 울타리로 심은 사철나무가 뿌리를 내리고 올 봄엔 담황색 꽃을 피워냈다. 있는 듯 없는 듯 은은한 향내를 내는 울타리 꽃처럼 나도 새댁이라는 고운 호칭을 얻었다.

텃새들 내준 자리 둥지튼 마당에 텃세를 부리다니. 어쩌면 제비들이 나보다 이 집의 주인이었을지 모를 일, 야박한 사람 인심 강남까지 소문날까 무섭다. 핀으로 박은 비닐을 서둘러 거둬낸다. 네가 있어야 내가 살고, 네가 살아야 내가 있는 자연의 이치는 더불어 공존이다. 임차인 제비 부부, 임대인 안전지킴이. 갑도 을도, 공중도 없는 서까래 계약서에 눈도장 찍는다.

신바람난 제비 부부 미끈한 전신곡선을 흔들며 날아든다. 지지배배 지지배배, 노랫소리 청아하다. 계간현대수필

● 전래 동화에서 빠져나온 제비 한 쌍이 축복처럼 들락거리는 사랑스러운 풍경과 마을 사람들의 인정 어린 목소리가 마을회관의 잔칫상처럼 맛깔스럽게 차려져 있다. 귀향에 적응하던 자신의 심정을 제비의 둥지짓기 심리와 은근슬쩍 치환하며 해학적 문체로 꾸려가는 즐거운 인간극장이다. 작가는 제비들에게 현대판 흥부가 아닐는지, 내년에는 탐스러운 박이 서까래를 덮고 기와 위에 주렁주렁 달릴지도 모르겠다. /김희정/

홋줄

강현자 khj5330@hanmail.net

무작정 달려왔다. 서녁 해는 문을 닫은 어물전 앞에 서성이고, 텅 빈 덕장엔 건어물을 매달고 있어야 할 집게가 줄지어 하릴없이 바다를 바라본다. 후줄근하게 늘어진 목장갑 한 짝도 끝쪽에 한자리 차지하고 있다. 그나마 오징어 몇 마리가 꾸덕꾸덕 말라가는 모습에서 누군가의 손길이 가까이 있다는 추측을 할 뿐이다. 그래, 내게도 누군가가 옆에 있었지.

거대한 몸체의 숨결인가. 며칠째 내린 폭설로 출어하지 못한 낚싯배는 무지근하게 눈을 뒤집어쓴 채 숨고르기를 하는 중이다. 아직 죽지 않았다는 듯 다시 떠날 내일을 기다리며 며칠째 저렇게 홋줄에 묶여 있었을 것이다. 깊은 한숨도, 밭은 숨소리도 아니다. 얇은 바람이 이끄는 대로 몸을 맡길 뿐이다. 물비늘이 일렁인다. 침묵 가운데 조용한 속삭임이다. 어쩌면 가느다란 저항일지도 내 발길이 이 먼 곳까지 순식간에 달려온 것도 나를 향한 저항이었을 것이다. 누구에게 하소연할 일도 그렇다고 원망할 일은 더욱 아니다. 아무렇게나 소리라도 지르고 싶은데 입 꾹 다물고 마냥 혼자 나선 길이다.

습관처럼 카메라의 앵글을 뱃전에 맞췄다. 배에 묶인 밧줄이 포물선을 그리며 물에 잠겼다. 모태와 연결된 탯줄 같다. 뭍에 단단히 고정한 굵직한 홋줄은 타협할 생각이 전혀 없는 듯하다. 새끼줄처럼 가지런하게 꼬인 모습은 자신의 본분인 듯 흐트러짐이 없다. 엄마 손에서 벗어나고픈 어린아이 붙잡듯 홋줄은 요지부동이다. 나를 잡고 있는 줄은 무엇일까.

홋줄은 구속이다. 구속이 싫어 그 줄을 놓아버렸다. 물결 따라 일렁이며 순순히 앞으로 나아갔다. 문득 돌아보니 옆에 아무도 없다. 획획 스쳐지나가는 바람과 구르는 낙엽만 있을 뿐이었다. 때로는 꽃잎도 어깨 위에 앉았다 가긴 했다. 문득 멈춰 섰다. 아, 옆에 아무도 없구나. "너는 혼자잖아." 얼마 전 꿈속에서 누군가 일깨워주었다. 가슴이 덜컥 내려앉았다. '혼자'가 그렇게 두려운 것인지 꿈에서 처음 알았다. 왜 그런 꿈을 꾸었을까. 뱃전에 일렁이는 물비늘이 꼭 지금 내 마음이다. 요동치지도 못하고 그렇다고 멈춤도 거부하는.

며칠 전, 희뿌연 유리벽 안으로 우연히 보았던 아들 손자 며느리 그리고 할아버지와 그의 새 아내 모습이 눈에 들어왔다. 철저하게 튕겨나온 한 영혼이 허공에서 잠시 비틀거렸다. 차라리 보지 말았어야 했다. 애초부터 그 자리는 내가 상관할 자리가 아니란 걸 알지만 뜻밖에 날아온 비수였다. 나는 물과 섞일 수 없는 기름방울이었다.

허허로운 벌판에 홀로 서 있는 갈대는 오히려 외롭지 않았다. 바람이 이끄는 대로 즐기면 그뿐이었다. 갈대숲 외진 곳에서 홀로 흔들리며 그들을 바라보는 갈대가 진정 외로운 갈대다. 일부러 혼자이게 한 것이 아니라고 갈대 무리는 핏대를 세우겠지만 가해자는 없는데 피해자만 있는…. 이 무슨 아이러니인가.

외로 꼬여 일정한 간격을 지켜가는 홋줄을 보니 어릴 적 사랑방에서 새끼줄을 꼬던 할아버지 모습이 어렴풋하다. 나도 해보겠노라 침까지 탁탁 뱉어가며 꼬아보지만 내 새끼줄은 엉성하기 짝이 없었다. 새끼줄이 밧줄로 변하는 동안 내가 엮어온 세월은 참으로 양성하기 짝이 없었다.

계선주를 겹겹이 끌어안은 홋줄은 단단한 근육질로 뭉쳤다. 홋줄을 유심히 들여다본다. 여러 개의 가닥이 꼬이고 꼬였다. 두 개의 줄이 서로 꼬여서 하나의 새끼줄을 이루듯 세상 어느 것이든 반대편과의 관계 속에서 존재의 의미가 있다고 했다. 나도 혼자인 누군가를 위해 내 영혼을 조금은 나누었을 것이고 그 누군가도 내가 알아차리지 못하는 사이 나와 연결되어 있었을 것이다. 구속이 싫어 끊어버린 밧줄이지만 그래도 오늘을 살아내고 있는 것은 그 밧줄이 다시 누군가와 연결되었기 때문일 것이다.

홋줄은 연결이고 연결은 인연이다. 사람은 누구나 서로 기대어 산다. 홋줄이 외줄이 아닌 것처럼. 그래, 내가 바로 홋줄이었구나. 그러니 혼자라고 말하지 말자. 세상 사람 누구나 다 혼자다. 아니, 세상에 혼자는 없다. 혼자 있어도 외롭지 않을 수 있고 무리에 섞여 있어도 외로운 사람이 있다. '혼자-외로움'이라는 등식이 성립하지 않는 이유다.

갯바위 위에 섰다. 볼에 닿는 바닷바람이 한결 부드럽다. 오후의 햇살도 한 뼘은 두터워졌다. 때로는 생명을 위협할 만큼 단단한 홋줄을 풀고 바다로 나간 배는 뭍에서 벗어나 또 다른 누군가를 만날 것이다.

파도를 만나고 암초를 만나고 물고기를 만날 것이다. 탯줄을 끊고 어머니와 떨어진 나는 아버지를 만나고 세상을 만났다. 지나온 세월 돌이켜보면 나 혼자인 적은 없었다. 내가 잠시 등을 돌려 먼 곳을 바라보았을 뿐이다. 여러 개의 줄이 꼬여 하나의 홋줄을 만들 듯, 사람은 누구나 그렇게 또 다른 누군가와 연결되어 있다. 똬리를 틀고 가부좌를 한 홋줄에서 구속과 연결을 생각한다. 외로움이란 구속과 연결 사이 그 어디쯤에서 서성이는가.

다시 시동을 걸었다. 백미러에 감빛 노을이 담겼다. BTS 노래가 차 안에 가득하다. '나는 지금 무엇을 찾으려고 애를 쓰는 걸까/ 난 지금 어디로 쉬지 않고 흘러가는가 come back home~.'

한국수필

돌림노래

김민주 hwani_k@daum.net

바람이 세차게 불었다. 엄마는 무심한 시선으로 서걱거리는 대숲을 훑고 있었다. 간혹 힐끔거리며 눈치를 살피는 걸 보니 분명 할 말이 있는 듯한데 애꿎은 무릎만 툭툭 쳤다. 한참 뒤에야 큰어머니 이야기를 꺼냈다.

맏딸이 편치 않은 것은 당신뿐만이 아니었다. 자신의 삶을 송두리째 내맡기고 목소리 한번 높이지 못하는 엄마가 못마땅한 것은 나도 마찬가지였다. 가슴에 참을 인忍 자를 새기는 엄마를 보면서 나는 큰어머니를 향한 불평과 불만을 키웠다. 세월이 흘러도 데면데면하기는 매한가지였다. 엄마는 큰어머니의 병문안을 대신 다녀와주길 바라고 있었다.

방문은 밖에서 잠겨 있다. "어딜 그렇게 가고 싶은 건지. 도무지 감당이 안 돼." 사촌오빠는 묻지도 않은 말을 혼자 중얼거린다. 어미를 가둔 자물통의 써늘함에 짐짓 마음이 쓰인 모양이다. 암팡지게 문고리를 물고 있는 걸 보며 '오죽하면'이라는 핑계를 속으로 해준 참이다.

문을 열자, 서늘함이 감도는 어둑한 공간에 큰어머니가 앉아 있다.

아들이 세 번이나 부르고서야 창 너머로 향해 있던 공허한 눈을 천천히 돌린다. 초점이 흐린 무표정한 눈빛은 속이 텅 빈 매미 껍질처럼 흐릿하다.

올케가 수박을 들여오자, 감독의 큐 사인을 받은 연기자처럼 찰나에 표정이 풀리며 손이 움직인다. ― 이것 좀 먹거라. 오랜만에 왔구만, 차린 게 없어 어짜노. 야야, 점심은 먹었나? 부산스럽게 허공을 젓던 손이 덥석 내 손을 잡는다. 삭정이처럼 거칠고 푸석하다. 들어본 적이 없는 다정한 말투와 부드러운 눈빛에 잠시 당황하며 어색한 미소를 짓는다. 원래 까칠한 성정이라 크게 신경을 쓰지 않았다가 치매란 것을 알았을 때는 이미 중증에 접어든 즈음이었다고 한다.

어렸을 적, 농사철이나 제삿날, 명절이면 엄마는 며칠씩 큰집에서 일을 거들어야 했다. 정신 사납다며 흔들어대던 큰어머니의 손사래에 네 남매는 끼니때가 되어서야 큰집을 기웃거렸다. 살금살금 뒤뜰로 들어가 툇마루에 앉으면 엄마는 서둘러 상을 내왔다. 눈에 띄지 않게 좌우를 살폈고, 달그락거리는 숟가락 소리에도 가슴을 졸였다. 어린 마음에도 자존심이 긁혀 끼니를 거르고 싶었지만 동생들을 굶길 수는 없었다. 툇마루에 물 한 바가지를 올려주고 급히 자리를 뜨는 엄마의 뒷모습에 늘 목이 멨다.

마당엔 온통 음식 냄새가 진동했다. 한쪽에 걸린 솥단지 앞에서 큰어머니는 유려한 솜씨로 유과를 튀겨냈다. 반대기가 하얀 꽃처럼 피어나는 마법 같은 장면에서는 눈을 뗄 수가 없었다. 얼른 나가라는 언짢은 목소리를 모른 척하고 갖가지 음식판을 다 돌고서야 대문을 빠져나왔다. 동백기름을 발라 올 하나 흐트러짐 없이 단정한 머릿결에 단단히

쪽을 틀어 은비녀로 굳게 채운 큰어머니의 표정은 한겨울밤 달빛만큼
이나 차가웠다.

　─ 니는 시집은 갔제? 뜬금없는 질문이다. 지천명을 넘긴 지가 언젠
데 시집이라니. ─ 네, 시집갔지요. ─ 그래, 아는 몇이고? ─ 둘입니다.
아들 하나, 딸 하나 뒀습니다. ─ 잘했네, 그래 어데 사노? ─ 포항 삽니
다. ─ 같은 포항에서 어째 그클 안 들따 보노? 무심하기는. ─ 죄송합
니다. 먹고 사는 것도 바쁘네요. ─ 그래, 바빠야제. 사람이 안 바쁘면
되나. 순간 시선이 얽힌다. 큰어머니 입가에는 잔잔한 미소가 흐르고
있다.

　눈빛만으로도 엄마를 제압했던 큰어머니가 눈살을 찌푸려도 어린
나는 꿈쩍하지 않았다. 큰집에 들어서면 큰아버지 옆에서 책을 읽거나
텔레비전을 봤다. 과묵한 큰아버지가 간식을 요청하는 유일한 때이기
도 했다. 곶감이며 유과, 인절미며 조청 등은 모두 나를 위해서였다. 못
마땅한 표정으로 음식을 내오는 큰어머니를 보며 우쭐하기도 했다. 카
리스마 넘치는 큰어머니가 꼼짝하지 못하는 유일한 사람은 늘 내 편이
었다.

　─ 그래, 잘 왔다. 니는 시집은 갔더나? 큰어머니는 처음인 양 질문을
해온다. 말투에는 그리움이 한껏 묻은 데다 한술 더 떠서 서운한 마음
도 내비친다. 서로 간에 애틋한 기억이 없을 터인데? 서운함까지 드러
내는 통에 어설픈 핑계를 찾아 덧붙인다. 반복된 질문에 똑같은 대답이
이어진다.

　읍내 약국집 딸이었던 당신은 중매로 큰아버지와 연을 맺었다. 궁핍
한 어촌에서의 결혼생활을 받아들이기 쉽지 않았을 것이다. 게다가 친

정과는 사뭇 다른 시대의 환경, 어린 시동생을 책임지는 부담감까지 감내해야 하는 상황이었다. 없는 살림에 자식은 왜 그리 낳느냐며 엄마를 타박했던 일 또한 그 모든 삶의 무게가 자신에게로 향하지 않을까 하는 두려움 때문이었을지도.

— 정아야, 니 시집은 갔나? 질문이 다시 시작됐다. 사촌오빠는 눈살을 찌푸리더니 토라진 아이처럼 투덜대며 자리를 뜬다. 다시 대답한다. — 네, 시집가서 아이 둘, 남매로 뒀습니다. — 옳지 잘했다. 그래, 니는 어데 사노? 똑같은 타박을 들을 필요가 있을까. — 네, 저는 서울 삽니다. 길이 멀어 자주 찾아뵙지 못하네요. 큰어머니 눈꼬리가 치오른다. — 에잉, 가시나. 니 포항 사는 거 내 다 안다. 체머리가 크게 흔들린다.

순간, 폭소가 터져나왔다. 누가 먼저랄 것도 없이 치매에 시달리는 큰어머니와 내키지 않는 병문안을 온 조카가 마주 앉아 파안대소한다. 보이지 않게 그어진 경계가 순식간에 무너지고, 가슴에선 무겁던 누름돌 하나가 치워진다. 흐릿한 은매화 꽃잎이 얇아진 쪽머리 끝에서 달강거린다.

언젠가 수십 년을 마치 한 몸인 것처럼 당신의 뒤태를 지켜온 것이 은비녀가 아니라 짝퉁인 백동 비녀라는 것을 알았을 때 나는 적잖이 놀랐다. 꼿꼿한 목 뒤 풍성하게 말아올린 뒷머리에 꽂힌 은비녀는 당신과의 경계를 인정할 수밖에 없는 상징 같은 것이었다. 또 결코 가까워질 수 없는 큰어머니와 나 사이에 세워진 견고한 벽이기도 했다.

치매는 이성을 죽이고, 본성은 도드라지게 한다는 말이 있다. 게다가 오랜 기억은 어떤 이유로 왜곡된 채 저장될 수도 있다는데 그니의 기억 속 나는 살가운 조카였을까. 팍팍한 환경은 동기간의 정도 메마르게 할 만큼 고단했을지도 모른다. 거짓말을 한 무안함에 큰어머니 손을 잡고 수박 한 조각을 건넨다.

하얀 쪽머리 아래로 주름골이 깊다. 그 사이로 얼마나 많은 시련이 꼬깃꼬깃 접혔을까? 오랜 시간 단단히 굳었던 옹벽을 순간에 허물어뜨린 그 웃음은 약국집 처녀의 화사한 모습일지도 모르겠다. 따스하게 맞잡은 당신의 손등에 핀 저승꽃이 짙다. 수박 한 입 베어물자 큰어머니의 돌림노래가 다시 시작된다.

　　— 니, 시집은 갔더나?　　　　　　　　　　　**계간현대수필**

The **수필**

● 버석거리는 세월의 지푸라기를 손바닥이 부르터가며 열심히 꼬아 단단하고 매끈한 새끼줄 하나를 엮어낸 듯 마음이 후련하고 그득해지는 작품이다. 불편하고 꼬깃꼬깃한 시간의 깊은 주름을 펴게 해준 큰어머니의 고장난 돌림노래가 배꼽 잡고 웃게 하면서도 인생의 어느 구간 차가운 은비녀처럼 서늘해지는 까닭이다. 서로 그렇게 눈빛을 끌어안고 한바탕 웃는다. 반복되는 서사를 지루함 없이 숨을 놓지 않고 끝까지 읽게 하는 솜씨가 빛난다. /김희정/

그랴

김은숙 happyeunni@hanmail.net

나뭇잎은 나무의 귀다. 바람은 나무 주위를 맴돌며 귓속말로 속삭인다. 이파리들은 동의하듯 몸으로 까딱까딱 맞장구를 친다. 푸른 빛을 반사해 바람의 말에 화답하기도 한다. 바람은 바쁘다. 세상 곳곳에 전할 말이 많아서다. 숲을 휘돌고 강을 풀쩍 건너뛰어 들판으로 내달린다.

꽃과 풀은 바람이 전해준 세상 얘기를 도란도란 나눈다. 나무는 큰 가지를 흔들며 추임새를 넣는다. 살다보면 사람이나 동물들, 사물에도 바른길을 안내하는 지침서가 있다. 바람이 나뭇잎에 들려주는 말은 영양분처럼 이파리를 살찌우고 품을 넓힌다. 어떤 말에는 영양소보다 더 많은 지혜가 담겨 있다. 아버지가 내게 늘 하셨던 그 말씀처럼….

우리가 매일 나누는 말들에는 지붕이 있고 우산이 있으며 포대기가 있다. 동글동글 꽃처럼 피어나는 말, 반듯하게 각을 살린 말, 믿음이 뭉근하게 깔린 말, 방패처럼 든든한 말이 마음을 살찌우고 키를 키운다. 좋은 말은 귀를 순하고 부드럽게 하며 근심과 걱정을 몰아낸다.

'그랴.'

이는 아버지가 생전에 즐겨 사용하던 말이다. 따뜻하고 부드러워 심리적 공감대와 연결감을 주고, 모든 걸 품어주는 큰 말이었다. 돌아보면 그 말 한마디 안에서 나는 푸르게 자랐고 안전하게 꿈을 꾸었다. 아버지의 '그랴'라는 짧은 단어는 평화롭고 달콤했다. 예민했던 질풍노도의 성장기에도 마음 온도를 알맞게 데워준 말이었다.

환한 웃음으로 그리던 '그랴'에는 많은 의미가 함축되어 있었다. 옳은 일, 바른 일은 물론이고 위로와 용기가 필요할 때, 등을 다독이며 믿음을 주었다. '그랴'라는 말을 가만히 발음해보면, 보름달같이 밝고 부드러우며 명랑한 음률이 동심원처럼 퍼져나간다. 할머니가 쌈짓돈을 헐어 손자들에게 사주셨던 비타민처럼 힘이 솟구친다. 당연히 내게는 믿음이고 큰 의지였다.

맏딸인 나를 유독 예뻐했던 아버지는 내가 어떤 말을 하든지 한결같이 '그랴'라고 대답해주셨다. 언제부턴가 내 가슴에는 그 말의 이미지들이 별빛처럼 영롱하게 쌓여갔다. 덕분에 많은 위기를 넘길 수 있었다. 학창시절 친구들 때문에 망쳤던 기분도 이내 뽀송뽀송해졌다. 날을 세웠던 마음속 독기가 흰 눈처럼 녹아내렸다. 아버지의 말에 기댄 하루하루는 양감이 가득한 행복으로 채워졌다. 순수하고 무결해서 지금도 내 앞길을 등불처럼 환히 비추는 것 같다.

나는 줄곧 아버지의 '그랴' 덕분에, 청춘의 뒤안길에서 희망이 골절된 목록들도 비교적 잘 견딜 수 있었다. 첫사랑에 탈이 나고 내 안으로 먹구름이 이주해올 때도 침침한 불행들은 다행히 의식 속에서 사라졌다. 나는 그 이상 얼룩지거나 눅눅해지지 않는 법을 배웠다. 또한, 거친 세상을 살아가는 데 든든하고 푹신한 의자가 되어주었다. 아버지는 어떻게 뒷산의 칼바람도, 운명을 찢는 사나운 불행도, 시원하게 대숲처럼 가라앉히는 법을 아셨던 것일까? 나이를 먹어가면서 아버지의 반듯함과 융통성과 너그러운 사유를 나는 조금씩 일깨웠고 배워갔다. 그로 인해 힘든 일이 생길 때면 더욱 야무지고 단단해졌다.

시간은 멈추지 않고 흘렀고 아버지는 늦게 발견된 말기 대장암으로 수개월째 병상에 누워계셨다. 병문안하고 집으로 돌아올 때면 발걸음이 쉬이 떨어지지 않아 자꾸만 뒤를 돌아보며 아버지께 손을 흔들었다. 아버지는 나보다 더 오래 허공에 손을 흔들며 나를 바라보고 계셨다. 병원을 방문하고 며칠이 흐른 어느 날, 불안한 꿈을 꾼 직후였다. 직장에서 긴급한 업무가 생겨 아버지를 찾아뵙지 못하게 되었다. 가슴 한구석이 답답해지자 초조한 마음에 전화기를 들었다.

"아버지, 오늘은 일정이 꼬여서 뵙지 못해요. 내일 집에 모시고 와서 맛있는 진지 대접할게요."

"그랴, 바쁜데 뭘 매일 오냐? 너도 일해야지. 애비는 괜찮다. 내 걱정하지 마라. 그랴, 그랴. 내일 보자꾸나. 그랴."

그 순간이 우리의 마지막이었다. 앞으로의 내일은 우리에게 허락되지 않았다. 꿈속에서처럼 어두운 바람 한 줄기가 후욱 — 아버지의 야윈 등을 떠밀었다. 그날 전화 너머로 들려온 고요하고 차분한 목소리, '그랴'라는 한마디가 내 머릿속에 맴돌았다. 아버지는 그토록 사랑하던 딸의 손길을 마지막으로 붙잡지 못한 채, 바람에 날리는 풍등처럼 저 먼 곳으로 영영 사라져버렸다.

아버지의 부재가 또렷해질수록 무한한 지지를 보냈던 그의 목소리는 더욱 가슴 아프게 메아리쳤다. 마지막 순간을 함께했더라면 얼마나 좋았을까. 야윈 몸을 부드럽게 쓸어내리며 '아버지, 괜찮으세요? 그라요? 안 그라요?'라고 조심스레 여쭤봤을 것이다. 그러면 아버지는 거친 숨을 애써 가라앉히며 '그라, 괜찮다. 그라'라고 대답하셨을 터이다. 세상의 빛마저 꺼져가는 찰나, 아직 딸의 모습을 그리며 눈조차 감지 못한 아버지의 그 마지막 순간이 내 가슴에 맺혀 아련히 남아 있다.

세월은 흘러 아버지에 대한 그리움을 씻어내지 못한 채 몇 해가 무심히 지나갔다. 좋은 곳에서 평안하게 계실 거라 위로하듯 스스로 달랬지만 세월이 갈수록 그리움은 더욱 깊고 진하게 밀려왔다. 아버지는 이미 이 세상 어디에도 계시지 않는데, 계절은 무심하게 흘러가고 있다. 집 앞 호숫가 수양버들은 어느새 노인처럼 등이 굽었다. 아버지와 손잡고 호숫가를 거닐던 그 시절, 이 버드나무들은 나처럼 작고 연약했다. 하지만 지금, 어른이 된 내 모습을 바라보는 나무들은 깊은 이해와 그리움이 깃든 듯 침묵 속에서 나를 지켜본다.

버드나무 가지들이 살랑거리며 바람의 속삭임을 전하는 듯했다. 바람의 전언을 듣고자 나는 나무 아래에 섰다. 미세하게 퍼지는 오묘한 꽃향기가 자분자분 번져난다. 먼 여정을 마치고 도착한 바람은 들판의 자잘한 풀꽃들의 속삭임을 전해주는 듯하다. 마치 바람은 꽃잎의 은밀한 이야기를 향기라는 언어로 풀어내고 있는 것 같다. '그라.' 익숙한 말소리가 내 귓가에 은은히 맴돈다. 어릴 적 아버지와 호숫가를 거닐던 기억이 생생하다. 부드러운 바람에 풀꽃향기가 살포시 스며들던 그 순간들, 아버지의 목소리는 바람을 타고 버드나무 사이로 흘러 잔잔한 연못 위로 부드럽게 스며들었다. 이 호수는 그때의 익숙한 말을 고스란히 간직하고 있을 것이다. 그러니 나를 이곳까지 불러낸 듯하다.

바람을 따라 푸른 버드나무 잎들이 옷자락처럼 휘어지며 연못 속에 제 그림자를 풀어놓는다. 치어 떼들이 물살을 가르는 꼬리 끝에 순한 말들이 매달려 은빛 시를 적는다. 연못에 발을 담그고 먼 산을 보며 꿈을 꾸는 나무는 알까? 주말마다 이곳에 와서 어린 딸에게 아름다운 이야기를 풀어놓던 한 사내를, 그의 눈빛과 부드러운 몸짓을….

저물어가는 햇살의 잔영을 모아 바람이 호수를 가로지른다. 그 바람의 마지막 여백에 서둘러 내 마음을 새겨 보낸다. 아마도 오늘 밤은 아버지가 '잘 지내지? 그랴?' 하며 환하게 웃는 얼굴로 내게 다녀가실 것 같다. '그랴'라는 낯익은 음성이 귓전에 맴돈다. 나도 모르게 당신을 닮은 어조로 그랴,라고 낮고 고요하게 불러본다. 어둠 속에 가만히 별 하나가 켜진다.

에세이문학

● 아버지의 말 '그랴'는 아버지의 표상이다. 저 단어는 딸에게 꽃을 피우고, 생의 방패가 되고, 인간의 믿음이 몽글몽글 괴어오르게 한다. 순수하고 무결하게 느껴졌던 아버지의 '그랴'가 사나운 세상의 칼바람을 삭혀 품은 후의 말이라는 걸 느낄 만큼 연륜을 가진 딸은 아버지가 더욱 그립다. 딸이 버드나무의 호수에서 아버지의 '그랴'를 듣는 장면은, 인간의 그윽한 말 한마디가 존재는 물론 자연으로까지 스며 공명한다는 것을 암시한다. 작가의 언어적 감성과 지성이 문학적으로 완결되어가는 과정에 흠뻑 빠져들었다. /김지헌/

산화

김철희 chk1500@naver.com

삭정이에 불씨가 옮겨붙자 시뻘건 혓바닥을 날름거리며 불길이 거세게 일렁인다. 타들어가는 나뭇가지 위로 굵직한 나무토막이 얹히고, 그마저 순식간에 화마의 볼모가 돼 장렬히 산화한다. 불기둥은 더 거세게 아궁이 속으로 뜨거운 입김을 불어넣는다.

아궁이의 열기가 얼굴에 얼비치자, 뒤로 주춤 물러나 앉은 어머니는 한참을 불멍으로 아무런 말이 없다. 가마솥 뚜껑 사이로 하얀 김이 새어나오고, 쓰러진 숯불 위에 또 하나의 장작을 보태자 잠시 열기가 잦아들었다. 그 틈을 이용해 어머니는 고단하고 버겁던 세상사의 짐을 벌건 숯불 위에 올려놓았다. 사그라들던 불씨가 활활 살아나더니 어머니의 볼에는 새빨갛게 홍조가 돌기 시작했다.

부지깽이 하나 들고 아궁이 속을 들여다보며 어머니는 무슨 생각을 그리하셨을까? 찬장 하나 덜렁하니 놓여 있는 부엌, 정갈한 부뚜막, 석유풍로가 집기의 전부로 살림살이라곤 알량하기 그지없었다. 바지런히 살아도 늘지 않는 터수에 희망이라곤 품 안의 자식뿐이니 참으로 기구한 팔자가 아닐 수 없다. 자식은 책임져야 할 골칫덩이라지 않던가.

자칫 자리를 비웠다간 불씨가 부엌 한편에 쌓아둔 마른 솔잎에 옮겨 붙기라도 하면 큰일이기에 어머니는 아궁이 앞을 좀처럼 떠나지 않았다. 하염없이 활활 타오르는 불만 지켜볼 뿐, 묵언 정진의 자세로 일관했다.

30촉 백열등 빛은 검은 더께로 가득한 부엌의 허전한 공간을 밝히기에는 역부족이었다. 차라리 아궁이에서 삐져나온 열기로 가득한 장작의 불길이 더 뜨겁고 밝았다. 찬바람 부는 산비탈을 누비며 삭정이와 나뭇가지를 꺾느라 뻐근해진 삭신을 달래기에는 뜨끈한 열기만 한 게 없다고 생각하셨을까. 배는 곯아도 추위를 견디는 게 곤욕이었던 어머니는 애옥살이 시절을 아궁이 앞에서 지친 몸을 추스렀다.

배가 고팠는지, 막내가 안방에서 부엌으로 난 쪽문을 열고 밥 언제 먹느냐고 떼를 쓰다가 어머니 손에 쥐어져 있던 부지깽이에 머리를 된통 맞고 울음보를 터뜨렸다. '새끼 입에 먹이가 들어가는 게 어미 새의 기쁨'이란 건 늘 그런 게 아닌가보았다. "참고 기다릴 것이지, 그새 그걸 못참고 밥타령이냐"라며 진종일 초주검이 되도록 몸을 혹사한 어머니가 불같은 성정을 버럭 냈다. 자식들이 당신의 전부였던 어미로 사는 삶, 아직은 어린 자식들을 건사해야 할 여자의 삶이 불에 타들어가는 지저깨비처럼 서서히 사그라들고 있었다. 조촐한 행복은커녕 아버지의 빈자리가 너무나 크게 느껴졌다. 작가 장석주는 "자식의 생물학적, 도덕적 성장을 돕는 책무를 다해야 진짜 아버지"라 했지만, 울 아버지는 쉰 살이 되기 전에 병마를 이기지 못한 채 생의 역사에서 사라지셨다. 쓸쓸히.

홀어머니 품에서 학업을 이어가는 네 남매가 함께 생활했던 우리 가족은 늘 타다 남은 차가운 잿빛처럼 침울한 나날을 보냈다. 곤궁하게 살았지만, 누구 하나 반찬투정하는 법이 없었다. 며칠이고 수제비만 먹은 일도 있다. 밀가루 반죽을 편편하게 뜯어 호박과 푸성귀를 넣고 끓인 수제비에 파와 고춧가루를 다져 만든 간장을 놔 먹으면 왜 그리도 맛나던지. 요즈음도 가끔 비라도 내리는 날이면 부러 해달라고 해서 먹곤 한다.

안방과 부엌이 연결된 쪽문은 생과 사의 문이기도 했다. 위암 수술을 받고 집으로 돌아와 별다른 치료도 못 받고 고통에 시달리던 아버지가 어느 날 밥상이 드나들던 쪽문을 열고 부엌 부뚜막에 물이 가득 담긴 플라스틱 양동이를 놓고 거꾸로 머리를 처박으며 죽으려고 한 적이 있다. 마침, 일을 마치고 돌아온 어머니가 부엌문을 열고 들어와 기겁하며 양동이에 담긴 물을 쏟아버린 덕분에 아버지는 목숨을 부지할 수 있었다.

놀란 가슴에 어머니는 의지하며 살아온 아버지의 등짝을 종주먹으로 마구 때렸다. 앙상하게 드러난 뼈밖에 없는 마른 체구에 한 서린 눈물이 한 되박 쏟아져 내렸다. 산은 넘고 물은 건너며 사는 게 인생이라는데 물속에 머릴 처박고 있었으니 그 심정이 오죽했을까. 어머니는 양동이를 아궁이 속에 마구 쑤셔넣으며 울부짖었다. "나는 어찌 살라고 이럽니까. 죽을 거면 같이 죽지 왜 혼자 죽으려고 해요." 삶은 극복하는 것이 아니라 그저 견디는 거라는 걸 항변하는 것 같았다. 나는 '불의 신'이 가진 힘을 빌려 어머니가 방금 뱉어낸 절규 서린 말들을 불에 죄다 태워버리고 싶었다. 막상 태울 수 없다는 사실에는 두고두고 마음 아파했다. 세월이 흐를 만큼 흘렀지만, 아직도 그날의 소동은 기억에 선명한 자국으로 남았다.

장작을 분구焚口 속으로 던졌다. 더 깊숙이 밀어넣었다. 구들장이 밤새 식지 않고 오래도록 열기를 간직하기를 바랐다.

인류가 불을 처음 사용한 것은 호모 에렉투스로 살았던 142만 년 전으로 거슬러 올라간다. 불은 날것을 익혀 먹게 했고, 추운 밤을 따뜻하게, 위험으로부터는 안전을 가져다주었다. 문명의 진화를 가져온 불의 역사는 어머니의 삶으로 이어져 숱한 애증의 역사를 일궈왔다.

*

혼자가 된다는 것, 애초에 어머니는 꿈에도 생각지 못했다. 갓 스무 살에 낯선 곳으로 시집와 숱하게 혼자 밤을 보낸 걸 여태 한스러워하셨다. 노름판에서 밤을 새운 아버지를 기다리다 쫄딱 밤을 지새웠던 날이 왜 그리 길고도 외로웠던지, 오도가도 할 수 없는 벼랑 끝에 선 느낌이었다고 훗날 회고하셨다. 시댁의 작고도 차운 골방에서 혹독한 시집살이에 눈가가 짓무르도록 흐느꼈던 어머닌 따뜻한 방에서 곤히 깊은 잠에 드는 게 꿈이었다고 말씀하셨다. 큰어머니가 백순하고도 서너 해를 더 살다 돌아가실 적에도 눈물 한 방 흘리지 않으셨던 분이다. 호된 시집살이를 시킨 시누이에 대한 원망이 앙금으로 남았던 거였다. 살다보면 미움도 사라지더라고들 한다지만 왜 난 그게 안 되는지 모르겠다고 가슴 아파하셨다.

단독주택에 기름보일러를 들여놓고 사는 요즈음 시절에도 어머니는 겨울 한 철을 연탄으로 나신다. 영춘화가 얼었던 대지를 뚫고 올라오는 봄이 오면 단골 가게에 연락해 연탄 천 장을 들여놓는다. 미리 쟁여놓아야 석탄이 잘 마르고 화력이 좋다는 이유에서다. 물론 연료비가 석유보다 저렴하게 드는 것도 이유겠지만, 22공탄은 진종일 훈기를 방안에 돌게 해 어머니를 평안케 하는 고마운 연료이다.

가난만큼이나 추위를 몹시도 타는 어머니의 올해 연치는 여든일곱이다. 아궁이 속에서 벌겋게 타들어가던 장작이 토막 불이 되기 직전쯤의 상태, 잉걸불로 사그라들다 한 줌 재로 사라지기까지는 남은 시간이 별로 없다. 마지막 불씨마저 꺼지고 나면 차운 잿빛만 남는다. 인생은 그런 거다.

성큼성큼 다가온 3월, 온 산과 들에 꽃이 만화방창할 즈음에 때아니게 내린 폭설로 세상이 눈으로 하얗게 뒤덮였다. 창문 너머 눈발이 나린다. 자작자작 나무가 타는 아궁이 속에서 피어오르는 연기 같다.

계간현대수필

나는 원래 물고기였다

남정인 une4468@hanmail.net

어릴 적부터 내 몸은 내 뜻대로 움직이지 않았다. 고개를 좌우로 흔드는 것도, 발끝으로 박자를 맞추는 일도 자꾸만 어긋났다. 운동회날 죽을힘을 다해 달렸지만 늘 다음 조 아이들과 함께 들어섰다. 선생님은 칠판에 트랙을 그리며, 도대체 꼴찌인지 1등인지 모르겠다며 나를 나무랐다. 나는 춤을 춰본 적이 없다. 몸이 따라주지 않았기 때문이다. 걷는 것 외의 모든 움직임은 내게 낯설고 어색했다.

밤이면 생각이 멈추지 않았고, 몸은 마른 땅에 던져진 물고기처럼 뒤척였다. 불면증은 몇십 년 동안 내 삶을 갉아먹었다. 병원도 약도 걷기도 다 소용없었다. 무기력함이 깊어진 어느 날 우연히 수영장 프로그램을 보게 되었다. 물속에서는 다를지도 모른다는 막연한 기대가 생겼다.

처음 수영장에 들어섰을 때 나는 어안이 벙벙했다. 몸을 따로따로 움직이며 동시에 호흡한다는 것이 믿기지 않았다. 지상에서도 버거운 일을 물속에서 율동처럼 해내야 한다니, 숨이 넘어갈 듯할 때면 물고기처럼 숨쉴 수 있는 아가미라도 있었으면 싶었다.

그러던 어느 날, 무언가 딱 맞아떨어졌다. 물의 저항을 뚫고 나아가며 가볍게 뜨는 느낌. 순간 나는 생각했다. "나는 원래 물속 생명체였나?" 물속에서는 내가 아닌 다른 내가 된다. 팔을 저을수록 다리를 찰수록 몸은 가벼워지고 마음은 유연해졌다. 수십 년간 움츠렸던 몸과 마음을 물살은 다정히 감싸주었다. 불면의 밤도, 삶의 무게도 물에서는 잠시 쉬어간다. 나는 수영장에서 숨을 쉬었다

물 밖은 벌써 여름이다. 벚꽃이 지기도 전에 시내버스는 에어컨을 켠다. 36.5도의 군상으로 버스 안의 여름은 남들보다 먼저 도착한다. 얼굴에 닿는 햇살을 휴대전화로 가리며, 점심때 풋고추와 상추쌈을 떠올린다. 이 사소한 것마저도 누구의 덕분일까. 스스로 빛을 내지 못하는 행성의 이 작은 존재. 태양에 감사하지만, 날로 높아지는 기온과 길어지는 여름이 불안하다.

수영장으로 들어서면 계절의 경계는 사라진다. 이곳은 나의 은신처이자 여름의 피서지다. 은둔자처럼 스며든 화성시 시립수영장은 복지마저 수영장 물처럼 넘칠 듯 풍성하다. 국가가 제법 부유해졌나 싶어 괜히 흐뭇해진다. 상급 레인 앞에 서면 문득 내가 어떻게 여기까지 왔나 싶어진다. 이제 나는 상급자다. 예전의 나를 떠올리면 나름 출세한 셈이다.

물속의 풍경은 다채롭다. 물장구만 쳐도 예쁜 아이, 접영으로 시선을 끄는 젊은이. 85세 어르신은 한 시간 내내 평영만 고집하고, 80세 여성은 오리발 레인에서 조용히 자기 영역을 지킨다. 예우는 자연스럽다. 압록강을 건너온 탈북 여성은 이곳을 '천국'이라 부르며 두 타임을 연속 등록했다. 어느 중년 여성은 새벽엔 등산, 낮엔 농사, 오후엔 수영으로

하루를 채운다. 유튜브로 배운 젊은이는 물살을 울돌목처럼 뒤흔든다.

나도 그 속에서 유영한다. 몸과 물이 하나가 되는 날도 있고, 흐름이 끊겨 어설픈 몸부림이 될 때도 있다. 어설픔이란 유연하지 않다는 뜻이다. 발차기는 채찍처럼 유려해야 하고, 호흡은 물고기처럼 가볍고 자유로워야 한다.

'아나바스 스칸덴스'를 보라. 작은 물고기에 불과하지만, 일주일 동안 육지에 나와 싸돌아다녀도 생명에 지장이 없다. 진화의 창조적 변주다. "나는 원래 물고기였다"고 말한 이는 누구였더라. 나는 그저 물고기 흉내나 내며 세월만 낚는 중일까. 가끔 그 딜레마에 빠지기도 한다.

며칠 전 돌고래처럼 솟아오르며 나비처럼 날아보려다 수장될 뻔했다. 괜히 멋부리며 돋보이려다 요즘 엉치뼈가 시큰거린다. 물은 말없이 가르친다. 너무 힘주지 말라고. 낮은 곳으로 흐르는 듯 겸손해지라고. 나는 다시 물속에 들어간다. 저항을 이겨낸 짧은 순간. 그 가벼움이란! 짜릿하고 감미롭다. 나는 오늘도 천천히 여름을 헤엄친다. **에세이문학**

The^{수필}

● 신체의 어색함과 오래된 불면의 시간을 물속 리듬으로 전환해낸 수필로, 자기 회복의 과정을 그렸다. 다양한 인물들이 물속에서 평등해지는 순간을 통해 삶의 관계성을 포착한다. '나는 원래 물고기였다'는 은유는 작위적이지 않고, 육지와 물의 대비 속에서 자연스럽게 획득된 자기 인식으로 설득력이 있다. 작은 물고기 '아나바스 스칸덴스'를 끌어와 존재를 생태적으로 재해석한 대목도 흥미롭다. 전체적으로 유머와 성찰이 균형을 이루며, 몸의 경험을 삶의 태도로 확장한 점에서 수필이 지닐 수 있는 미덕을 잘 갖추었다. /한복용/

노정옥 nothank10@naver.com

짓다

그야말로 '그린빌리지'다. 층층마다 빼곡히 늘어선 봉분들이 푸른 초원에 지어놓은 원시 움막 같다. 그 위로 초여름 햇살이 조각조각 부서져 내리며 대지의 적막을 깨뜨린다.

아버지 산소에 다다랐다. 무덤 좌측 귀퉁이에는 아이 키만 한 나무가 언젠가부터 자라더니 이젠 멀리서 봐도 표지목인 양 고개를 내밀고 섰다. 서너 달 전만 해도 눈에 띄지 않던 웃자란 줄기 하나가 묏등 쪽으로 척 뻗었다. 가지를 걷어올리는 찰나, 물체 하나를 발견하고 화들짝 놀라 소리칠 뻔했다. 새집이다.

참 앙증맞다. 무성한 나뭇가지 사이에 새집이 숨은 듯 틀어 앉았다. 집을 지은 재료라고는 한낱 지푸라기와 마른 잔가지가 전부이건만, 모난 부분 하나 없이 매끈하다. 팽그르르 도는 팽이마냥 옴팡지기까지 하다. 설계사의 도움 한 번 청한 적 없고, 건축학개론서 한 쪽 펼쳐본 적 없었을 터인데. 어느 일급 목수 못지않은 걸작품이다.

새들의 집짓기에는 분쟁이란 결코 없다. 훼방꾼이 나타날세라 적의 기습을 받을세라 그저 긴장하고 방어할 따름이다. 더구나 드라이버나 송곳 같은 연장 하나 없이 부리로 쪼고 엮으니, 이곳에는 소란이란 없다. 크기도 딱 제 식구 앉을 만큼이다. 인간의 욕망과는 판이하게 다른, 과함도 넘침도 없는 둥지에서 적재適財에 의한 적재積財의 방식을 배운다.

집이란 생명을 키우고 보호하고 유지하기 위한 곳이다. 그러나 인간에게 있어 집짓기의 의도는 무엇보다 욕망을 채우는 데 방점이 찍힌다. 더 큰 집, 더 높은 집, 더 많은 집을 좇다보니, 사람의 가치를 부동산으로 평가하는 부조리를 만들어냈다.

오늘도 우리 동네 한복판에는 욕망의 덩어리가 직립으로 팽창하고 있다. 첫 삽을 뜰 때부터 공사장은 그야말로 도떼기시장이다. 어둑새벽부터 땅을 굴리며 달려오는 레미콘은 도로를 뒤흔들고, 인부들의 고함 소리와 욕설은 시도 때도 없이 악악댄다. 분진과 소음에 시달리는 이웃들은 세상과 등 돌리듯 창문을 굳게 닫아버린다. 공사장 입구에 걸린 대자보의 붉은 글씨도 한껏 쉰 목소리로 목청 돋운다.

"숨 막혀서 못살겠다. 당장 철거하라! 철거하라!"

그런 와중에도 건물은 살점을 죄다 발라낸 생선 뼈다귀처럼 얼기설기 얽히어 하늘 높은 줄 모르고 솟구쳐 오른다.

인간이 짓는 집은 분쟁의 연속이다. 새 아파트에 입주하고서도 다툼은 그칠 날이 없다. 층간 소음이다, 천장 누수다, 철근 부족으로 벽에 금이 간다는 등, 또 다른 시비로 열병을 앓는다. 둥지의 상징이 사랑과 평화라면 인간이 지은 집은 시비와 분쟁이랄까. 흔히들 집은 사랑의 보금자리라고 한다. 이는 포근하고 아늑하여 생활하기에 가장 좋다는 뜻이 아닌가. 잘 살자고 짓는 집을 죽자고 싸우면서 지으니, 참으로 우스꽝스럽다.

거리에 나붙은 현수막이 자취를 감추고, 매머드 빌딩이 우뚝 형체를 드러내던 날. 나는 백과사전에도 없는 '욕을 짓다'라는 문구를 내 삶의 사전에 등재시켰다.

사람은 눈으로 보이는 것만을 신뢰하는 습성이 있다. 눈만 뜨면 동네에서, 거리에서, 보는 거라고는 깍두기 썰듯 쌓아올린 네모난 건물뿐이니 각진 것에 세뇌라도 당한 것일까. 너도나도 각진 마음이다. 둥지나 유택처럼 곡선의 미를 추구한다면 부드러운 심성을 되찾을 수 있을는지.

건축 재료도 한몫 거든다. 자연물로 짓는 새집이나 유택과는 달리, 인간의 집은 시멘트에 PVC 파이프에 스티로폼에 강화유리에 이르기까지 감성을 담아낼 재료는 찾아보기 어렵다. 오로지 외부와의 차단이 잘될수록 최고라고 여긴다.

아버지를 포옹하듯 봉분을 어루만진다. 유택도 집이건만 이곳만큼은 생명을 품기 위한 집이 아니다. 어이 어이 곡하며 지은 이 집은 모든 것이 끝난 곳이지만, 동시에 처음 온 곳으로 되돌아가게 하는 플랫폼 같은 곳이다. 그러기에 새로운 시작을 품은 둥지이기도 하다.

다리를 곧추세워 일어선다. 시원한 바람이 훅 뺨을 스친다. 알 수 없는 위로와 위안이, 생기가 돋는다. 가슴 밑바닥에서부터 새로운 힘이 온몸으로 번져나간다. 멈추었지만 멈추지 않는 곳. 끝이 났지만 끝나지 않은 곳. 침묵하지만 침묵하지 않는 곳. 그러기에 유택도 여전히 생명을 산출하는 집임에 틀림없다.

보이는 집만이 집일까. 나 또한 집을 짓는다. 글집이다. 때로는 산과 들을 배회하며 글감을 채집한다. 어떤 날은 로댕의 '생각하는 사람'보다 몇 곱절 더 고뇌하고 몰두하며 얻은 재료로 밤을 꼬박 새우며 집을 짓는다. 깎아 다듬은 주춧돌로 글의 기초를 놓고, 올곧은 나무로 글의 구조를 세운다. 짚으로 지붕을 다져 올리고 이엉으로 촘촘히 문단을 엮는다. 격자무늬 봉창으로 문체에 숨결을 드리우고, 끝으로 문패로 제목을 단다.

아무리 애써 지어보아도 새집처럼 유택처럼 매끈하지도 안온하지도 않다. 얼마나 갈고 닦고 다듬어야 반듯한 초옥 한 채 지을 수 있을까. 멀고도 먼 길이다. 하지만 나는 이 글집을 지으며 한 줄기 삶의 여백을 꿈틀대는 생명체를 만들어간다. 고단하면서도 즐거운 이 작업을 어찌 마다할 수 있으랴.

세상은 각자도생各自圖生. 살아 있는 존재는 끊임없이 집을 짓는다.

에세이포레

오후

박갑순 rongps@hanmail.net

오후는 분주한 일상이 자리를 잡고 해의 근육이 부드럽게 풀어지는 시간이다. 공기는 한층 유순해지고, 아침부터 팽팽하던 마음의 긴장도 서서히 풀린다. 일에 탄력이 붙고 지하철 좌석이 느슨해진다. 빈자리를 차지하려는 경쟁도 사라지고, 무임승차한 마음의 주름마저 저절로 펴진다. 눈치볼 필요 없는 정다운 대화가 오가고, 바쁘게 흘러가던 걸음들은 한결 속도를 늦춘다. 창밖 풍경도 차분해진다. 오후가 되면 세상이 한 템포 느려진다.

오후처럼 편안한 인연이 있다. 잡지사를 운영하는 분이다. 주 4일씩 문산에서 종로까지 왕복 4시간을 오간다. 구순이라는 세월이 무색할 만큼 정정하다. 성인병 약 한 알조차 입에 대지 않는다는 말이 놀랍기만 하다.

그를 만나러 가는 길, 탑골공원 옆 담장 따라 길게 늘어선 줄이 눈에 들어온다. 점심을 얻기 위해 아침부터 이어진 줄이다. 이곳의 오전은 의미가 없다. 배식은 오후에만 이루어지기 때문이다. 이 거리의 오후는 삶의 흔적을 깊이 새긴 채 흘러간다.

인생 오후와 어울리는 카페 '오娛·후逅'를 찾았다. 즐거울 오, 만날 후. 차 한 잔에 담긴 즐거운 만남을 의미하는 것일까. 오·후는 넓은 길에서 갈라진 골목 소박한 식당들이 모인 곳에 있다. 마치 오전을 닮은 듯한 남자가 혼자 운영하는 아담한 카페는 오후로 기우는 햇살이 유리창을 기웃거린다.

구순과 팔순의 오후가 생강차를 앞에 놓고, 마치 오래된 플레이리스트를 다시 듣듯 천천히 인생을 풀어놓는다. 흐릿한 흑백사진을 넘기듯, 대화는 자연스럽게 과거로 이어진다. 사십 년 된 인연을 더듬으며 첫 만남의 순간으로 돌아갔는지 주름진 얼굴에 생기가 돌기 시작한다.

그들의 이야기에 취해 시선을 창밖으로 돌린다. 뒷짐을 진 노인의 뒤를 비설거지를 끝낸 해가 느릿느릿 따라간다. 노인의 좁은 보폭에 맞춰 걷는 햇살이 태평스럽다. 산책길 한가운데, 둥근 돌에 걸터앉은 오후가 목을 축인다. 계절의 오후를 지나온 낙엽들이 바스락, 마른 소리를 내며 흔들린다.

여자는 나이가 들어도 여전히 아름다움을 꿈꾼다. 예쁜 옷을 입고 싶고 손목에 팔찌를 두르고 싶고, 반지 하나쯤 끼고 싶다. 그러나 인생의 오후에 접어들면, 그것마저 점점 멀어진다고 한다. 잔잔한 바닷물결 너머로 저무는 순간이 와도 당황하지 않도록 대비해야 하기 때문이다. '이별이 문득 닥쳤을 때, 손가락에서 반지가 빠지지 않으면 어쩌나.' 불안한 마음에 몸에서 모든 금붙이를 제거했다는 말씀이 쓸쓸하다. 어머니도 그러셨다. 요양병원에서 기형처럼 굽어진 마디 굵은 손가락에서 말없이 은가락지를 빼주셨다.

오전이 성급한 사람이라면 오후는 느긋한 사람이다. 오전이 초록의 생명력이라면 오후는 붉은 노을의 온기다. 오전에 해야 할 일을 마치고 개운한 마음으로 온전히 나를 챙길 수 있는 오후는 여유로워 좋다. 그러나 게으름 속에서 맞이한 오후는 여유롭지 않다.

몸에 적신호가 켜지면서 나는 오후의 시간 속으로 들어섰다. 오전의 움직임이 버거워졌다. 이른 아침에 하루 일의 절반을 처리하던 몸은 이제 느리기만 하다.

비가 촉촉이 내리는 날, 창가에 앉아 조용히 풍경을 읽는다. 잔잔한 음악이 흐르고, 창밖의 세상은 마치 수채화처럼 빗물에 번진다. 빗줄기 사이를 걸어가는 사람들의 발걸음에도 세월의 흔적이 묻어난다. 우산 없이 서 있는 나무는 묵묵히 빗물을 맞는다. 우산을 받쳐든 손끝에 시간의 무게가 실려 있고, 허리를 살짝 숙인 채 비를 피하는 모습에서는 삶의 조심스러움이 느껴진다.

해가 기울며 풍경은 한층 더 깊고 아름다워진다. 서쪽 하늘을 홍안으로 물들이는 석양은 종일 논밭에서 씨를 뿌리던 농부가 하루를 마치며 짓는 순한 미소 같다. 본분에 충실했던 하루를 마감하며 내일을 기약하는 석양의 얼굴에는 기품이 스며 있다.

노을처럼 붉게 익어가는 인생의 오후, 혈기 왕성했던 젊은 날의 흔적을 간직하고 더욱 깊어가는 시간이다. 삶의 질곡을 잘 감당한 후, 고요한 안식 속에 안착하는 오후를 맞이하고 싶다. 오전이 아무리 화창해도 오후가 흐리면 그 하루는 흐린 날로 기억되듯, 인생의 오후가 아름다워야 온전히 빛나는 삶이 아닐까.

오전의 햇살을 함께한 인연과 다시 오·후에서 차 한 잔 나눌 그날이 벌써 기다려진다.

The**수필**

● 후반부 삶이 길어진 시대에 품위를 유지할 수 있는 방법을 보여준다. 곳곳에 살갑게 묘사한 해는 친구 같다. 고운 햇살을 거느리고 오후에 이른 삶은 가볍고 평온하다. 나름 수고한 오전을 넉넉히 보듬는다. '게으름 속에서 맞이한 오후는 여유롭지 않다.' 문장 너머 의미가 일침으로 와닿는다. /노정숙/

'해찰'에 대하여

박춘 qkrcns75@daum.net

'해찰'이라고 적는다. 그리고 봄이 오는 언덕을 간질이는 햇볕이고 바람이고 공연히 포근해지는 것이라고 읽는다. 엄마의 은근한 염려, 당부 어린 나무람이고, 반쯤 웃음 삼킨 얼굴이라 읽는다. 하나의 언어가 가진 뜻이거나 개념이라는 놈은 인류가 살아오면서 쌓은 경험측에 의해 형성된 의미를 표현하는 것이라고 생각한다. 일련의 사물이나 사실들에 반응한 감정을 공통정조로 공유, 서로 소통하는 인식이다. 내 식으로 읽는 해찰은 그것에서 벗어난 것일 수도 있다. 해찰이라는 말이 내 고향 사투리인지 표준어인지조차 굳이 알아야 할 까닭도 없다. 원체 쓰는 사람도 없고, 나 또한 어쩌다 입안에 굴려보는, 굴려보면 뭔지 따스한 것이 몸을 감싸는 것 같아 혼자 중얼거려보는 것이니 사전을 찾아볼 염도 없는 것이다.

해찰이라는 말을 입안에 굴리면 어쩐지 좋다. 막상 정색하고 해찰이 무엇일까 생각하면 막연해진다. 해찰은 하던 일에서 시선을 돌리는 짓이다. 슬그머니 시야에서 벗어나는 일이다. 해찰은 계절로 치면 약간

바쁜 척 시늉하는 늦은 봄 정도이고 하루로 치면 오후 새참이 막 지난 시간대일 것만 같다. 여름은 왕성한 기운에 치이고, 가을은 깊고 맑은 탓이고, 겨울은 해찰 부리기에는 해가 짧고 춥다. 또 아침은 서두르는 시간이고, 정오는 잠간이라도 몸을 부리는 때다. 저녁은 아무래도 하루가 끝났다는 안심이 해찰과는 연이 없어 보인다. 그러니 해 늘어진 봄 정도이고 오후 새참이 지나 새참그릇들을 우물가에 부려놓고 한시름 놓는 때가 적당한 것이다.

오늘 오후 산책을 나서면서 문득 지나치게 스스로 힘들게 하는 것은 아닌가 하는 생각이 스쳤다. 며칠째 근육이 상당하게 피곤한 상태가 지속되고 두통도 심해진 지경이었다. 내 산책에는 지병을 견뎌내고 덩달아 무언가 생각하는 습관도 들여볼까 하는 욕심이 겹쳐 있다. 우연히 떠오른 '해찰'을 입안에 굴려보자 어쩐지 근육통증도, 두통도 조금 나아진 것만 같았다. 그래 오늘은 가볍게 걷는 것 외에는 아무런 생각도 말고 해찰을 부리기로 했다.

해찰은 한눈파는 일이다. 본래의 일에 집중하지 않고 딴청에 빠지는 짓이다. 그러나 일에 지장을 가져오거나 망치는 것과는 거리가 있어야 한다. 또 한편으로 어떤 일에 효율적이거나 소용에 닿아서는 안 된다. 덩달아 다른 사람에게 손해나 부담을 지게 하는 일이어서도 안 된다. 결과적으로 하던 일이 급하거나 중요한 것이어서는 안 되는 것이다. 그렇다고 하던 일이 시시해도 안 된다. 급하고 중한 일이거나 시시한 일은, 일 자체가 무심한 일탈을 가로막기 때문이다. 덧없다거나 속절없거나 해서도 안 된다. 한사코 무심한 것이어야 한다.

공원을 산책하는 애완견이 나무 밑동에 코를 대고 쿵쿵거리거나 공연히 앞발로 헤집는 것과도 다르다. 애완견의 행동은 정보를 캐고 얻으려는 나름의 목적이 있어서다. 늦은 봄, 논에 쟁기질하던 황소가 논둑에 가까워지자 잠시 멈춰 잽싸게 논둑의 풀을 한 보쌈 하는 것도 안 된다. 그 찰나 속에는 숨가쁜 발싸심이 있기 때문이다. 해찰은 목적이 없어야 한다. 그렇다고 마루 끝 봄볕에 앞발을 내려뜨리고 길게 누운 고양이의 나른함도 아니다. 무심 속에 약간의 보챔이 숨어 있어야 하는데 그게 없어서다. 그러니 휴가로 해변에서 책을 읽고 갯벌에서 조개를 캐고 고기를 구워먹고 멍 때리는 휴식도 안 된다. 휴식에는 바람이나 일거리의 작은 긴장도 없는 때문이다.

암만해도 해찰이라는 놈은 초등학교 저학년 하교길에 어찌 동무들은 다 가버리고 혼자되어 길섶에 핀 풀꽃들을 들여다보기도 하고, 흰나비, 노란 녀석도 따라가고 하던 짓이다. 엄마의 기다리는 염려가 있는 때문이다. 여름날 하오 대청마루에 배 깔고 엎드려 여름방학 숙제 하다 말고 긴 종아리 까닥대며 노트에 이쁜 인어공주를 그리고 있는 어린 막내누이의 모습이다. 방학이 얼마 남지 않은 걱정이 놓여서다.

오후 산책을 나가면서 오늘은 마음껏 해찰을 부리기로 했었다. 분명 평시의 준비체조도, 가급적 빠른 걸음도, 걷다가 길어올리기도 하는 생각이라는 놈도, 철봉에 매달리는 짓도 않기로 했다. 해찰을 있는 대로 부릴 생각이었다. 손이 흔들리는 대로 발길 가는 대로 생각도 없이, 푸름이 한정 없는 오월 하오의 참나무 잎들처럼 흔들리기로 했다. 해찰이라는 놈도 그 틈새 어디쯤 있을 법하려니. 그런데 무심코 하게 되는 짓을 마음먹고 하겠다고 나선 것이 애당초 잘못이다. 해찰이라는 놈이 '해찰'이 뭔지 말해보라고 슬그머니 보채기 시작한 것이다. 아~하!　　　**에세이스트**

● 해찰에 대한 탐구가 꼼꼼하며 위트가 있다. '해찰'을 가지고 노는 경지에서 해찰의 본질이 드러난다. 제재를 견주며 파헤치고, 아우르는 힘이 야무지다. 따듯한 염려를 장착한 해찰과 해찰에 이르지 못한 것에 대해 연신 고개를 끄덕인다. 하마터면 그 무심의 정수, 해찰을 잊고 살 뻔했다. /노정숙/

가방을 모은 이유

박효진 *jin-note@hanmail.net*

나는 가방을 보면서 쓸모나 가치를 생각하지 않았다. 마음에 들면 일단 사놓고 보았다. 핸드백이든 배낭이든 가방이라면 무조건 탐을 냈다. 길을 걷다가도 독특한 가방을 든 사람을 보면 따라가 어디서 샀는지 물어보았다. 대학에 들어가 아르바이트하면서 가방을 사기 시작했다. 연예인이 든 가방이 멋있어서, 새 가방을 멘 친구가 질투나서 따라 사기도 했다. 직장에 다니고부터는 가방에 대한 안목이 달라졌다. 학원강사 시절엔 선생들이 신상으로 바꾸면 나도 그들과 똑같은 것으로 사야 직성이 풀렸다. 내 월급보다 많은 금액이라도 아랑곳하지 않고 카드를 긁었다.

가방에 집착한 지 20년이 지났다. 어느 날부턴가 그런 것들이 다 부질없다는 생각이 들었다. 사람도 옷도 그 무엇도, 마음 편한 게 우선이었다. 사용하지도 않는 가방이 옷장 속에 쌓일 때마다 뭔지 모를 근심도 함께 쌓이는 것 같았다. 그것들을 비워버리고 싶었다. 얼마 전 큰언니와 엄마의 유품을 정리하면서 그 마음이 더 커졌다. 이제 내 가방을 정리할 때라고 생각했다.

큰언니가 세상을 떠나고 한두 달 지났을 때 형부한테서 전화가 왔다. 대구에 내려오면 집으로 한번 와주었으면 했다. 무슨 일인지 물어보려는데, 형부의 한숨소리가 전화기 너머로 크게 들렸다. 시간 내서 꼭 내려가겠노라고 말해주었다. 두어 달 지나 큰언니 집을 찾았다. 형부는 언니 옷장 문을 열었다. 필요하면 가져가고, 나머지는 알아서 처리해달라고 하면서 인상을 구겼다. 옷장 한 칸이 가방으로 꽉 차 있었다.

가방은 크기와 종류, 낡은 것과 새것 등 마구잡이로 섞여 있었다. 오래 전 유행했던 쇼퍼백부터 핸드폰 하나 겨우 들어갈 만한 손바닥 크기의 핸드백까지 각양각색이었다. 평소 언니 취향이 아닌 가방도 보였다. 이게 전부 언니 거라니, 의외였다.

가방을 하나하나 꺼내보았다. 십몇 년 전인가, 처음 해외여행 갔던 언니는 명품 가방을 하나 사왔다. 자기 몸통보다 더 큰 쇼퍼백이었다. 포대 자루만 한 것을 메고서 자랑하는데 나는 그저 웃음만 났다. 며느리가 혼수로 해온 숄더백은 비닐 포장도 뜯지 않았고, 아들이 첫 월급으로 선물한 핸드백은 얼마나 들었는지 스크래치가 심했다. 예전에 언니가 사치한다는 말을 조카한테 들은 기억이 났다. 나는 그때 네 엄마만큼 돈 쓸 때마다 계산기 두드리는 사람은 못봤다고 말했는데, 조카가 이걸 두고 한 말인가 싶었다. 나는 가방을 하나도 남김없이 몇 개의 종이가방에 나눠 담았다. 차 트렁크에 싣고 오는데 뒷좌석이 묵직한 기분이 들었다.

얼마 지나지 않아 엄마도 지병을 못이기고 돌아가셨다. 엄마의 유품 정리도 내 차지였다. 생전에 정리하자고 했을 때 엄마는 미리 손대지 말라고 했다. 죽으면 한꺼번에 버릴 물건이라 했는데, 엄마 말처럼 모두

버릴 물건이었다.

덩치 큰 살림들은 이사업체에 맡기고, 안방 장롱 속에 든 옷만 정리했다. 가장 구석에 있는 장롱문부터 열었다. 혹, 하고 먼지 냄새가 뿜어져나왔다. 가장 깊숙이 뭔가가 층층이 쌓여 화석처럼 굳어 있었다. 가방이었다.

하나씩 그것을 떼낼 때마다 쩍쩍 갈라지는 소리가 났다. 한 덩어리가 통째로 떨어지기도 했다. 쓰레기통으로 직행해야 할 만큼 알아보기도 힘들었다. 장롱 속이 마술상자인 듯 가방이 줄줄이 나왔다. 십 년 전쯤 내가 버려달라고 두고 간 가방도. 둘째 언니의 클러치도, 셋째 언니의 시장바구니도 고스란히 모아놓았다. 쓸 만한 거라곤 지난 생신 때 내가 선물한 토트백과 낯선 크로스백뿐이었다.

언젠가 엄마가 나에게 가방을 좋아하게 된 이유를 들려주었다. 피죽도 얻어먹기 힘든 어린 시절, 조부모님은 일거리를 찾아 대구로 이사했다. 시골뜨기 엄마도 전학을 갔다. 그때 할아버지가 신식 가죽가방을 사다주었는데, 그걸 메고 학교에 간 첫날, 일약 스타가 되었다. 당시 책가방이라고 해봤자 보자기 책보였다. 그 가방을 메고부터 공부에도 자신감이 붙었다. 하지만 형편이 점점 기울어져 엄마는 더 이상 학교에 다닐 수 없었다.

할아버지가 기죽지 말라고 가방을 사주셨다는 걸 엄마는 나중에 할머니한테 들었다고 한다. 세월이 흘러도 새 가방을 들면 왠지 자신감이 생겼다고 했는데, 장롱 속 어떤 가방도 쓸 만한 것은 없었다.

큰언니도 가방을 모은 이유가 있지 싶었다. 치킨집에서 닭을 튀기던 언니가 외출할 때는 영 다른 사람이었다. 화장도 하지 않고 앞치마 하나 걸친 치킨집 사장님의 행색에서 완전히 벗어났다. 화려하진 않아도 격식을 갖춘 단정한 차림으로 그날의 분위기와 어울리는 옷을 입고 가방을 들었다. 부도를 맞은 집안을 일으키려고 매일 닭을 튀기던 언니에게도 외출하는 날만은 가방이 유일한 자존심이었다.

집으로 가져온 언니 가방을 모두 꺼냈다. 새것은 골라 종이가방에 따로 넣어두고, 먼지나 손때 묻은 건 마른 수건으로 깨끗이 닦았다. 사용한 흔적이 거의 없어서 내가 가질까 생각했지만, 아직은 아니었다. 선별한 가방을 박스에 담아 옷장 안에 넣어두었다. '너무 깊이 보관하면 엄마 가방처럼 되겠지?' 상상하다가 옷장 문을 닫았다.

엄마와 언니의 가방에서 두 사람의 삶을 읽는다. 고단한 하루하루를 그나마 버티게 해주었던 은밀한 그들의 자존심. 그 누구에게도 기죽고 싶지 않았던 자신감이 그들에겐 가방이었다. 내가 허영으로 사들인 가방과는 다른, 기울어가는 자신을 지키고 싶었던 두 사람의 마음이 거기에 있었다. 엄마와 언니한테 가방은 그런 것이었다. **창작산맥**

말 없는 기둥

서순옥 lucia1219@hanmail.net

30년을 살아온 집. 몸이 익숙하고 마음이 익은 집이 언제부턴가 제 나이를 감추지 못하고 있다. 욕실 벽의 타일은 군데군데 실금이 보이고 부엌 싱크대 문짝 하나가 삐걱거리더니 아슬아슬 붙어 있다. 베란다 출입 문틀은 닳아 흰 페인트가 벗겨져 나무 색깔이다. 거실 벽지는 주름 지고 누렇게 늙어가는 내 얼굴을 닮았다. 이참에 리모델링을 해볼까, 차라리 이사를 할까 생각이 많았다. 동네 지인과 이웃 지역에 분양을 하니 가보자고 약속까지 잡았다.

여러 날 고민하다 이사는 접었다. 새로운 것을 원하는 마음과 이 낡은 집에 머무르고자 하는 마음이 쉴 새 없이 충돌했다. 이 집은 단순히 벽과 천장으로 이루어진 구조물이 아니다. 이곳은 나의 삶을 담은 그릇이었다. 이 집에 오기 전 어느 날 갑자기 남편이 쓰러졌고 그렇게 우리 곁을 떠났다. 분양받아놓고 함께 꿈꾸던 미래를 펼쳐보기도 전에 혼자서 세 아이를 데리고 이 집에 들어왔던 날이 잊히지 않는다. 커튼도 달지 못한 텅 빈 공간이 낯설었다. 동네도 낯설기는 마찬가지였다. 아무도 나를 대신해줄 수 없는 고단하고 조용한 싸움의 시작이었다. 앞으로는 내가 이 집의 기둥이어야 한다고 마음을 다잡았다.

마흔두 가구의 입주가 시작되자 반상회가 열렸다. 위아랫집도 앞집도 알게 되고 고향이 같은 또래도 만나게 되었다. 산악회도 만들어 친목을 도모했다. 점심이면 밥을 나누어 먹고 형님 동생 하며 세월을 보냈다. 이웃들이 늦게야 내 사정을 알게 되었다. 열심히 잘 살고 있다며 애잔하게 등을 토닥여주었다. 멀리 있는 형제보다 가깝게 지내다보니 외로울 틈도 없이 살았다. 그들은 나를 성당으로 인도했다. 아이들과 함께 영세도 받았고 신부님 강론에 많은 위로를 얻었다.

세 아이들은 다행히 배우자를 만나 둥지를 틀고 모두 내 곁을 떠났다. 손주가 다섯이 되었다. 지금 생각해도 어떻게 혼자서 세 아이들 결혼식을 치렀는지 아스라이 지난날이 스치고 지나간다. 그들이 큰 힘이었다.

같은 단지에 살았던 이웃들이 이사를 갔지만 여전히 나처럼 살고 있는 집도 있다. 윗집 형님은 다른 곳으로 가지 말고 오래도록 같이 살자고 전화로 안부를 물어올 때도 있다. 엘리베이터에서 눈인사를 나누고 시장 골목에서 만나면 "오랜만이에요" 하고 말을 건네는 얼굴들. 김장 김치를 건네주고, 병원에서 퇴원하고 돌아왔더니 열무김치 한 통을 현관 앞에 놔두고 간 말 없는 정이 오고 갔다.

누군가는 말했다. 요즘 아파트는 벽이 많고 마음도 없고 쓸쓸하다고. 하지만 그들의 손길이 나를 지켜주었다. 그뿐인가. 성당 식구들, 적십자에서 봉사로 만난 회원들, 어떤 날은 나보다 더 나를 걱정해주는 따뜻한 사람들이 내 삶의 무게를 조금씩 덜어주었다. 나는 이 집 안에서만 사는 게 아니라 이 집을 둘러싼 사람들과 함께 살고 있다는 사실을 깨달았다.

나는 이 집을 떠날 수 없다. 세월이 흘렀지만 이 집에는 내가 살아낸 시간이 있고 그 시간 안에는 사람들의 온기가 남아 있다. 나는 그 온기를 디딤돌 삼아 지금까지 살아왔다. 떠나지 못하는 이유를 묻는다면 나는 망설임 없이 "사람 때문이에요"라고 말할 것이다. 삶은 결국 사람으로 이어진다. 좋았든, 서운했든, 따뜻했든 내 곁에 스며든 사람들과의 기억이 나를 이 자리에 머물게 한다.

이제는 새로운 시작보다 익숙한 곳에서 마무리를 준비하는 시기다. 이 집은 내 인생이었다. 이 동네는 내가 맺은 사람들과의 숲이었다. 나는 그 숲에 뿌리를 내리고 조용히 살아가기로 마음을 먹었다. 정이 묻어나고 관계가 살아 있는 이곳에서 살다가 내 인생을 잘 마무리할 수 있다면 이보다 더 좋을 수 없을 것 같다.

결국 나를 지탱해준 것은 화려한 변화가 아니었다. 나를 버티게 해준 것은 이 집의 벽도 지붕도 아니었다. 언제나 한 발 물러서 있었지만, 그들의 무심한 듯 따뜻한 눈빛, 말 없는 기척이었다. 이 세월을 견디게 한 것은 소리 없이 받쳐주던 존재들, 기둥 같은 사람이었다. **수필과비평**

The 수필

● '30년을 살아온 집'은 남편의 갑작스런 죽음 이후 세 아이를 홀로 키우며 뿌리내린 시간이다. 작품의 시간적 배경에는 이웃과 종교공동체가 건넨 정과 보살핌이 절제된 문장 속에 보이지 않는 힘으로 작용한다. 집이라는 공간을 단순한 물리적 구조물이 아닌 '삶을 담은 그릇이자 관계의 숲'으로 확장한 점과 떠남과 머묾의 문제를 화려한 변화가 아닌 사람들의 조용한 기척으로 해석한 점에 끌렸다. 여기에 자신을 지탱해준 것은 '소리 없이 받쳐주던 존재들, 기둥 같은 사람'이라는 발견이 설득력 있게 다가왔다. /한복용/

두더지 콧잔등

서태수 seotsoo@hanmail.net

쾌재라! 네놈들 콧잔등이 아리고 쑤실 것이다. 내가 개발한 친환경 최신형 지뢰는 터지고 사라지는 일회용이 아니라 반영구적 제품이다. 바늘 끝 하나 박힌 것도 아닌데 골까지 아리는 통증. 피 한 방울 나지 않으니 코가 뭉개지는 상처도 아니다. 온몸 오그라들도록 모질게만 아프게 만든 나의 고품격 신형 무기. 괘씸한 놈들, 생각할수록 고소해서 깨춤이 절로 나온다.

산골살이는 사철 바쁘다. 멍때리기 여유도 없다. 그런데도 사람들은 묻는다. 하루 종일 뭐하며 소일하느냐고 뙤약볕 아래서 뼈 빠지는 농사일에 잡초나 뽑으면서 골병드는 삶 아니냐고, 농사 안 지어도 바쁘다면 이해가 안 간다며 심지어는 시간대별 동선을 말해보란다.

댁들이 도회지 소음 속에서 사람들과 어울려 이리저리 부대끼며 아옹다옹 사는 것처럼 산골살이도 마찬가지다. 요즘 같은 긴 여름철도 하루해가 짧다. 아침저녁 마당을 어정거리면서 잡초와 눈인사를 나누느라 잠시 허리를 굽히지만 이건 경륜이 쌓이면 쉽게 해결되는 일. 현대식

지붕 구조로 방 한 칸 얻기 어려운 참새들이 끈질기게 더럽히는 까대기. 그 아래 새똥범벅 자동차, 잡초 관리 삼아 깔아놓은 야자수 부직포를 제 보금자리 재료로 물어뜯는 물까치. 이따금 허락 없이 방문하는 지네와 뱀. 제 맘대로 쑥쑥 자라는 나뭇가지 정리, 잡초 반 잔디밭을 기계로 깎을 때는 먼저 쫓아보내야 하는 메뚜기 베짱이 방아깨비 개구리….

짙푸른 계절, 여름 해만큼이나 무겁게 늘어진 능소화꽃 묶어 올려놓고, 마당 한가운데 느티나무 그늘에 앉아 차를 한 잔 하면 눈에 띄는 사막의 불꽃 합환수 솜털 햇살 자귀나무꽃을 감상하며 방금 딴 까만 블루베리 한 줌 먹기. 오랜만에 납신 이장댁 강아지와 뒷집 고양이가 벌이는 내 마당의 제 텃세 겨루기. 겨울 장작더미 곁을 지나다 도망치는 동박새 날갯짓에 놀란 가슴 쓸어내리기, 잔디밭 이리저리 돌며 혼자서 파크골프 치기, TV 보며 잠깐 졸다 처마 끝 대롱대롱 매달린 풍경을 향해 시끄럽다고 시비걸기….

이 바쁜 와중에도 내가 가장 오랜 기간 끈질기게 아웅다웅 다툰 상대는 두더지다. 돌이켜보면 이 싸움의 시작은 20여 년 전, 겨울철은 자동 휴전, 봄부터 가을까지 공방전은 간헐적으로 전개되었다. 그래도 세월이 길어 맞붙은 힘겨루기 수백 합은 나의 연전연패였다. 전투에서 내가 승리를 증명한 일은 단 한번 없는 듯 박힌 눈알, 뾰족한 콧잔등, 탄탄한 탱크 몸통을 감싸고 있는 보드라운 털, 포클레인 삽날 네 발.

이놈들의 전략전술은 단순명쾌하여 은밀한 지하 게릴라전을 수행하면서도 지상에 흙더미를 쌓아 제 흔적을 확실하게 알려주는 정직한 전법이다. 그런데도 내가 매번 참패다. 다만 내가 더 영리하고 정치 경제

기술적 여건도 유리하여 전략 면에서는 항상 우위에 있지만 나의 기막
힌 전술적 승리는 며칠을 견디지 못하고 무용지물이 되기 일쑤인 전쟁
역사였다.

이놈들과의 첫 조우는 은퇴 이후를 위해 마련 중이던 내 산골 농원의
쓰러진 살구나무에서 비롯되었다. 수백 평 차나무밭에 그늘 삼아 심어
자란 10년생 살구나무. 동네 어른에게 물었더니 두더지 짓이란다. 농약
을 안 치니 지렁이를 잡아먹으러 와서는 나무뿌리 부근을 동굴로 만들
어놓은 것이란다. 그 후 이런저런 사유로 아이들 오가기 좋은 산골에
면적을 절반 줄인 산장을 새로 마련했다. 그런데 이 년쯤 지나자 여기
에도 두더지 동굴 흙무더기가 올라오기 시작했다. 금세 몇 그루 나무는
시들기 시작한다. 울 너머 시멘트길 아래에 본거지를 삼고 무상출입을
하는 것이다. 쇠꼬챙이로 땅을 찔러보면 감각으로 놈들의 통로를 확인
할 수 있다. 할 일도 별로 없거니와 놀이 삼아 본격적인 전쟁을 벌이기
로 했다.

처음에는 구멍에다 돌을 잔뜩 집어넣어 보았으나 곧 옆으로 새 구멍
을 내었다. 두더지 퇴치약을 구입해서 구멍에다 쑤셔넣었다. 약은 없어
지지만 줄어드는 기미도 보이지 않고, 경비도 만만찮고, 저놈도 먹고 살
려는 일에 살생까지 할 일이 아니라는 생각이 미치자 냄새 지독한 가루
농약에 석유까지 구멍에 뿌려보았으나 별무효과. 인터넷 검색을 해보
니 퇴치 방법이 열 가지도 넘었지만 매번 실패를 거듭하다 다소 낭만적
인 바람개비 작전을 펼쳤다. 플라스틱 생수통을 잘라 옷걸이 쇠꼬챙이
에 박아서 멋진 바람개비를 만들어 울타리의 원통 지지대에 묶었다. 바
람개비 도는 소리가 증폭되어 땅속에는 천둥소리가 되는 것이란다. 산

골바람에 효과도 크고 보기에도 좋다. 승리가 눈앞에 보인다. 신이 나서 맥주캔으로도 만들어 달았더니 쇠소리까지 더해졌다. 동네 소문이 나자 마을 토박이 농부들도 만들어 세우기 시작했다. 바람개비산골이 되는가 싶더니 어렵쇼? 해가 바뀌자 이놈들이 이 소리에 적응을 한 모양이다. 소리는 확실히 효과가 있지만 이놈들 적응력도 상당하다.

더 강력한 방법을 물색하던 중 쥐와 뱀까지도 퇴치한다는 전동기구를 만났다. 값도 꽤나 비싼 물건이라 아내와 함께 드라이브 삼아 왕복 100킬로가 넘는 회사를 직접 찾아가 설치 방법 등을 익혔다. 울타리 길이에 맞춰 전선도 50미터 샀다. 기계는 제법 정교해서 주야, 강약, 시간 조절 기능이 있다. 복잡하게 전선을 연결하고는 진동 막대를 5미터 간격으로 땅에 묻고 스위치를 눌러보니 제법이다. 옆에 서 있어도 부르르 떠는 소리가 들린다. 밤에만 20분 간격으로 강하게 조절했다. 이놈들 골통이 흔들거릴 것이다.

과연 다음날부터 새 흙더미가 싹 사라졌다. 효과 만점. 마당이 고요해지고 해가 두 번 바뀌었다. 여름에 접어들면서 슬슬 마당 가장자리가 부풀어오르는 곳이 보인다. 왜 그런가 살펴보니 진동이 전보다 훨씬 약해졌다. 돈을 더 들일 수가 없어 복수 삼아 여기저기 흙이 솟아오는 곳마다 철망 쇠꼬챙이로 쑤시며 패악을 부렸지만 이건 효과가 없는 줄을 나도 안다.

봄이 왔다. 산골에는 나물이 많이 난다. 우리 마당 가장자리에도 엄나무 오가피나무 두릅 등이 많다. "앗, 따거!" 엄나무 순을 따다 손가락을 가시에 찔렸다. 아주 작은 가시인데도 무지하게 아프다. 피도 한 방울 안 나는데도 이렇게 아플 수가 순간 번쩍! 하고 맹랑한 아이디어가 떠올랐다. 그렇지. 두더지 콧잔등!

이번에는 분명한 승리의 예감. 더구나 지금까지의 폭력적, 소모적 환경파괴적 전술전략이 아니라 너무나도 자연친화적인 병법 개발이다. 시간도 경제도 노력도 별로 들지 않는 단순명료한 전술 시범 작전 전개 후 며칠 흘렀지만 적군 병력이 출몰하지 않는다.

어차피 엄나무 가지치기는 해야 하는 일. 한 뼘 길이로 토막내어 잔뜩 쌓아놓고 이참에 아예 울타리를 따라 빈틈없이 지뢰를 가로세로 촘촘 묻었다. 코를 벌름거리면서 호기 있게 땅굴을 파다 그 앙증맞은 콧잔등을 찔러 머리통에 프르르 번쩍! 전류 흐르는 모습은 상상만도 상쾌하다. 네놈 짜리몽땅한 앞발의 포클레인 무딘 발바닥으로 코를 어루만질 수도 없을 테고, 연고도 반창고도 없는 주제에 반나절은 얼떨떨하겠지. 그래서인가. 하마 달포가 흘러 매미가 동아줄을 엮어 가을을 당기고 있는데도 이놈들 소식이 없다. 안 보이니 오히려 놈들 전략이 궁금하다. 어쩌면 놈들의 전략 전환이 아니라 패전의 철수 작전 전조일지도 모르겠다.

처음 놀러온 지인이 두어 시간 놀다 떠나면서 재미있다는 표정으로 한마디 남긴다.

"사람살이 별 다를 거 없네요. 산골 생활에도 무언가와 계속 싸우면서 살아가는군요." 수필과비평

● 유머러스한 문체 속에 삶의 진실을 담아낸 유쾌한 투쟁기다. 끝없는 두더지와의 싸움은 시골살이의 고단함을 넘어, 매일같이 무언가와 맞서 싸우는 우리 모두의 모습을 은유하고 있다. 첨단장비를 동원해도 실패했던 지난 날의 허망함은, 자연의 섭리 속에서 얻은 소박한 깨달음 앞에서 무력해지고 만다. 이 글은 거창한 승리보다 끊임없이 도전하고 살아가는 과정 자체가 아름다운 삶임을 우리에게 일깨워준다. /심선경/

따뜻한 훔쳐보기

이명지 | mjlee8978@hanmail.net

문득 혼자라고 느낄 때 한 권의 사진집을 꺼낸다. 헝가리 출신 사진작가 앙드레 케르테스André Kertész의 『ON READING』이다. 표지를 넘기면 삶의 이면을 비추는 따뜻한 시선이 담긴 사진들이 펼쳐진다.

허름한 담벼락 아래 흙투성이 세 소년이 맨발로 쪼그려앉아 책 한 권을 함께 들여다본다. 길거리 담벼락에 의자를 내려놓고 앉아, 고개를 90도로 꺾어 무언가를 읽고 있는 할머니. 예쁜 커튼이 드리워진 창틀에 앉아 책을 읽고 있는 단아한 여인. 무대 의상이 걸린 분장실의 긴 의자에 엎드려 책을 보는, 피에로 복장을 한 배우의 모습도 있다.

창틀이나 베란다에 앉아 조각 햇볕을 쬐며 책을 읽거나, 옥상에서 일광욕하며 독서하는 사람들을 먼 거리에서 포착한 사진도 있다. 모두가 '읽는 중'이라는 공통점 하나로 연결되어 있지만, 각기 다른 장면 속에 담긴 삶의 이야기는 제각각이다. 남은 생의 시간이 얼마 되지 않아 보이는 노인이 침대에 앉아 책을 읽고 있는 모습은 그중 가장 먹먹한 사진이다. 얼굴엔 고요한 평온이 깃들어 있고, 책을 든 손엔 숭고함마저 느껴져 마음에 잔잔한 감동이 밀려온다. 무언가에 깊이 몰입하고 있는 사람의 모습처럼 아름다운 것이 있을까.

사진작가인 아들에게 자랑하듯 책을 보여주니 고개를 절레절레 흔들며 말한다. "이젠 이런 사진 못 찍어요. 초상권 침해야." 감동의 여운을 자르는 뜻밖의 반응에 실망감이 들었다. 책을 무릎 위에 올려놓고 다리만 찍은 사진을 보며 "이런 사진 찍다간 몰카 범죄가 되기 딱이지"라며 농담처럼 말했지만, 복잡한 현실 인식이 느껴져 우리는 함께 씁쓸해졌다.

딸아이는 유치원에 입학하는 손녀에게 다른 사람의 호의를 함부로 받아들이면 안 된다거나 몸에 손을 대면 "안 돼요!" 하고 소리쳐야 한다며 사람을 조심시키는 법을 먼저 가르쳤다. 무엇이 사람을 이렇게 이간시켰을까. 사랑과 믿음만 가르쳐도 모자랄 어린아이들에게 의심과 경계부터 가르쳐야 하는 세상이 서글프고 안타깝다. 사람 사이의 정과 따뜻함은 이제 무엇으로 표현해야 하는 걸까.

그래도 나는 여전히 누군가 책을 읽고 있는 모습을 보면, 눈길을 떼지 못한다. 책장을 넘기는 손끝의 조심스러움, 페이지에 잠긴 얼굴의 고요함, 세상에서 잠시 비켜서서 고독의 단맛을 즐기는 표정. 이런 장면을 마주하면, 나도 모르게 숨을 죽이고 그 사람의 시간을 살짝 훔쳐보고 싶은 충동이 인다.

'훔쳐보기'는 우리 안에 오랜 세월 숨어 있는 본능이다. 중세 영국의 전설에도 훔쳐보기가 등장한다. 바로 '레이디 고다이바' 이야기다. 남편 영주가 책정한 과도한 세금에 고통받는 백성을 위해 영주의 젊은 아내 고다이바는 남편에게 항의한다. 그러자 남편은 비웃듯 말한다. "당신이 벌거벗고 영지를 한 바퀴 돌면 세금을 깎아주지." 영주는 그녀가 감히 그럴 수 없을 거라 생각했지만, 그녀는 긴 머리카락으로 겨우 몸을 가린 채 말을 타고 거리로 나섰고, 백성들은 존경의 마음으로 창문을 닫고 커튼을 내렸다. 그러나 몰래 내다본 한 남자가 있었으니 양복점 점원 '톰'이었고 그 순간 눈이 머는 벌을 받았다고 전해진다. 이후 영국에서는 다른 사람을 엿보는 호색한을 피핑 톰Peeping Tom, 즉 '훔쳐보는 톰'이라 부른다.

어쩌면 훔쳐보기의 원조는 예술이 아닐까. 에두아르 마네의 〈풀밭 위의 점심〉을 보면, 숲속에서 소풍을 즐기는 남녀의 모습이 그려져 있다. 옷을 입고 있는 두 남자와는 달리, 여성은 벌거벗은 채 우리를 응시한다. "뭘 봐?" 하고 묻는 듯한 그 시선은 우리가 보는 동시에 누군가에게 보여지는 존재라는 사실을 깨닫게 한다. 나는 거기서 두 존재를 지켜보고 있는 또 한 사람, 마네의 시선도 느낀다.

훔쳐보기는 단지 '보는' 행위가 아니라 '해석하는' 행위다. 카메라 렌즈 너머에서, 붓끝에서, 글자 행간에서 타인의 삶을 몰래 들여다보며 그 안에서 자신의 감정에 말을 걸어오는 무엇을 발견할 때 이야기가 시작된다. 예술도 결국 사람의 이야기이기에 궁금하고 감동하고 끌리는 것이다.

너무 많은 경계가 사람과 사람 사이를 멀게 만들고 있는 요즘이다. 케르테스의 사진들이 따뜻한 이유는, 삶의 행간을 들여다보는 진지한 시선에 사랑이 깃들어 있어서다. 피사체인 대상에 무례하지 않고, 다가가는 대신 멀리서 지켜보며 그들의 고요를 존중하고 있는 것이 느껴져서다. 그것은 따뜻한 훔쳐보기였다. 나는 1970년대에 찍은 이 흑백사진

집을 곁에 두고 자주 꺼내본다. 의지할 데 없는 고독에 잠긴 날이면 혼자의 고요함이 얼마나 귀한지를 깨닫게 해주어 좋다. 사진 속 시선을 따라가다보면 내 안의 오래된 이야기, 따뜻함, 그리움 같은 것들이 되살아나 평화로워진다.

오늘도 나는 책을 읽고 있는 누군가를 조용히 훔쳐본다. 그들이 읽는 책 속 사람들의 이야기는 어떤 것일까? 그들은 지금 무엇에 그토록 빠져들어 있을까? 독자로서의 궁금증이자 작가로서 호기심이다. 어쩌면 그들에게서 나를 읽고 있는지 모르겠다.

한국산문

대기번호 30

제은숙 sonagi7878@naver.com

고장난 전자제품을 고치려면 수리점에서 정한 절차에 따라야 한다. 대기표를 뽑고 순서에 맞춰 신청서를 작성한다. 수리기사님이 있는 장소로 옮겨가서 번호로 불릴 때까지 기다리면 된다. 조금이라도 먼저 접수하려는 사람들로 수리센터는 이미 왁자했다. 나는 35번이 찍힌 순번표를 들고 근처 소파에 몸을 기대었다. 그때 낯선 할머니가 다가와 내 앞에 엉거주춤 섰다.

"이 회사 제품이 아니면 안 봐줍니까?"

"그럴 겁니다."

심드렁한 내 대답에도 할머니는 반색하며 맞은편 의자에 앉아 낡은 보자기를 풀어 헤쳤다. 속에 든 것은 다른 회사 로고가 찍힌 시디플레이어였다.

"이거는 안 봐주겠지요?"

"직원에게 물어보시는 게 좋겠어요."

나의 대꾸에 할머니는 보자기를 여미지도 않은 채 사라졌다. 할머니가 있던 자리에는 곧 다른 사람이 앉았다. 금방 돌아온 할머니는 멋쩍게 웃으며 손을 비죽 내밀었다.

"여기서는 안 된다네요. 이거 필요하면 써요."

내민 종이에는 30번이 선명했다. 나는 괜찮다고 했으나 어느새 번호를 테이블 위에 두고 떠나버렸다. 그 순간 앞에 앉은 사람이 냉큼 낚아채고는 자기 표를 내려놓았다. 거기에는 40번이 적혀 있었다.

30번이던 할머니가 호출에 응하지 않으면 누가 혜택을 누려야 할까. 그 행운은 31번이 받아야 마땅하다. 아침 일찍 수리점에 도착했고 너무 늦지 않은 대기번호를 받고서 안도했겠으며 직원의 목소리에 귀를 세우고 있었을 테다. 수리점 접수에 시간과 정성을 쏟았으니 한 칸 앞으로 당겨질 자격이 있다. 그런데 이 민감한 경쟁의 순간, 팽팽한 공기를 뚫고 미세한 균열이 시작되었다.

40번이 30번으로 변하는 현상은 종종 나타난다. 31번에서 39번은 내막을 모른다. 간혹 35번이 알게 되더라도 지나쳐버리기 일쑤다. 40번은 능청스럽게 35번의 눈길을 피한다. 만약 35번이 따진다고 해도 본래 주인이 아니라면 말할 자격이 없다며 당당하게 소리친다. 가끔 억지를 부리며 잘못을 눙치려는 사람들을 만나게 되는데 그들만의 세계에 맞설 재간이 없다. 모두의 세상으로 뻗어가는 실금을 발견하지만 쉽게 외면한다.

31번은 자기 앞의 대기자가 바뀌었다는 사실을 모른다. 그러니 전혀 불쾌하거나 억울하지 않다. 혹 30번을 뽑았던 할머니를 기억했더라도 자신과는 무관한 일로 여긴다. 31번은 그저 순수하게 차례를 기다린다. 삼십일 번 고객님을 찾는 소리가 들리면 지체없이 접수대에 화답하고 수리기사님이 있는 또 다른 대기실로 들어가면 그뿐이다.

40번이 30번이 되는 것은 그렇게까지 흡족한 일인가. 겨우 열 사람을 제쳤고 35번이 알고 있다. 접수하는 시간이 채 3분도 되지 않는다는 사실을 감안할 때 기껏해야 이삼십 분 정도 앞당긴 셈이다. 대단한 이득도 아닌데 남의 순서를 가로챘다는 꺼림칙함이 따라붙는다. 그러나 이 날랜 40번은 자신이 행운아라고 떠벌릴지도 모른다. 손톱만 한 행운을 누리기 위해 양심은 가벼이 팽개친다. 버려진 40번을 누군가 사용할 테니 타인을 배려했다고 위안삼을 수도 있다. 40번을 얻은 사람이 있다면 그 횡재가 어떻게 주어졌는가를 따져보아야 한다.

할머니의 물음에 대꾸해준 35번은 친절한가. 그저 물어왔기에 답해주었을 뿐이다. 만약 할머니를 대신하여 직원에게 문의했더라면, 더 나아가 시디플레이어에 찍힌 회사의 수리센터를 알려주었더라면 친절하다고 해도 무방하리라. 그러나 도울 의도가 없었고 실제로 도움도 되지 않았다. 할머니는 새로운 방법을 찾아야 한다. 35번이 30번을 가질 이유가 없다.

할머니의 선물은 어떨까. 자신에게 답해준 젊은 아낙이 고맙고 잠시지만 특별한 인연으로 여겨졌는지도 모른다. 그 보답으로 자신의 숫자를 두고 갔다. 하지만 받을 사람은 원하지 않았고 엉뚱한 사람이 집어가는 바람에 순서만 꼬이고 말았다. 오히려 30번을 버렸다면 접수실의 질서는 유지되었을 것이다. '고마워요'라는 말 한마디면 충분했다. 때로는 선의가 나쁜 결과를 가져오기도 한다.

본격적인 접수에 앞서 대기표를 받는다는 사실을 알게 된다면 미리와서 기다릴 수 있다. 일행이 있다면 주차와 대기를 동시에 수행하며 일의 속도를 높일 수도 있다. 여기에 몇 번의 경험까지 더해지면 줄서기가 한결 더 수월해진다. 빠른 순번을 받기에 유리하면서 정당한 방법이다. 그러나 실제 세상이 굴러가는 방식은 아니다. 표를 여러 장 가지고 있다가 나중에 온 지인에게 나눠주기도 하고 직원들만 알고 있는 비밀을 공유하기도 하며 사회적 지위나 명성을 이용하기도 한다. 손님들은 자신의 번호를 빼앗기지 않는 이상 관심이 없다.

대부분은 30번과 40번 사이 혹은 더 좁은 범위에서 눈치를 살피기 바쁘며 그 너머에는 신경쓰지 않는다. 되레 30번 하나 바뀐다고 세상이 뒤집히겠냐고 묻는다. 자신에게 기회가 온다면 40번처럼 했을 거라며 공감하기도 한다. 그러나 이토록 사소한 일이 어긋나서 각자가 공들인 세상이 무너진다. 갈라지기 시작하면 돌이키기 힘들다. 그동안 얼마나 많은 40번이 30번으로 둔갑했을까.

31번의 하루가 고요했다고 세상이 무탈한 것은 아니다. 35번은 요행을 거부했으나 40번의 새치기를 막을 수는 없었다. 어떤 선의는 혼돈을 불러온다. 베풀듯 번호를 내놓았는지 순서가 뒤바뀌는데도 눈감아버렸는지 떠올린다. 적어도 타인의 대기표를 가로채지는 않기로 다짐하면서 내 작은 세상에 미약한 힘을 보탠다. 30번과 40번 사이의 틈을 메운다.

수리센터 안으로 들어갔다. 여기서부터는 번호가 중요하지 않다. 앞 물건의 수리 시간에 따라 순서가 정해진다. 35번을 부르는 소리가 들렸다. 건너다보니 가로챈 30번은 아직 대기 중이었다.

● 한 장의 대기표에 담긴 인간 군상의 초상을 섬세하게 그려낸 작품이다. 작은 선의가 불러온 예상치 못한 혼란, 그리고 그 틈을 비집고 들어오는 이기심의 단면은 우리 사회의 미묘한 균열을 엿보게 한다. 누군가에게는 사소한 요행일지 모르지만, 그 이면에는 소리 없이 무너지는 질서와 외면당하는 양심이 존재하는 법. 결국, 작가는 우리에게 '30번'을 얻는 행운보다 '40번'을 지키는 용기가 더 가치 있다는 깊은 울림을 전한다. /심선경/

낡은 것들의 품격

하인혜 ha-angela@hanmail.net

양말 바닥이 얇아졌다. 맨살이 느껴질 만큼 닳았다. 무심코 손가락을 밀어넣자, 비어버린 틈 사이로 차가운 바닥의 감촉이 스며든다. 이제는 버려야겠구나, 하는 안도감이 든다. 요즘 같은 시대에 물건이 끝까지 제 역할을 다하는 일은 드물다. 대부분 쉽게 버려지고 빠르게 대체된다. 그런데 이 양말은, 마지막까지 나를 지탱했다. 바닥과 발바닥 사이를 묵묵히 지키며, 끝내 닳아 사라질 때까지 함께했다. 나는 그것이 대견하게 여겨졌다.

한 짝을 뒤집어본다. 겉보기엔 멀쩡하다. 어쩌면 조금 더 신을 수도 있을 것 같다. 하지만 한쪽이 쓸모를 잃어버린 순간, 다른 한 짝도 함께 사라져야 하는 것이 지금의 세태다. 나는 그것이 당연한 것인지, 혹은 당연하다고 믿어온 것인지 잠시 고민한다. 그때, H가 사진을 보내왔다. 사진 속 옷은 낡고 빛이 바래 있었다. 본래의 색조차 알 수 없을 만큼 닳아 있었고, 소맷단과 팔꿈치에는 덧댄 천이 군데군데 자리잡고 있었다. 그 사이로 보이는 브랜드 로고는 어색할 만큼 선명했다. 오른쪽 소매 아래에는 낯익은 무늬의 천이 덧대어져 있었다. 양말이었다.

그제야 기억이 떠올랐다. 십 년 전, 아들의 옷장을 정리하다가, 아직 손도 타지 않은 몇 벌을 골라 H에게 보냈다. 그 가운데 한 점이 사진 속의 옷이었다. 그녀의 남편은 그 옷을 즐겨 입었고, 닳을 때마다 몇 번이고 수선을 했다. 세탁소에서는 더 이상 수선이 의미 없다며 처분을 권했다. 하지만 결국 마지막 수선을 한 사람은 아들이었다. 해진 팔꿈치를 보며, 그는 양말 한 짝을 잘라 덧댔다.

나는 사진을 한참 바라보았다. 허름한 천 조각이 허물어지는 풍경이 아니라, 오히려 숙연한 품격으로 다가왔다. 백결白潔 선생의 이야기가 떠올랐다. 가난한 집안 형편 때문에 그는 옷을 백 번이나 기워 입었다고 한다. 닳고 해진 것을 덧대고 또 덧대며, 그의 아내는 남편과 함께 궁핍을 견뎠을 것이다. 하지만 그것은 단순한 견딤이 아니라, 서로를 이어붙이며 살아가는 삶의 방식이었다.

H의 가족도 그러했다. H의 남편은 철학자다. 책상 앞에서 팔꿈치가 닳도록 연구했고, 헬라어 원서를 번역하며 그의 손끝에는 굳은살이 박였다. 이를 지켜보던 아들은 무심한 듯, 그러나 망설임 없이 양말을 잘라 팔꿈치에 덧댔다. 그것은 단순한 절약의 방식이었을까, 아니면 삶을 기워나가는 한 조각의 예술이었을까. 나는 후자라고 믿기로 했다.

백 번 기운 옷에는 백 번의 틈이 있었을 것이다. 그 틈 사이로 불만이 스며들고, 피로가 쌓이고, 한숨이 번졌을 것이다. 하지만 그럼에도 다시 바늘을 들고 천을 덧대며, 서로를 이어붙여온 시간이 있다. H의 가족이 덧댄 천 조각 하나하나에도, 그런 손길과 시간이 배어 있었다.

창가로 저녁 해가 기울었다. 아마도 H는 봄볕을 등에 업고 천변에서

캐온 쑥으로 된장국을 끓이고 있을 것이다. 둥근 식탁에 둘러앉아 감사의 기도를 올릴 것이다. 문득, 오래전 그녀의 가족을 떠올리며 써두었던 시詩가 생각났다. 나는 서랍을 열어 낡은 노트를 펼쳤다.

구봉산 자락으로 지는 저녁 해가 은규네 텃밭에 그늘을 남겨두고 돌아갑니다.

쪽파를 옮겨 심고 상추도 가꾸지만 엄마는 배추씨도 뿌려둡니다. 어린 이파리들이 초록 눈을 뜹니다. 그렇지만 꽃 피우기에 혼자 당당한 건 봉숭아입니다. 여우비 지나면 습자지 같은 꽃잎들은 구겨진 채 옹송거립니다. 씨방 품은 봉숭아의 가슴은 꽉 찬 씨앗의 힘이 팽팽하여 탁, 터져 날아오를 내일을 기다리고 있습니다.

된장에 찍은 배추 속 꼬갱이를 입으로 나르는 저녁 밥상 위에 손끝에서 피어난 꽃잎들이 풍성하게 얹힙니다. 첫눈 내릴 때까지 초승달 같은 그리움으로 남아 있을 수십 송이 꽃이파리가… 겨울을 견딜 인동초가 되어 눈꽃으로 피어납니다.

은규네 텃밭에는.

— 자작시, 「은규네 텃밭에는」 전문

나는 천천히 오래된 노트 한 면의 갈피를 접었다. 양말 한 짝으로 기워낸 삶의 빈틈 사이로, 봉숭아 씨앗이 터지듯 단단한 희망이 싹튼다.

낡음은 소멸이 아니다. 그것은 세월이 새긴 품격이다. 우리는 저마다의 틈을 기워가며, 덧댄 천 조각처럼 서로를 이어붙이며 살아간다.

깊어가는 저녁 창가에서, 나는 낡은 것들의 품격을 생각한다. 손때 묻은 물건이 남긴 흔적, 기운 자리마다 새겨진 손길, 그 안에 깃든 세월과 사랑. 낡은 것은 결코 사라지지 않는다. 오히려 시간 속에서 더욱 단단해진다. 우리의 삶 또한, 그렇게 덧대고 기우며 온전해지는 것이 아닐까.

수필미학

The 수필

● 이 작품은 낡음의 미학을 탐색하는 사유 수필이다. 작가는 해진 양말과 기워진 옷에서 손길과 시간이 남긴 흔적을 읽어낸다. 가족의 기운 옷은 궁핍의 표지가 아니라 함께 견뎌온 세월의 품격이다. 낡은 것들 속에서 작가는 덧댐과 이어짐, 즉 관계의 본질을 말한다. 작가는 시간의 축적이 곧 품위임을 차분하게 보여준다. 낡은 것들 속에 보이는 인간적 따뜻함과 존엄을 길어올린 글이다. /이상은/

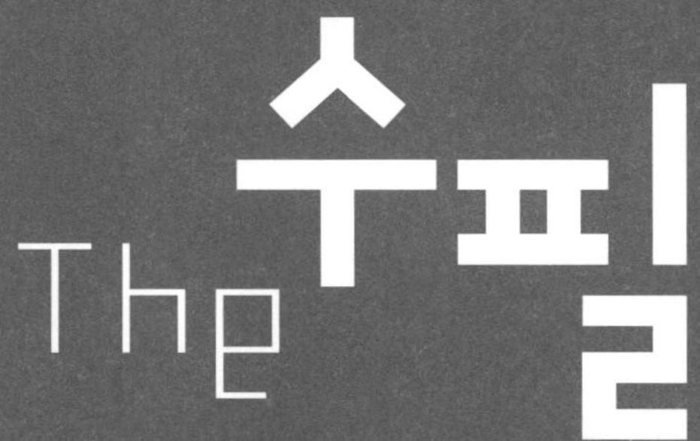

Autumn

시가 내게로 왔다

강명숙 oksalty@gmail.com

"어두워지자 길이 그만 내려서라 한다." 하필 그 구절이었을까. 그것은 앞으로 암송하려고 선택한 첫 번째 시의 첫 구절이었다.

남편의 회사일로 우리는 미국이라는 낯선 나라에 정착하게 되었다. 호기롭게 정든 곳을 떠나왔으나 그 시는 '정신 차려. 지금 서 있는 이 길이 네 길인가' 하며 끊임없이 우리를 다그쳤다. "강물 위에 떨어진 불빛처럼 혁혁한 업적"을 바라는 것인가? 어두워진 것을 모르고 인생 후반부를 여전히 습관대로 살 것인가? 인생의 의미는 꼭 직업을 가지고 소속되어 사는 것에만 있는 것인가? 울림이 컸다. 갈등과 번민과 새롭게 대두된 갈망과의 싸움에서 결론에 도달할 수 있게 한 것은 바로 그 시구였다. 우리는 걷던 길에서 내려섰다.

나에게 시는 인생학교이다. 인생을 돌아보게 하고 앞으로 나아갈 힘을 찾게도 한다. 낭만과 상상력의 원천, 영감의 샘물이다. 나는 시에 취해 향기롭고 싶다며 시들을 영접했다. 그런 시를 일주일에 한 편씩 4년 동안 208수를 남편과 함께 외웠다. 아니 정확하게는 열정적인 연애를 했다고 해야 맞다.

암송하기에 좋은 시는 너무 무거워서도 가벼워서도 안 되었다. 읊조리듯 날아갈 듯 스며드는 시가 어느 곳에서든 길동무가 될 수 있을 테니까. 더구나 토씨 하나까지 다치지 않아야 멋을 살릴 수 있으니 섬세하게 살펴야 했다. 이미지를 그리면서 마음에 들이니 비로소 다가왔다. 그제야 시를 외우는 게 세상에서 가장 쉽다는 농담까지 하게 되었다.

시가 내게로 걸어온다. 그가 건네는 말과 공기에 나는 서툴다. 아직 가슴을 내주지 않는 그를 설레며 그려본다. 시의 순례자가 되어 행간의 쉼터에 걸터앉아 숨을 고른다. 다시 다가설 수 있는 여유를 얻는다. 문이 열리고 드디어 행간을 읽는다. 같은 시라도 처음의 느낌과 시간이 흐른 후의 그것은 다르게 다가오기도 한다. 그럴 때 더 반갑다. 시는 여백 가득한 그림 같다. 내가 그에게 젖어들 때, 아니 시가 나에게 스며들 때쯤 그것은 온전히 내 것이 된다. 내 숨결을 불어넣고 나만의 호흡으로 감성으로 정화된 세상이 펼쳐진다. 날개를 펴고 맘껏 허공을 난다. 드디어 시가 그리는 세상은 시인이 표현한 영토보다 더 확장된다.

시가 생활의 일부가 된 것은 오래다. 가슴으로 낳은 시들은 우리 대화의 훌륭한 메뉴이며 양념이 된다. 주거니 받거니 낭송을 하다가 패러디를 하기도 하며 깔깔대거나 눈물짓기도 한다. 아들의 결혼식에서는 김춘수의 「꽃」을 낭송했다. 서로에게 꽃이 되기를, 소중한 존재이기를 간절히 바라면서 기쁘고 떨리는 가슴으로 낭송한 엄마의 특별한 선물이었다.

시 앞에 서면 잘못하고 사는 것 같은 느낌이 들어 불편하다는 친구가 있다. 그러나 삶 전체를 잘 사는 것과 잘못하고 사는 것의 이분법으로만 생각하지 말라고, 더 넓고 풍요로운 세상으로 걸어오라고 시는 말한다.

가끔은 "사실, 나도 누군가의 한 시절이었다"라는 시인의 명징한 선언 앞에서 뜨끔하지 않을 수가 없다. 소중한 시절인연의 한순간에 과연 나는 그에게 어떤 역사였을까? 피하고 싶었던 존재였을까? 나로 인해 그때 그 사람은 행복했을까? 책임질 수 없는 책임 앞에 머리를 숙이고 사람과 함께한다는 것의 의미와 방향에 대해 질문하고 묵상하지 않을 수 없다. 내 안의 이중성에 고민하고, 적게 사랑한 후회 앞에 나는 왜 그런 존재였는가, 절망하는 가슴이 있다. 반복되는 허물들 앞에 오래된 부끄러움이 머리를 든다. 그러자 시인은 이렇게 고백한다. 나도 "상심을 가로챈 죄인이었다. 찢긴 낱말들로 때때로 옷 입혀주는 길벗이었다"고. 시인의 성찰이 곧 나의 고백이 된다. 동시에 나 같은 사람이 또 있네,라는 유대감까지 느끼면서 인간적 위로를 받는다. 물론 엉뚱한 시 감상일 수 있다. 그런들 어떤가. 이미 그것이 나의 가슴이 된 것을.

시의 가슴은 두려움마저 가볍게 누르고, 나도 모르는 나를 발견하거나 무엇에도 거칠 것이 없는 자유로운 영혼으로 또는 되고 싶은 나로 유혹한다. 이시영 시인의 「나의 나」가 그랬다. "여름이면 타클라마칸 사막으로 날아가 몇 날 며칠을 광포한 모래바람과 싸울 수 있는 나일 수도 있고." 이 시구 때문에 한 점 망설임 없이 육십이 넘은 나이에 패러글라이딩으로 과감히 하늘을 날았다. 시가 잠자고 있던 나의 패기를 불러온 것이 분명했다. 그렇게 시는 내 가슴속에서 번지고 속삭였다.

시의 절묘한 표현 앞에 감동하고 한 번도 꺼내지 못한 시심이 고개를 들기도 한다. 소설은 풀어내야 글이 되지만 시는 제 몸과 마음을 깎아내고 비워야 완성되는 신비체이다. 비워진 공간에 영감과 침묵이 들어서고 다시 틈이 생긴다. 시를 가만히 낭송해본다. 절대 집중의 시간이 온다. 은밀한 목소리의 울림을 놓치지 않고 꽉 채워지는 존재를 초대한다. 내면에 피어오르는 공간이 고요하다. 언젠가는 나도 시인처럼 시 한 줄 건넬 수 있겠지. "밤의 가지에서, 갑자기 다른 것들로부터, 격렬한 불 속에서 불렀어, 또는 혼자 돌아오는데 말야 그렇게 얼굴 없이 있는 나를 그건 건드리더군." 그렇게 시가 찾아왔다는 어느 유명한 시인의 시구처럼 나를 부르는 그날을 흥미롭게 고대해본다.

시와 동행한 세월이 고맙다. 지금의 사랑은 예전의 사랑과 다르다. 별도 꽃도 당신도 다 새롭다. 시인이 창조한 세계에 멍석 하나 깔고 놀았을 뿐인데 환희와 감동은 커지고 고뇌는 발효되어 삶과 어우러진다. 그의 따뜻한 시선은 언제나 나를 향하고, 그 품에서 사색과 침묵 속에 머무를 수 있는 공간이 깊어진다. 그러나 시에 갇히지 않기를 바란다. 시의 생명은 열림이다. 그 속에 치유될 영혼이 꿈꾸는 신비의 샘이 있다.

다시 그가 던지는 질문의 중심에 선다. 내 영감과 감성이 발동되어 그 무언가를 길어 올린다. 나는 집을 짓고 다시 그 집을 허문다.

에세이문학

The 수필

● 한 인간이 '시詩라는 언어'를 통해 다시 태어나는 과정을 보여준다. 이 수필의 진정한 미덕은 시를 대하는 태도에 있다. 시를 감상하는 데 그치지 않고, 삶의 방향을 묻는 물음으로 받아들이며, 부부가 서로에게 성장의 가능성을 건네는 언어로 활용하고, 내면 깊숙한 양심과 부끄러움까지 들여다보게 하는 '윤리적 장치'로 삼는다. 단순한 수필을 넘어서, 시라는 존재가 인간에게 어떻게 윤리적 변화를 일으키는지 담아낸 귀한 경험담이다. /한복용/

최후의 목격자

김보성 morankss@naver.com

죽음을 기록 중이다. 음음적막을 뚫고 얼비치는 불빛이 주검 위로 집중된다. 어두울수록 빛나는 존재는 사관史官이 되어 통곡부터 하관까지 빈틈없이 표기한다. 하나의 진실도 한끝의 감정 없이 올곧게 비추는 업경대를 닮았다.

동쪽을 향해 누워 있는 망자는 한세상을 풍미하던 화려한 용체를 지녔다. 기다란 수염을 한 번이라도 쓰다듬으면 지엄한 법보다 강력한 무기가 된다. 감긴 두 눈 안에는 누구의 눈부처도 담길 수 없는 영검의 서기가 깃들었다. 두 팔에는 가야산을 휘감아 호령하던 위엄이 서렸고 다리에는 낙동강 물을 거느리던 기세가 우량하다. 육신은 잠들었으되 권좌는 영원한 것인가. 왕관의 곡옥들이 불청객의 발소리에 민첩히 출렁이며 주군을 호위한다.

대가야의 고총 44호분, 고적한 능이다. 초복을 넘긴 날의 세 번째 방문이다. 안으로 들어서자 산 자보다 죽은 자가 많은 거대한 무덤이 침묵을 묵직하게 뿜어내고 있다. 천오백 년 전의 암흑이 낯설고 착잡하게 본체를 드러낸다. 알현할 때마다 한기가 온몸을 감싼다. 십대부터 육십 대까지 다양한 연령대와 마부와 시녀 그리고 호위무사까지 여러 직업 군과 부부와 부녀 등 혈연관계의 순장자들이 반듯하게 매립되었다. 13 호기의 부부는 남편은 아래에 부인은 위에 겹쳐 있으며 28호기의 부녀 도 아버지는 아래에 딸은 위에 자리해 모계사회였음을 짐작게 한다. 신 에 대한 희생의 의미보다 인순人殉의 내세사상이 반영된 고분이다.

수많은 위세품과 일용품이 부장되었다. 서쪽 딸린돌방에서는 창고 지기의 순장도 보인다. 오늘날의 에스프레소 잔을 닮은 굽다리잔은 원 통형 몸통에 고리형 손잡이를 달고 높은 굽에 삼각형 투창을 뚫어 세련 된 곡선미가 돋보인다. 일본에서 건너온 야광조개 국자는 화려한 진주 빛의 속내를 드러낸다. 그중에 가장 작고 평범한 도자기가 눈에 들어온 다. 찻잔보다 조금 크고 술잔이라기엔 소박한 품새다. 굽도 낮으며 장 식도 없다. 곡물 빛깔에 고래기름을 태운 그을음 흔적이 묻어 있다. 등 잔이다. 자세히 살피니 윗부분에 두 개의 줄무늬가 둘러져 있고 배허리 에는 당초 문양이 찍혔다. 현세의 부귀영화가 영원히 지속되기를 염원 하는 무늬이다.

신라의 금령총에서 발견된 등잔은 다섯 개의 접시가 하나의 관으로 연결되어 각기 심지를 꽂을 수 있는 다등식이다. 밑받침의 상단은 네모 투창을 바닥면은 직사각 모양을 투공하여 화려하게 장식하였다. 백제 의 무령왕릉에서 출토된 청자 등잔은 왕의 머리 쪽에서 발견되었고 낮 은 다리굽이 특징이다. 여섯 개의 잔 중에 한 개는 술잔이고 다섯 개는 등잔으로 사용됐다.

대가야의 등잔과 비슷하지만 민무늬다. 대가야의 고총에서는 한 개의 등잔이 나왔다. 장식이 달리지도 개수가 많지도 않다. 순장자와 껴묻거리가 다양한 것에 비해 불의 수가 작다. 그 사실에 호기심이 당겼다. 무덤 속의 등잔은 축조 당시에 조명 역할을 했고 죽은 이의 영령을 다른 세상으로 인도할 때 길을 밝히거나 남아 있는 산소를 태워 진공 상태로 시신의 부패를 방지했다고 한다. 하지만 왜 44호분의 등잔은 외불일까.

빈자일등貧者一燈이라는 말이 있다. 사위라는 동네의 난타라는 여인은 궁색하여 거리에 구걸한 돈으로 음식 대신 기름을 사서 등 공양을 하였다. 가난한 사람이 바친 등 하나, 어느 수려하고 거대한 수십 개의 등보다 값진 불이라고 할 수 있겠다. 불교가 들어오기 전인 대가야시대, 임금을 신처럼 사모한 이가 궁엄하게 밝힌 등일 수도 있겠다. 대부분의 부장품은 특별 제기로 따로 만들어져 묻혔다. 그래서 토기의 질이나 결이 비슷한 분위기를 풍긴다. 하지만 유독 등잔만은 담백하다. 평범하고 소담한 분위기의 잔에 상상력을 담아본다.

최후의 날, 등잔불은 무엇을 목도했을까. 불이 살아나고 어둠에 묻힐 때까지 본 것은 역사의 중요한 사료다. 밝은 눈을 가졌으되 말을 유산으로 받지 못한 몸은 자신을 하나씩 태우며 한 문장 한 문장씩 허공 위에 시간을 새겼으리라. 그리고 마지막 목격자가 되어 한 줄기 연기로 스러졌을 것이다. 완벽한 적막 뒤에는 무엇이 오는가. 한번 길을 낸 상상은 봉토분의 구석구석을 헤집고 다니며 망자를 들깨운다.

이름이 지워진 사자死者들은 숫자로 불린다. 한 개의 으뜸돌방과 두 개의 딸린돌방 그리고 32기의 순장덧널이 있다. 28호기의 여덟 살 여자아이가 깨어난다. 총총걸음으로 걸어가 으뜸돌방의 주인을 깨운다. 어험, 헛기침을 하며 그가 눈을 뜬다. 장신구가 딸그랑 소리를 내고 비단 옷은 사그락거린다. 그의 기침 소리에 호위무사 두 명이 벌떡 일어나 진묘수마냥 좌우를 지켜 선다. 그들의 칼날이 소녀를 막아선다. 28호기 아버지가 딸을 보듬어 안고 무릎을 꿇어 머리를 조아린다.

현의 음이 못내 그리운 왕이다. 정기 의례를 행하던 달 밝은 밤에 울려 퍼지던 가락은 낮고 깊게 감기다가 때로는 청아하고 따뜻하게 단단한 마음을 풀어주었다. 악공을 수소문하지만 여의치 않다. 그렇다, 문득 깨닫게 된다. 적요 속에서는 추억이 가장 아름다운 선율이라는 것을. 처음 왕좌에 올랐을 때 찬란하게 퍼지던 음악과 왕자가 태어나던 밤에 밝게 빛나던 별과 살포를 든 촌장이 논의 물꼬를 트던 날에 들리던 봄날의 물소리가 귓전에 아련하다. 전생이 그리운 왕은 소녀를 불러 앉힌다.

"어찌 이곳에 들었느냐?"

홀로인 노비 아버지를 따라 땅속까지 왔노라 총명하게 답한다.

"저 누치는 누가 잡았습니까?"

항아리에 담긴 생선을 가리키며 여자아이가 당돌하게 되묻는다.

"저 생선을 아느냐?"

"소녀가 많이 잡히는 곳을 알려드리면 아버지와 집으로 돌아갈 수 있습니까?"

어린 백성은 이승과 저승의 경계가 없다. 아비와 낚시하던 때가 가장 행복했다는 소망이 아름답고 부럽다. 세자의 모습을 떠올린다. 지금쯤 아들은 부친의 부재를 그리워할 것인가. 왕궁 안의 누가 자신의 존재를 기억해주겠는가. 백성들 또한 그의 업적을 칭송할 것인가, 공난할 것인

가. 대가야를 가졌건만 불안하고 외로웠으며 아무도 믿지 못하였다. 주변국의 변화하는 정세에 제대로 잠을 이루지 못하는 날이 많았다. 지나온 삶이 희미한 불빛에 흔들리며 돌벽에 그림자를 남긴다.

시간이 봉분처럼 쌓이자 덧널에서 고인들이 깨어난다. 둥글게 모여 앉은 영靈들은 대가야의 진기한 묘미를 풀어놓는다. 덩이쇠를 정제해 말갖춤을 만드는 과정과 유리구슬을 거푸집에 넣어 구멍을 뚫는 비법과 금을 얇게 편 뒤 미세한 점을 붙이는 세공기술과 도자기에 투각 새기는 기법을 구전처럼 펼쳐놓는다. 그러면 등장의 불은 증인이 되어 흔들림 없이 기록한다. 어둠이 쌓일수록 소신공양의 흔적들이 그을음으로 번진다. 이야기들은 물이 되어 흐르고 돌이 되어 굳어지며 종래에는 역사가 된다.

모두 어린아이가 되어 웃고 떠든다. 광대한 고요에 갇힌 시끌벅적한 말들이 점점 배를 불린다. 만삭의 땅속에서 다시 태어날 날을 기다린다. 웅장한 산실, 누가 알까? 그들의 세계를 방문할 때마다 소름 돋던 나도 44호분에 누워 있던 여린 백성 중 한 명이었을지도.

물이다가 바람이었다가 빛이 된 불. 땅과 바다가 낮과 밤이 왕과 신하가 구분 없이 사라지고 하나가 되는 곳, 이곳의 최후의 목격자. 그의 빛이 곧 역사의 산실이다. 심해를 유영하던 전생의 자유도 흔흔했지만 이생의 마지막에 마침표를 찍는 일도 숭고하다. 몸이 후들거린다. 공기가 얼마 남지 않았다. 곧 짧디짧은 숨은 사라진다. 그러면 다시 고래 꿈을 꾸며 사람들 사이로 헤엄쳐 다닐 것이다. 눈이 어둠에 익을 때까지.

수필과비평

● 「최후의 목격자」는 대가야 무덤을 '역사의 기록실'로 삼아, 빛의 소멸로 역사가 완성되는 과정을 탐구하는 메타포이다. 작가는 평범한 '등잔'에 시점을 부여하고, 스스로를 태워 이름 없는 순장자들의 존재를 마지막까지 '표기'한 사관史官의 붓 역할을 수행하게 한다. 가장 낮은 순장덧널에서 피어난 그 외로운 불빛은 천오백 년 역사의 차가운 진실을 온기로 감싼 작가의 눈물자국이며, 그 자체로 불멸의 기록이 된다. 소멸이 곧 영원한 기록임을 역설하며, 독자에게 "가장 미약한 존재가 가장 숭고한 증인이 된다"는 깊은 울림을 선사한다. /심선경/

초혼招魂

김정태 *j-tae42@hanmail.net*

풍경은 머릿속에서 그려져 밖에 있고, 그걸 그리며 생긴 자국은 내 안에 머문다. 옷 한 벌로 생긴 일이 느슨한 시간을 온통 버무려 신비감으로 다가올 줄은 몰랐다. 그건 초겨울 저녁 서쪽 하늘에 찬란하게 물들어 있던 노을이 문득 침몰하는 것 같았다. 한 가지 명료한 것은, 어둑한 새벽 집 뒤꼍에 섰을 때 느닷없이 눈에 들어오던 샛별처럼, 이 일을 마치고 나서야 이승의 내가 저승 어머니의 시간에 닿을 수 있을 거란 대중없는 믿음이었다. 그건 "믿음은 바라는 것들의 실상이요, 보이지 않는 것들의 증거"라는 성경적 믿음과는 결을 다르게 하는 느닷없는 결정이라고 하는 게 옳을 것이다.

유품을 가지고 있어야 그걸 매개로 이쪽과 저쪽이 이어질 수 있는 거라고 믿지는 않는다. 다만 내가 이쪽에 있으니 어머니의 저쪽을 알 수 없고, 저쪽에서는 이쪽을 알 수 있다 한들 전할 방법이 없다. 그렇긴 하거니와 어머니와 어머니의 시공時空에 잇댈 수 있는 방법으로 이쪽에 남은 자의 몸짓이 부질없을 거라고는 생각지 않았다.

나는 어머니가 떠난 이후, 흐르던 시간이 멈춰 나를 가두고 있다고 생각했다. 갇힌 존재로 떠난 어머니를 보내지 못한다고 둘의 시공時空이 포개질 수는 없다. 부를 수 있는 나는 아직 살아가고 있음과 내가 그릴 수 있는 풍경 안에서 대답하는 어머니의 부재를 확인하는 것뿐이다.

이쪽과 저쪽의 시간이 비벼지는 과정은 만지거나 만져질 수 없는 아픔이다가 따스함이기도 했다. 해서 추억의 풍경으로밖엔 그릴 수 없음에 상처자국으로 남는다. 또한 이런 풍경을 글로 쓸 때 가난한 내 문장은 그저 안쓰럽다. 더이상 진척 없는 살아 있음과 죽음에 대한 사유는 혼돈의 늪으로 빠져들었다. 늪을 빠져나온들 다시 무참해질 뿐이었다. 여러 날들이 이렇게 흘러가고 있었다. 이런 날 새벽이 되어서야 만나는 잠은 아득했고, 기진해서 깨어나지 않아도 좋을 만큼 곤했다.

떠나시던 날, 육신을 떠나는 당신을 불러 의식을 치러 보내드리고 육신은 내가 사는 시공에 가루로 머무는 것인데, 수십 일이 지나서 가신 이를 다시 불러 마무리되지 않은 의식을 치르겠다는 발상부터가 맹랑한 일이었다. 살아 있는 자식이 부른다고 '엄마 배고파 밥 줘' 하던 내 어린 날의 그때처럼 '그러마' 하고 하던 일손 내려놓고 달려올 수 있는 일이던가. 그렇긴 하지만 방금 겪은 일처럼 앞뒤 아귀 맞는 말을 들이대는 데는 버틸 재간도 그 말을 무시해버릴 수 있는 억지조차도 만들어낼 수 없었다.

"아주머니가 해진 옷을 입고 그곳에 들어서질 못하더라니까. 옷이 남루해서 들어서지 못하겠다며, 뭘 꿈이 이리 생시 같은지."

이웃해 살며 적골댁으로 불리는 집안 형수의 꿈 얘기를 곧이곧대로 들을 일은 아니지만, "적골댁 꿈은 신통하다니까. 어떤 땐 섬뜩하게 들어맞아” 하는 주변의 얘기를 아예 무시할 수도 없는 노릇이었다. 더구나 이번엔 내게 뭔 다짐이라도 받아내려는 기세였다.

“참말이여, 서방님. 내가 오죽 생시 같으면 아주머니 옷 만지던 내 손바닥을 마구 비벼댔을까.”

사실 나도 그동안 잠자리가 편한 것만은 아니었다. 천수를 다하고 가신 거라고 주변 사람들은 위로의 말을 건넸다. 그런 위로의 말이 없었다 하더라도 더 오래 모시지 못한 아쉬움이나 한이 될 건 없었다. 새댁 시절부터 몸이 부실해 당신 스스로 환갑이나 넘길는지 모르겠다고 자주 말씀하셨다. 삶의 끈을 놓은 시점이 당신의 복인지 자식인 내 복인지는 알 수 없으나, 병원에 두어 번 누워계셨던 것 외엔 큰 병치레 없이 살아내셨다. 불행이라면 당신 슬하에 두었던 자식들이 막내인 나를 남기고는 모두 앞서 보냈으니 노년의 당신 육신이 아무리 편하기로 복받은 일생이라고 말할 수는 없을 것이다.

끝자락의 몇 년 동안 멀고 흐려지는 어머니 머릿속은 버무려지고 비벼지는 시간이 됐고, 그 시간을 같은 공간에서 함께했다. 어떤 날 어둑해질 무렵, 전깃불 켜는 것을 잊은 어머니께선 퇴근해 마당을 들어서는 내게 성냥을 달라고 하셨다. 그런 당신께 불을 밝힐 등잔도 있어야 하지 않겠냐고 창고를 함께 뒤지다 무엇을 찾는지 까맣게 잊은 어머니와 맥없이 함께 웃었다.

어느 날엔가 한밤중에 막무가내로 읍내 미용실을 가야 한다고 우겼다. 만류하느라 잡은 손목이 아프다고 소리치는 어머니 팔목에 내 손자국이 선명했다. 그냥 안고 울었다. 먼 길 보내드리고 나니 요동치던 시간이 지나갔음에 감사하고 안온한 느낌으로 자리한 것도 사실이다.

　이제 갈길 가셨으니 당신의 옷 한 벌, 고운 당신의 한복 한 벌은 간직하고 싶었다.

　치맛단과 저고리의 자주색 옷고름이 고와 보이는 한복이었다. 형이 어미 곁을 비우기 전 맘먹고 해드린 옷이다. 떠나던 날의 사진 속 당신은 얼굴도 한복도 고왔다. 이웃 사람이 집에 올 때면 상자 속 한복을 앞세워 큰아들 내외를 자랑했었다.

　아내의 성화가 없었더라도 생전의 옷가지를 어찌 보내드릴까 궁리하며 여러 날이 흘렀다. 성화를 하면서도 아내는 당신께서 쓰던 장롱은 건드리지 않았다. 마지막 유품 정리는 자식이 직접하라는 배려였을 것이다.

　서랍장을 여니 입지 않은 옷도 여러 벌 있었다. 더러는 비닐봉지 안에 그대로인 것도 있었다. 그 무렵 경상도 지역에서 일기 시작한 산불이 이웃 산으로 크게 번졌다. 재난지역의 YWCA를 통해 어머니의 새 옷들을 보냈다. 보낼 수 있는 옷이 노인 옷이니 나름 노인이 많이 계신 곳이라 요긴할 거란 생각이 들어서다. 어머니를 위해 산 옷들이 살아 있는 비슷한 연배의 어떤 이에게는 바람과 추위를 막아주는 보시가 될 터이다.

　그 후 유품을 정리하는 일손을 멈추게 한 것은 어머니의 한복이었다. 가신 지 석 달이 넘어서고 있었다. "아주머니가 떠나질 못하더라니까. 옷이 남루하다고 하시며" 하던 집안 형수의 말이 머릿속을 떠나지 않았다. 새 옷을 사다드려도 냉큼 바꿔 입지를 않으셨다. 멀쩡한 옷 두고 뭔 새 옷이냐고 나무라시곤 했다. 젊은 날 번듯한 옷 한 벌 제대로 입어본 일이 있었던가. 옷과 연계된 일들은 상처자국으로 내 안에 머무는 풍경이다. 어린 날의 그 풍경은 오랫동안 상처자국으로 내 안에 머물고 있다. 옷이 남루해 저곳으로 건너가기를 꺼려하고 있다는 말에는 가슴이 무너져내렸다. 보내드린다면 받아 입기는 하실는지. 믿음으로 되는 일이긴 한 건지.

좋은 날을 택했다. 그리고 나름의 의식으로 그곳에 들어서지 못한 어머니를 불렀다. 산 자의 육신으로 있는 내가, 저쪽에 혼으로 있는 당신께 이쪽의 언어로 말했다.

마당 한편을 비우고 정갈하게 소대燒臺를 만들었다. 날은 맑았고 바람은 일지 않았다. 한복 치마를 펼쳐 잡았다. 저고리의 소맷자락을 치마와 싸잡았다. 저쪽에 대고 당신의 이름을 세 번 불렀다. 소리쳐 불러본 일도, 부를 일도 없을 거라고 생각했던 당신의 이름 석 자. 진주 하씨 ○○여, 이름이 집안에 내려앉았다. 마지막 부른 이름은 내 목에 감겨 그렁대다 뭉개졌다.

산 자의 언어로 다다를 수 없는 영역일 터이다. 하지만 산 인간의 언어로만이 부름이 가능할 것이다. 또한 살아 부르는 자의 마음에 죽어 부름받는 자가 산 인격체로 남아 있어야 유효한 의식일 터다.

치마와 저고리가, 그리고 속 겹치마가 붉은 노을 속으로 빠져들 듯 불 속에서 타며 위로 올라갔다. 늦은 봄 따가운 볕이 소대에 괴어 흘러넘쳤다.

이렇게 볕 좋은 날이면 "마당에 흘러넘치는 봄볕이 아깝다" 하며 묵나물을 너시던 어머니가 뿌예진 눈에 어렸다.

"어머니, 내게 오신 건가요? 그런데 어머니는 돌아가셨잖아요."

이건 지금 상황에서 말이 되는 것 같지 않아 말이 되어 나오진 않았다.

"어머니, 이제는 오지 마세요, 여기는 어머니가 사는 곳이 아녜요."

그날 밤, 난 참으로 오랜만에 꿈도 없는 깊은 잠을 잤다.　　　**수필과비평**

The 수필

● 「초혼」은 이승의 시간을 멈춘 자가 저승의 시간을 불러세우는, 가장 비현실적이
고도 가장 절실한 사랑의 시간 여행 기록이다. '해진 옷'이라는 구체적이고 현실적
인 매개체를 통해 망자亡者의 결핍을 산 자의 책임으로 전이시키는 독특한 시각을
제시하고, 미완의 슬픔을 종결짓기 위해 작가가 창조한 '내면의 종교의식'으로 기능
한다. 한복을 태우는 행위를 통해 망자와의 관계를 영구히 정박시키며, 슬픔의 시
대를 살아가는 독자들에게 상실 앞에서 멈춰선 시간을 스스로 움직이게 하는 능동
적인 치유의 방법을 가르쳐준다. /심선경/

화장

류창희 rch5606@hanmail.net

엄마는 각시붓꽃을 좋아하셨다. 각시, 각시란 무엇인가. 갓 시집온, 새댁이다. 각시붓꽃은 키가 작고 여린 남보랏빛으로, 소나무 그늘 밑 솔가리 사이에 소복하게 올라와 핀다. 일부러 찾지 않으면 눈에 잘 띄지 않는다. 알아보는 사람 앞에서만 살포시 고개 드는 여리고 수줍은 꽃이다. 왜 하필, 각시붓꽃을 좋아하시는가.

열일곱 살에 새 각시 되어 열여덟에 나를 낳고, 카투사로 군에 간 새 신랑에게 편지로 소식을 전했다. 어느 날 빼딱구두에 양산을 받쳐들고 온 여인에게 아버지를 빼앗겼다. 그 후 편지마저 전해지지 않았다. 엄마는 혼자 시부모를 모시고 아이들을 키우며 묵은 기별을 각시붓꽃 빛깔로 일기를 썼다. 각시붓꽃이 지붕이 없다고 집 없는 꽃이 아니듯, 뿌리 내려 몸을 지탱하며 흙을 이불 삼아 자식을 지붕 삼아, 모진 세월을 견디셨다.

엄마는 1939년 기묘己卯생, 토끼띠이다. 갈색 산토끼가 아니라, 하얀 집토끼다. 별명은 '삶은 달걀', 피부가 반들반들 유난히 하얗던 엄마.

1960년대 아버지가 미군부대에 다녔으니, 사람들은 당연히 동동구리무나 미제 코티분을 쓰는 줄 안다. 하천을 복개하면서 동네마다 목욕탕 굴뚝이 높게 치솟았다. 서방 없이는 살아도 장화 없이는 살 수 없다는 길음동. 샤워기는커녕, 화장실도 귀하던 시절이었다. 내가 월급이라는 걸 받으면서부터 엄마도 한 달에 한 번 정도는 목욕탕에 갔다. 당시는 벌거벗고 처음 보는 사람이라도 옆에 앉으면 서로 등을 밀어줬다. 엄마는 곧잘 주눅이 들었다. "피부가 백옥 같다"라는 말에 젖가슴과 온몸을 감싸안아 웅크리고 고개조차 들지 못했다. 집에 와서는 딸을 붙잡고 통곡한다. 폐병에 걸려서도 혈색이 하얗지 못했던 나는, 우리 엄마라는 사람이 이상한 별나라였다.

명심옥, 그 여자는 명절 때마다 아버지와 함께 나란히 코로나 택시를 타고 포천 산골에 왔다. 하얀 떡가루 분칠에 쥐 잡아먹은 새빨간 구찌 뻬니를 바른 그녀는 키도 몸피도 군용 도라꾸truck처럼 우람했다. 낮에는 잠속에 잠수해 있다가, 밤에 나와 먹이를 사냥하는 거친 숨소리의 검은 하마 같았다. 그녀가 다녀간 이후, 엄마는 할아버지 할머니 몰래 장날 송우리 미장원에 가서, 쪽 머리 자르고 곱슬곱슬 '불파마'를 했다. 할아버지가 "집안이 망할 징조"라며 대강 머리를 불살라버릴 거라는 호령에 누가 볼세라 머릿수건을 쓰고, 밤에만 몰래 이미 깨진 석경 앞에 앉았다. 지켜보는 관객은 오로지 꼬맹이 딸 하나, 새 각시는 거기서 그대로 성장이 멈춰버렸다.

한 이불 속에서 딸의 가느다란 팔다리 위에 자신의 다리를 올려놓고 "나는 어떡하냐"며 울었다. "서방복" 없는 년의 레퍼토리가 '자식복'의 후렴구로 넘어가기 전에 딸은 애써 자는 척했다. 엄마는 내게 당연히 그래도 되는 사람, 어린 나이에 나는 스스로 원죄설에 묶였다.

울 안에 봉숭아 씨를 뿌려, 추석 무렵이면 손톱에 꽃물을 들이고 겨울을 기다렸다. 크리스마스까지 봉숭아 꽃물이 손톱 끝에 남아 있으면, 첫사랑이 돌아온다는 꽃말을 엄마는 철석같이 믿었다. 바깥마당에 목이 기다란 노랑 키다리 여름꽃을 심고, 동구 밖 과수원 입구 4H 표지석이 있는 곳까지, 코스모스 씨를 뿌렸다. 아버지가 꽃길 따라 집으로 돌아올 것이라며 기다렸다. 행여 봉숭아빛 첫사랑을 잃게 될까봐, 자라는 손톱도 바짝 깎지 못했다. 그리하여 꿈에도 그리던 첫사랑은 돌아왔는가. 엄마는 점점 휘어지는 싸리 꼬챙이처럼 말라 식음을 전폐하고 절에 들어갔다. 그런 줄 알았다. 근간에 이모에게 들으니, 그 당시 정신병원에 있었다고 한다.

자식 낳은 어미가 살아야지 어쩌겠나. 퇴원하여, 삼 남매를 데리고 한 수레도 되지 않는 이부자리를 싣고 서울로 왔다. 어렵사리 돌산 밑 개천가에 정착하니, 작은아버지가 옷가지 보퉁이를 지게에 지고 할머니 할아버지를 모시고 왔다. 엄마는 맏며느리다. 이즈음부터 성년이 되기 전까지 나는 무엇을 먹고 무엇을 입었는지, 오죽하면 여북했던 시간을 뭉텅 통편집 기억삭제다.

그랬다. 엄마는 예뻤다. 피부가 받쳐주면 모든 이목구비가 다 화사하다. 하얀 계란형 얼굴에 외꺼풀 눈, 초승달 같은 눈썹과 앵두 같은 작은 입술의 동양적인 미인, 멋은 원래 예쁜 사람들이 더 낸다. 엄마는 길음시장 어귀의 젖은 국수를 사다 하루 한 끼만 먹어도 화장은 꼭 했다. 솔가지를 태우는 궁핍한 아궁이에 불을 때던 시절에도 타다 꺼진 가느다란 나뭇가지나 등잔불을 켜던 성냥개비 검댕이 그을음으로 눈썹을 그렸다.

속눈썹 위에 반짝이는 유리 테이프도 붙였다. 봉숭아꽃이 없는 겨울과 봄에는 매니큐어를 칠했다. 그 모습에 질린 나는 아직도 내 손으로 내 얼굴에 화장하지 않고, 옷도 반항의 깃발처럼 무채색만 입는다.

내 눈에 엄마가 가장 고운 시절이 있었다. 아버지는 미군부대가 있는 객지에서 소주 한 잔을 목구멍으로 넘기다가 운명하셨다는 부고를 받았다. 엄마는 아버지 시신을 선산으로 모셔왔다. 장지에서 하관하는 순간, 검은 하마는 관을 붙잡고 울고불고 개 잡을 때 내는 단말마 소리를 냈다. 엄마와 나는 신파극의 관람객처럼 구경꾼이 되었다. 우리 모녀에게는 애초부터 부재중이던 사람이다. 그즈음부터 엄마는 아이섀도, 매니큐어, 립스틱을 바르지 않고, 검정 블라우스와 주름치마를 맵시 있게 상복으로 입었다. 그 모습이 어찌나 평온하고 당당하신지, 조강지처의 기품이 서렸다. 엄마를 평생 소박疏薄했던 아버지의 주검으로 온전하게 남편을 찾은 미망인의 품격이다. 그때부터 엄마는, 달빛 아래 소박素朴하게 피는 박꽃처럼 오동통 살이 오르기 시작했다.

입관실로 갔다. 칠성판에 꼿꼿하게 누워계신 나의 엄마. 소렴小殮을 마친 모습이 정갈하다. 장례지도사가 내게 화장化粧을 돕겠느냐고 묻는다. 물론이다. 입관 절차에 따라, 거즈로 엄마 얼굴을 세안하고 턱 아래에서 뺨을 스쳐 미간을 펴면서 스킨과 로션을 순서대로 발라드렸다. 영안실 냉동고에서 꺼낸 엄마의 얼굴이 몹시 차가웠다.

유리 밖에서 나의 남편과 동생 내외, 손자 조카들이 지켜보며 오열한다. "엄마, 세상에서 가장 예쁜 우리 엄마. 깨끗이 씻겨 기저귀 갈아드리면, 어느 틈에 붉은 립스틱을 바르고 반듯하게 누워 계셨잖아요." 내가 김 서방 보기가 민망하여, 제발 정신차리라고. 엄마는 꼭 이러고 싶으시냐고 포달을 떨곤 했죠. 그때마다 "아버지가 언제 나를 데리러 올지 몰라!" "아버지가 나를 못 알아보면 어떡해." 엄마는, 그 사람이 아직도 그렇게 좋으냐고 쏴붙이면, 아유~, 너무 그러지 말아. "나중에 그X 떼어버리고 돌아온다고 했어." 나는 입관실에서 울지 않았다. 엄마의 화장은 기다림의 의식儀式이다. 부산 요양병원에서 임종하신 후, 간호부장이 "따님, 그동안 수고하셨어요. 아직 몸도 따뜻하고 귀도 열려 있으시니, 이제 마음놓고 우셔요"라고 했다. "아니요. 훗날, 먼 훗날 혼자 울 거예요." 살아 있는 자의 의무는 망자를 기껍게 편안한 곳으로 보내드리는 '명랑성'이다.

　오늘, 엄마의 낭군님이 저승 옷을 입은 각시붓꽃 아내를 마중 나오는 날이다. 오랜 세월 하얀 얼굴에 푸른 빛 새도와 붉은 입술이 철없이 튀었던 엄마. 화장 마무리로 눈두덩을 진줏빛 아이새도로 터치하니, '극락極樂초' 한 송이 은은하게 피어난다. 연한 볼연지로 입술도 볼그레하다. 하얀 극락초 가운데 꽃술만 몽환적인 남보랏빛이다. 아버지가 회갑도 못 넘기고 돌아가셨을 때, 엄마 나이 쉰두 살의 성숙한 여인의 자태다. 각시붓꽃의 원주인이셨던 분께 엄마를 고이 돌려드린다. 옛날 옛적 고릿적, 호랑이 담배 피웠다던 시절, 미성년 딸이 첫 월급으로 해드린, 엄마의 '이쁜이' 수술. 그림자가 없다는 그곳 꽃동산에서 모쪼록 환하게 '이쁨' 받으시기를요. 두 손 모아 절을 올린다.

계간현대수필

● 일필휘지로 그려낸 수묵화 한 점 읽는다. 단정한 붓 한 자루 단단한 먹물을 말아 초서체 필치로 휘몰아 거침없이 내려쓴다. 시화詩畵 어우러진 인물도록人物圖錄 한 권. 비바람과 불볕, 눈보라를 뚫고 꽃 한 송이 앉아 있다. 숨을 참고 공들여 녹색 줄기 뻗어올리고 꽃대 위에 보라색 꽃잎을 채색하고 빨간 색 방점도 찍는다. 비단 족자 안에 고이 모시니 어여쁘고 고고하다. 엄마의 초상이다. 엄마보다 먼저 철든 딸의 헌신적 사랑과 품격 있는 이별을 매만진 아름다운 사모곡이며 담담한 애도의 풍경이 숙연하다. /김희정/

귀로의 풍경

박은실 cjh951031@daum.net

어릴 적부터 가져온 기차여행에 대한 동경은 여전하다. 종착역이 바다라면 더 바랄 게 없겠다. 이른 아침 찬바람을 가르며 바다로 가는 기차는 참으로 빨랐다. 시속 300㎞로 달리는 기차 꼬리 끝에 잠자리 날개라도 달아주었더라면, 바닷가가 아니라 하늘가로 날아올랐을지도 모르겠다.

바다로 가는 내내 TV에서 우연히 들었던 깊고 짙은 탁성을 가진 무명가수의 노래가 파도처럼 귓전을 맴돌았다. 긴장한 모습으로 무대에 선 남자는 한 곡이라도 제대로 부르고 싶다고 했던가. 그 말에 나도 한 문장이라도 제대로 쓰고 싶다고 마음속으로 답을 달았던가.

깊은 바다 맨 밑바닥에서 끊임없이 소금 맷돌이 돌아간다는 이야기는 한낱 동화일 뿐이라고 여겼지만, 실제로 광활한 바닷물을 손가락으로 찍어 먹어보고서 그제야 고개를 갸우뚱하며 참일지 모르는 생각을 했다. 분명 파란 색인데 손에 담아보면 투명한 물이라는 게 잘 믿어지지 않았고, 멀리 가로로 그어진 선분을 바라보면서 지구가 둥글다는 사실을 이해하기 힘들었다. 바닷물에 젖었다가 뻣뻣하게 말라가는 청바지의 하얀 소금기를 털어내면서도 염화나트륨의 화학식을 알고 싶어하지도 않았다. 넘실대며 밀려와서는 하얗게 부서졌다가 제자리로 돌아가는 파도가 그저 신기하기만 했던 그때 내 나이는 고작 열다섯이었다.

넘실넘실 울렁울렁, 성난 파도가 내게로 밀려왔다. 그것은 아직 당도하지 않은 희망 같기도 하고 행운처럼 느껴지기도 했다. 연거푸 밀려오는 파도가 끊을 수 없는 인연의 운명 같기도 했다.

적잖이 추웠던 겨울날, 커피 한 잔을 사들고 홀로 바닷가에 섰다. 턱이 달달 떨리고 이가 딱딱 부딪혔다. 손마저 덜덜 떨려 모래 속으로 커피가 떨어졌다. 반은 내가 마시고 반은 바다가 마셔버렸다. 무심하게 모래사장을 걷는 사이 파도가 내 발을 덮쳤다. 젖은 발을 내려보며 삶이란 작정하지 않아도 더러더러 생기는 수의 연속일지 모른다는 생각이 들었다.

젖어버린 신발과 양말을 벗었다. 발가락 사이를 비집고 들어오는 차가운 모래알의 까슬거리는 감촉을 느끼며 인생이란 것에 대해 조금 더 생각했다. 인생이라는 커다란 공은 어쩌면 내 생각과는 다른 방향으로 갈 수도 있겠구나. 파도를 피하고 싶었지만 얼떨결에 발을 적시게 되는 것처럼. 그때 내 나이는 스물다섯이었다

이렇게 저렇게 살다보니 나도 이제 육십갑자 한 바퀴를 돌아나가는 자리에 섰다. 언젠가 속초 동명항에서였나. 넓적한 바위에 부딪혀 거품

이 이는 영금정 아래 바닷물을 내려본 적이 있다. 아이 셋을 낳아 기른 지인이 하이타이를 풀어놓은 거 같다며, 불현듯 빨래가 하고 싶다고 했다. '스무 살 적에는 왕자와 결혼하지 못해 흘린 인어공주의 눈물이라고 했겠지'라는 내 속말을 들었을까. 그 지긋한 빨래를? 그 시집을 또? 여기저기서 일행들의 추임새가 따라나왔다. 푸싯, 참지 못하고 입술 사이로 웃음이 일었다. 참지 못했던 것이 어디 웃음뿐이었으랴.

첫아이 두 돌 무렵, 복닥거리는 시집살이를 참지 못하고 보따리를 싼 적이 있었다. 대기업에 다니는 남편을 둔 친구는 통장이 두둑해지자, 집 평수를 차츰 늘려나갔다. 나만 제자리걸음 같았고, 친구를 부러워하는 내가 싫기도 했다. 그예 참지 못하고 남편 몰래 화장실에서 엉엉 운 적도 있었다.

제법 촘촘해진 은빛 머리카락을 날리며 늦가을 바닷가에 선다. 여름 피서객맞이에 분주했던 바다는 이제야 가쁜 숨 내뱉고 물 한 바가지 마시는 듯 평온하다. 사람을 들게 하는 건 시간이라던가. 불어오는 해풍 속에서 평생 쪽을 찌고 살았던 할머니와 엄마가 떠오른다. 일 년이면 기제사만 열두 번이라는 종갓집 며느리인 할머니는 수많은 날 맷돌을 돌려가며 두부콩을 갈았다. 맏며느리인 엄마는 간수를 넣어 제사상과 차례상에 올릴 두부를 만들었다. 추석과 시제를 지낸 이즈음에야 비로소 고단했던 등 허리 펼 수 있었던 두 여인의 모습이 애달프다.

답답함에 목에 둘렀던 스카프도 벗고 앞섶도 선선히 풀어헤친다. 햇덩이로 몸을 풀고 땀범벅으로 뒤돌아 앉아 첫 미역국을 뜨는 산모처럼, 가을바다는 지친 듯 쓸쓸한 듯 검푸른 이불만 가만히 뒤척인다. 공단 같은 물결 위를 훑고 지나 바다 끝 수평선으로 시선을 옮겨본다. 새근새근 잠든 듯 고요한 바다. 그러나 눈을 끌어당겨오니 연신 일렁이는 파도가 발 앞이다.

'이것아, 저 넓은 바다도 보글보글 속을 끓이지 않던. 잠잠히 참다가도 한바탕 속을 뒤집어 울분을 토해내질 않던. 그렇지만 바다는 한결같이 제자리 아니던. 너, 이만하면 됐다.'

해풍에 젖은 듯 축축한 엄마 목소리가 파도 소리에 섞여서 들리는 듯하다.

소금기 묻은 바람을 안고 돌아오는 길. 어스름 저녁 해에 기대어 기차칸 좁은 자리를 차지하고 앉은 나에게, 언제나 풍경이기만 했던 바다가 등 토닥이며 이렇게 말을 걸어온다.

"뼈 빠지는 수고를 감당하는 너의 삶도 남이 보면 풍경이다*"라고. 입고 있던 바람막이를 벗었는데도 내 등이 따스하다. **한국산문**

*박용현의 「책은 도끼다」의 문장 중 : 뼈 빠지는 수고를 감당하는 나의 삶도 남이 보면 풍경이다"에서 차용.

Thｅ**수필**

● 여행이라고 적는다. 소풍이라고도 쓴다. 나를 가방에 챙겨 떠난다. 찬 바닷바람 앞에 혼자 서보는 일, 그건 때로 용기이며 일탈이다. 자신에게 바치는 꽃다발 같은 축복의 메시지가 흥건하다. 잔잔하게 읊는 독백이면서 스스로 다독이는 벅찬 포옹 같은, 어머니와 바다의 음성으로 나를 환치하며 허밍으로 부르는 콧노래 같은 글이다. 파도에 떠밀리고 뒤척인 흔적을 지우고 소풍을 마치고 돌아오는 그의 모습은 노을 한 칸 너머 간격을 이루고 아름다운 은빛 풍경이 된다. /김희정/

출구

양옥선 59osy@naver.com

　병실 문을 열자 마주 보이는 창에 시선이 머문다. 창문으로 보이는 하늘이 조그맣다. 그곳으로 들어온 무심한 햇살이 벽면을 가르며 먼지처럼 점점이 떠 있다. 침상 위에는 헐거운 육신이 부스스하게 누운 채 링거대에 걸린 수액이 관을 타고 몸 속으로 흐른다. 그 옆 데데한 협탁 위에 물병과 종이컵들이 올망졸망하다. 창 너머 눈부신 거리를 활보하는 꿈이라도 꾸는 걸까. 눈꺼풀이 굳게 닫혀 있다.

　크게 일희일비하지 않고 매사에 담담했던 올케언니의 담백한 얼굴이 배시시 깨어났다. 코에 연결된 산소호흡기를 들썩거리며 힘주어 지어내는 웃음이 적막하다. 병실 한 귀퉁이에 물 머금은 추억들이 고즈넉하게 고였다가 비실비실 뒷걸음질쳤다. 혈액암이라니. 자칫 속눈썹 젖을까 눈을 깊이 내리깔고 내 손바닥을 그녀의 손등 위에 가만히 얹었다. 거칠고 푸석하다. 그래서 더욱 꿈틀거리는 생명력이 전해졌다. 더 가까이 다가가 어깨 너머 등까지 두 팔로 부둥켜안았다. 말이 나오지 않아 꼭 끌어안고 가만히 도닥였다. 서로의 어깨가 닿자 약속이나 한 듯 숨

죽여 들썩였다.

젖소 수십 마리를 키우다가 은퇴한 지 2년쯤 되었을까. 그녀가 남편과 함께 색소폰을 배운다는 소리가 들려왔다. 몇 년 후에는 색소폰 공연 동영상도 찍어 보내며 '여전히 잘 살고 있음'을 넌지시 알렸다. 허름한 농가의 삶이 얼마나 까마득했을까. 그러나 해진 옷 깁듯이 남루한 삶도 촘촘히 엮어 내놓는 그의 삶은 늘 살가웠다. 슬픔이 문득 다가와도 덤덤하게 받아들이는 사람. 해 뜨기 전에 일어나서 젖을 짜고 갈무리하는 일들로 지친 육신마저 진득하게 받아들여서 그런 걸까. 피다 말고 지는 한 포기 백합처럼 하얗게 누웠다.

"더 이상 출구가 보이지 않아요."

뒤따라 나오며 속으로 삼키는 듯 뱉어낸 조카의 말이 사라지지 않고 발끝에 맴돌았다. 비켜갈 수 없는 길도 있다는 것을 자꾸만 잊고 살아가기 때문일까. 누구나 버거운 삶을 내려놓는 게 익숙하지 않다. 그러나 결핍과 욕망은 시간과 버무려질수록 작아지고 둥글어진다. 그녀는 시골 목장의 따스한 햇살과 바람에 내걸려 한없이 가벼워진 걸까. 푸념과 통증은 억누르고 두고 갈 사람들이 더 이상 짓무르지 않도록 보듬느라 남은 시간을 공들인다. 아무도 흉내낼 수 없는 자신만의 언어로 한 마디, 한 마디 사랑을 건넨다.

길고 긴 불안의 터널 속에서 한점 빛이 보인다는 건 얼마나 다행한 일인가. 환하게 눈부시지 않아도 좋다. 은밀한 빛이라도 새어나온다면 그저 살아지는 것이다. 그러나 출구는 쉽게 그 모습을 드러내지는 않는다. 무수한 자국을 걷어내고 또 다른 입구로 들어서는 일이기 때문이다. 돌고 돌아 디딜 데 없이 막다른 골목으로 내몰리면 압도적인 삶 앞에서 정작 자신은 서서히 사그라진다. 그렇게 수많은 미로를 헤매다가 마지막 길목 끝에 기다리는 것은 '출구 없음' 아닐까.

덥고 답답한 마음을 그대로 두고 되돌아나온다. 후들거리는 다리를 진정시키려고 복도 끝 휴게실 의자에 풀썩 주저앉는다. 창 너머 하늘이 나를 알아볼 수 있도록 지친 시선을 오래도록 던져둔다. 속으로 끓어오르는 길고 긴 시간이 섞일 즈음 그 끝에 꾹꾹 눌러담은 무른 마음이 자꾸만 흐려진다.

돌아오는 길에 자동차 오디오 버튼을 누른다. 창 너머로 소리없이 들어온 달빛처럼 음악이 내 속으로 흐른다. 생각도 함께 일어나 소요한다. 세상의 끝에 서서 한없이 늦추고 싶은 시간을 견디게 하는 건 무엇일까. 제멋대로 내 안을 넘나들며 휘젓고 다니는 녀석을 묵묵히 받아들이려면 어떻게 살아야 하는 거지. 내 삶에서 한 세계가 영원히 사라진다면 지금 가장 중요한 것은 무엇인가. 그저 대답 없는 질문들만 무성하다.

살아가는 사람들에게 출구는 늘 제 자리에 있다. 그러나 저마다 다른 방식과 속도로 접근한다. 누구는 타인에게 의지하고, 누군가는 머리를 맞대고. 그러나 묵묵히 혼자 걸어가는 사람도 있다. 죽음의 길도 마찬가지다. '출구 없음'이 아니다. 내가 걸어가야 할 또 다른 길이다. 그 길에서도 무게와 두께를 덜어내는 건 오로지 자신의 몫이다.

계절이 바뀌는 길인가. 두어 차례 바람이 창을 두드리고 지나간다. 괜스레 베란다 창문을 활짝 열고 내다본다. 세상을 건너간 사람이 돌아온 것처럼 골목을 샅샅이 훑어본다. 소중한 것들이 다시 보인다. 고운 빛깔이나 향기 없이 슬그머니 들어온 또 다른 사랑이 내 안에 곁들였나 보다. 수필세계

● 어느 인생이든 출구는 있고, 삶의 연장선에서 죽음에도 출구가 있다. 개체적 존재의 삶이 각기 다르듯, 출구의 방향 또한 다를 뿐이다. 어쩌면 살아 있는 존재에게 출구 찾기는 사는 내내 시도해야 할 과제이기도 하다. 인간은 생이라는 미로에서 빛의 방향을 찾아 어둠의 통로를 건너야 하는 숙명을 가진 존재니까. 일상에서 만난 타인의 고통을, 존재에 대한 사유와 문학적 감성으로 전환하여 수필의 품격을 높여준 글이다. /김지헌/

미숫가루

염혜순 yuramom@hanmail.net

여름이 오긴 아직 먼 봄인데 갑자기 미숫가루 생각이 났다. 지나가는 내 말을 귀담아들었는지 다음날 딸이 미숫가루를 보내왔다. 왜 그런 말을 했을까 하며 포장을 뜯었다. 그때까지 나는 분명 방앗간에서 빻아온 봉지에 담긴 미숫가루를 기대했던 것 같다. 그런데 상자 속 미숫가루는 커피믹스처럼 낱개 포장이 되어 있었다. 열 가지가 넘는 곡물에다 당뇨에 좋다는 스테비아까지 든 미숫가루다. 아 이런 게 다 있구나. 미숫가루가 이렇게 변했구나. 혼자 감탄하며 포장을 뜯고는 한잔 타서 마시기로 했다. 생각해보니 미숫가루를 마신 게 언제인지도 모르겠다. 아련한 기억 속을 짚어보며 정말 오랜만에 미숫가루를 탔다.

엄마는 해마다 여름이 오기 전 미숫가루를 하느라 분주했다. 찹쌀과 멥쌀 그리고 보리쌀부터 물에 담그고 콩과 깨에 다른 잡곡을 볶았다. 일부는 솥에 쪄서 말려서 다시 볶았다. 곡식 볶는 냄새가 온 집안에 가득하면 우리들 마음도 고소해졌다. 성질 급한 동생과 나는 볶은 곡식을 손에 들고 혀로 핥아먹기도 했다. 엄마는 방앗간에서 그 곡식들을 가루로 빻아왔다. 그런 과정을 거쳐야 찬물에도 잘 풀린다고 정성으로 미숫가루를 만드셨다. 그리곤 조그만 봉지들에 나누어 담아 배낭에 넣었다.

아버지는 어느 해 식구 수대로 배낭을 사 오셨다. 크기대로 골고루 들어놓은 배낭을 나이별로 나누어주셨다. 큰 애들은 큰 배낭, 작은 아이들은 작은 배낭에 각기 이름을 써서 다락에 올려놓았다. 그 배낭엔 돈도 조금 넣었고 수통도 하나씩 들어 있었다. 저걸 언제 쓸 거냐고 하면 아버지는 그저 급할 때 쓴다고 했다. 나는 가족이 모두 등산을 가는 것도 아닌데 배낭마다 비상식량이라며 미숫가루와 돈을 넣어두는 아버지를 이해할 수 없었다.

배낭은 다락에 넣어두고 남은 미숫가루는 여름내 학교 다녀온 우리들의 중요한 간식이 되었다. 부엌에 남겨둔 미숫가루와는 달리 배낭 속에 넣어둔 것은 가끔 잊혀졌다. 여름이 지나고 부엌에 둔 미숫가루가 떨어질 때야 기억나는데 그땐 이미 벌레가 나서 배낭이 있던 다락방엔 그 벌레의 흔적들이 여기저기 보였다. 그런 어느 날 엄마가 아버지에게 한마디 하셨다. 왜 먹지도 못할 만큼 많은 미숫가루를 해서 배낭마다 넣어두냐고. 여름 나고 나면 벌레 생기는 음식이 아깝지도 않냐고 했다. 아버지는 무겁게 말씀하셨다. "모르는 소리 마오. 휴전 중인 나라에서 언제 또 인민군이 쳐들어올지도 모르는데 애들은 어리고 숫자는 많으니 각기 살아남으려면 저거라도 있어야 하지 에이 하겠소(안 하겠소). 이젠 옛날처럼 손잡고 피난가기도 어렵소. 흩어져도 어디서 만나기로 하면 그때까진 살아 있어야지비."

그제야 아버지의 전쟁이 얼마나 혹독했을까 하는데 생각이 미쳤다. 처절했던 날들은 내가 겪지도 않았는데 선명하게 다가왔다. 하도 얘길 듣다보니 눈으로 보기라도 한 듯 생생했다. 세상이 뒤집힌 전쟁통에 목숨을 부지하느라 숨어지내던 아버지는 중공군이 밀려오자 곧 다시 오겠다고 하며 급하게 집을 나섰고 그길로 흥남부두에서 배를 타고 남으로 내려왔다. 집과 가족을 두고 떠나던 날의 순간순간은 아버지의 가슴에서는 지워지지 않는지 명절 때면 고장난 레코드처럼 자꾸 돌아갔다.

전쟁이 멈춘 지 수십 년이 지났어도 아버지의 전쟁은 그치질 않았다. 두고 온 부모 형제 그리고 아내와 어린 딸들이 가시로 남아 남모르게 피 흘리며 마음속 전쟁을 지나고 계셨을 것이다. 아버지는 소리 없는 전쟁으로 평생을 아파하면서도 북쪽 아내와 딸들에 관한 이야기는 입밖에 꺼낸 적이 거의 없었다. 어쩌다 막내삼촌이 무심결에 던지던 우리가 아닌 또 다른 아버지의 가족 이야기가 나는 별로 달갑지 않았지만 쉽게 지워지지도 않았다.

아버지는 휴전되던 해 엄마와 결혼하고 남쪽에 정착하셨다. 돌아갈 수 없다는 걸 아셨던 걸까. 북에 두고 온 딸 셋과 아내를 평생 다시 볼 수 없었던 아버지는 이곳에서 엄마와 우리 자매들에게 지극히 다정했다. 아마도 북쪽 식구들에게 미안한 마음이 우리를 향했던 건 아닐까 싶기도 하다. 누구보다 사랑이 많으셨던 아버지가 아무도 몰래 혼자 먼 산을 보던 모습은 내 기억 속에 가시처럼 남았다.

아버지의 애틋함은 혹시라도 가족을 다시 잃을까 염려하게 되고 그 염려가 배낭 속 미숫가루가 되었다는 걸 훗날에야 알게 되었다. 무서운

전쟁 앞에서 한없이 작은 개인은 그저 가루처럼 맥없이 흩어지는 존재였으리라. 가루가 되어서도 가족을 위해 무엇인가 해야 한다는 생각이 배낭마다 미숫가루를 넣어놓고 언제라도 피난갈 준비 속에 살았던 걸까. 잃어본 자만이 아는 그 아픔을 다시는 겪고 싶지 않았던 아버지만의 피난법이었으리라.

언젠가 엄마가 내게 나직이 말했다. "느이 아버지가 한참을 소리내 울었어. 놀라서 물어보니 '아마 북쪽 아 에미가 죽은 것 같소' 하는 거야. 어떻게 알았냐고 했더니 꿈을 꾸었다고 하더라. 꿈에 인사하러 왔더래. 잘 있으라고."

그 후 아버지는 한동안 말수가 줄어들었고 먼 산을 보는 날은 늘어났다. 여러 해가 지난 어느 날 아버지는 "나 죽으면 단천에 묻어라"라는 말을 하기 시작하셨다. 아버지 고향 함경남도 단천은 갈 수 없는 곳인데. 그 말씀을 자주 하시던 무렵 부산에 살았던 아버지는 고향 친구들과 함께 부산 근처에 산을 사서 '단천동산'이라고 새긴 돌비석을 세웠다. 그 산자락 양지바른 곳에 산소 자리 하나 마련해놓더니 머지않아 아버지는 그 자리에 누우셨다. 산소를 미리 마련하면 오래 산다고 하던 말도 허사였는지.

'우리의 소원은 통일'은 점점 아득해지는 것 같다. 그래도 그땐 통일이 되면 아버지 유해라도 안고 단천을 찾아가자고 자매들과 다짐했었는데. 그래서 고향 집 옛 주소도 늘 잊지 않고 살았는데. 이젠 '단천동산'이란 비석도 수십 년 세월에 이끼가 덮이고 숲이 울창해 잘 보이지도 않는다. 아버지는 아직도 돌아보면 그 자리에서 웃고 계신데 말이다.

어렸을 때 나는 가끔 전쟁 꿈을 꾸었다. 인민군이 쳐들어왔다고 무서워서 숨어다니던 꿈이었다. 적군이 쳐들어왔다고 쫓기다가 잠이 깨면 엄마는 키 크느라 그런다고 안심시켜주었다. 그래서인가 나는 조금씩 키가 컸고 언제부턴가 전쟁 꿈을 꾸는 일이 드물어졌다. 내가 키가 다 큰 건지, 전쟁을 잊은 것인지.

아버지의 전쟁도 이젠 끝이 났을까. 전쟁 속에서 쫓기면서 식구들을 놓칠까봐 가슴 조이던 아버지의 날이 뿌연 봄 안개로 산 위에 구름이 되어 피어오른다. 문득 해마다 배낭에 담아두던 미숫가루는 우리 자매뿐 아니라 북쪽에 두고 온 어린 딸들과 아내를 안타까워하는 마음도 담고 있었겠구나 하는 생각이 들었다. 어디서라도 살아남길 바라는 마음으로 곡식 알갱이를 찌고 말리고 볶고 다시 가루를 만들었는지도 모르겠다. 아버지가 마음속 전쟁을 견뎌내는 혼자만의 방식으로.

찬물에 휘휘 저어 미숫가루를 풀었다. 요즘 미숫가루는 쉽게도 풀렸다. 잘 풀리질 않아 한참을 저어도 여전히 동그란 덩어리가 남아 있던 예전의 미숫가루가 떠올랐다. 풀어도 풀어도 덩어리진 아버지 마음처럼. 같은 이름인데 다른 새로 산 미숫가루는 전쟁의 아픔을 잊은 듯 술술 풀어졌다.

미숫가루 한잔을 아버지 앞에 놓듯 아버지와 마주 앉았다. "아버지 그 마음의 덩어리 이젠 푸셨나요? 그곳에선 맺힌 것 없이 자유로우신가요?" 아버지가 구름처럼 바람처럼 훨훨 날아 우리 곁에, 그들 곁에, 마음껏 다니는 모습이 어려왔다.

창가에 서서 나도 하늘 저 먼 곳을 바라본다. 예전에 아버지가 남몰래 그러셨듯이. 뿌연 안개 속에 봄이 오고 있다. 아버지가 곁에 계신 듯 햇볕이 따스하다. 봄, 바람이 분다.　　　　　　　　　　　　　**에세이스트**

● 우리는 휴전 중이란 사실을 거의 잊고 산다. 전쟁을 겪어낸 세대와 그렇지 않은 세대 사이에는 깊은 간극이 있다. 비상식량으로 미숫가루을 챙기고 배낭을 준비해 두던 아버지에게 전쟁은 끝나지 않은 현실이었다. 이산가족의 절절한 마음이 고스란히 전해온다. 휴전국가에 사는 우리가 잊지 말아야 할 사실을 조용히 일깨운다. /
노정숙/

하필이면

윤경화 sbh2544@hanmail.net

평소 출몰하지 않던 장소에 집파리 한 마리가 알짱거리며 이리저리 옮겨 다녔다. 그 모습을 보고 무던할 수 없어 쫓으려고 손을 뻗었다. 갑자기 앉은 자세마저 바꾸더니 내 손안으로 날아든 것은 그의 비행 역사 중 최대의 실수가 아니었나 싶다. 피구를 하다 뜻밖에 날아온 공을 다급하게 받듯이 두 손으로 포획 동작을 하자 녀석은 얼떨결에 날개를 한 장 내 손바닥에 남겨두고 사라졌다.

나도 놀라고 저도 놀랐다. 순식간에 녀석은 자유의 근원이며 생존의 수단 한 장을 잃고 동動에서 정停으로 운명이 바뀌는 처지가 된 게 아닐까. 평소에도 꺼리어 멀리하고 싶은 대상이긴 해도 참혹한 상황을 만들 생각은 없었다. 순전히 그와 나 사이에 끼어든 타이밍 탓이다.

예상치 못한 충돌로 파리가 아닌 한 생명의 안전이 걱정되고 궁금해졌다. 얼마 가지 못하고 어디에 떨어졌을까? 불편한 비행을 하고 있을까? 내가 파리의 목숨을 걱정할 만큼 생명에 대한 경외사상이 특별한 사람은 아니다. 사람들에게 혐오의 대상 쪽인 녀석은 마치 불구부정不

垢不淨의 세계를 꿰뚫는 혜안이라도 가지고 있는 듯하다. 오물 위에서도 먹고, 세수하고, 휴식을 취하면서 태연자약하기까지 한 것은 사람들이 오히려 그들을 혐오하고 목숨조차 경시하게 했을지도 모른다. 그렇다고 날개 한 장을 쓸모없게 만들 생각은 없었다.

하지만 조금 전 일어난 자유와 부자유를 가르는 기묘한 돌발사고는 모든 생명체에게 천재지변과 같다. 그가 타고난 몸이 어떤 모습이든 생명의 본질은 같다. 해서 준비 없이 벌어진 일로 상상할 수 없는 상황을 경험하고 그 후유증을 고스란히 감당해야 할 때 겪게 될 다른 세상은 버겁고 당황스러울 것이다. 그래서 단순히 파리가 아닌 하나의 생명체에 대한 걱정으로 소화불량을 앓는다.

슈바이처도 도덕의 기준을 생명에 대한 외경이라고 했다. 어쩌면 모든 생명체는 모습은 달라도 하나의 뿌리기에 그 대상이 무엇이든 아픔을 겪을 때 부지불식간에 불편함을 느끼는 게 아닐까. 하필이면 운명처럼 어눌하기 짝이 없는 나에게 작은 목숨은 회복 불가능한 상처를 입은 것이다. 절묘한 찰나 때문이라며 구시렁거리지만, 전혀 다른 세상 속에 놓인 것은 분명한 일이다.

나는 두 해 전에 주차공간이 아닌 곳에 주차한 자동차 때문에 사고를 당했다. 그 차로 인해 좁아진 길로 겨우 지나가는데 갑자기 차가 움직이는 바람에 놀라 발을 헛디뎠고 발목이 많이 상했다. 운전자는 고의가 아니었고 나 역시 선팅한 유리 때문에 사람이 타고 있는 줄 몰랐다. 무엇보다 나는 지름길을, 그는 주차하기 편한 곳을 택한 것이 돌발상황의 환경을 만든 꼴이 되었다. '하필이면'이란 말은 '어째서 꼭 그렇게'라는 뜻을 가지고 있다. 원하지 않는 타이밍이란 뜻을 의미할 것이다.

운전자는 주변의 어느 상가 사장이었다. 넘어진 나에게 "괜찮능교?"라고 했다. 나는 안 괜찮았고 치료 후에도 발목에 무리가 가는 운동이나 일은 할 수 없다. 그래서 아직도 안 괜찮은 세상에 적응하려 애쓰고 있다.

이미 전개된 다른 세상을 임의로 바꿀 수 없을 때 인간의 다양한 노력이 위안은 될 수 있겠지만 본래의 자리로 돌아가는 것은 불가능한 일이다. 두고두고 아쉬움이 남는 시간이 된 것이다. 모든 생명체의 유장한 흐름 속에 만나고 싶지 않은 불편한 순간, 하필이면. 그것은 어쩌면 더 큰 사고를 방지하기 위한 길 위의 방지턱 같은 것이 아닐까 싶다.

혹자는 파리 목숨을 폄훼하기도 하지만 날개가 없이 사는 불편함은 다른 생명도 마찬가지가 아닌가. 위로를 아끼지 말아야 할 일이다. 발목이 불편한 순간이 많아도 그 남자를 보면 살짝 웃기까지 하면서 안녕하시냐고 인사를 하며 나는 거대한 생명의 흐름에 동참한다. 그리고 때로는 남편에게 그 사람 멍청하다고 흉을 본다. 내가 그러하듯이 파리의 동족들은 썩은 쓰레기더미에서 놀다가 날아와 접시에 올려진 내가 좋아하는 살구를 탐하기도 할 것이다.

우리는 기나긴 생명의 역사에 함께하면서 때로는 가해자가 되어 미안해하고, 어느 순간엔 피해자가 되어 아파하고, 안타깝다 못해 '하필이면'이란 한마디의 물음표와 느낌표를 붙였다가 떼며 산다. 생명의 외경심 언저리에서 알 듯 말 듯한 생명의 호흡과 질서가 신기루 같은 날, 하필이면 나에게 파리는 날개를 잃었다.

선수필

● 우리는 살아가며 뜻하지 않은 때를 맞는다. 하필이면, 그 순간이다. 종종 가해의 편이 되고 또 피해의 자리에 서기도 한다. 파리의 날개 하나와 내 다리의 불편함을 같은 저울에 올리는 일은 예사롭지 않다. 감정을 출렁이지 않고, 생명의 결을 손으로 더듬듯 다가간다. 그 침착함이 읽은 이의 고개를 끄덕이게 한다. /노정숙/

멍꽃

윤영 birchwood9@hanmail.net

'응급실 떡볶이'

건널목 앞에서 신호를 기다린다. 건너편 프랜차이즈 이름이 눈에 들었다. 메뉴에 적힌 매운맛 단계의 설명이라는 게 왜 이리 부담스럽고 거북할까.

부상맛 - 달콤해서 남녀노소 누구나 좋아함

혼수상태맛 - 매운 것을 즐기는 분들

사망맛 - 진지하게 진짜 매워요

신호가 바뀌고 나는 짧은 거리를 후들거리며 걸었다. 의지와는 상관없는 둥글둥글하거나 껄끄러운 말들이 구시렁거리며 나온다.

지난 늦가을 7번국도변 어느 포구의 밤이 떠올랐다. 하룻밤을 유할 텐트도 튼튼했고 먹을거리도 부족함이 없었다. 더할 나위 없는 충만한 저녁. 본격적으로 낚시채비를 준비해놓고선 지인과 테트라포트에 올랐다. 음력 구월 그믐이 가까운지라 가로등을 벗어나자 한 치 앞이 보이지 않는다. 암흑이면 어떤가. 오징어잡이배의 불빛들을 보노라니 콧노래가 저절로 나왔다.

풍경에 취해 잠시 테트라포트에 오른 목적을 잊었다. 그래 맞다. 인간의 3대 욕구인 배설욕을 위해 숨어들었지. 최대한 은밀하면서도 마음 편한 곳을 찾아 쥐도 새도 모르게 해결하고 가야 하는 일. 원기둥 모양에 네 개의 발을 한 대형 콘크리트 블록 위를 살쾡이처럼 앞뒤 발을 일자로 맞추어 더듬거리며 다녔다. 천천히 척추를 움츠리고 펴며 매복을 번복하며 치밀한 사냥꾼으로 움직였다.

그렇게 시작되었다. 나의 혼수상태맞은. 순간 발을 헛딛어 추락했다. 자우룩이 나를 감싼 느낌과 아주 가까운 어딘가에서 엄마의 환청이 속살거렸다.

"와 자꾸 물짐승을 잡노. 지지바가. 니 생일날에 뭐하는기고. 떨어져 죽은 거는 내 하나로 족하데이. 이왕지사 이리된 거. 내가 받쳐주마."

이마에서 뜨거운 무언가 흘러내려 귓구멍으로 들어간다. 날벌레들이 웅성거리고 내 이름을 부르는 소리. 남편의 숨소리. 사이렌 소리가 모기처럼 앵앵 맴돈다. 찰나와 영원은 멀지 않았다. 가을날 오동잎 한 잎 천 길 낭떠러지로 춤추듯 이상하게 가벼웠다. 아스라함이 몸을 훑었다. 이내 혼수상태로 의식을 잃어버렸다. 나는 그렇게 구급대원의 들것에 실려 응급실행을 맛보았다.

병원살이는 따분했다. 모퉁이 창문으로 은행잎이 노랗게 물들어갔다. 온몸에 멍꽃을 피웠지만, 이마를 꿰매고 부서진 손목과 팔꿈치를 수술했다. 재활하는 내내 엄마의 손가락을 빠져나가던 빵조각, 포도알들이 떠올랐다. 당신 몸 하나도 가누지 못하면서 자나 깨나 시골에 데려다달라 생떼를 썼다. 결국, 남동생이 그해 추석 연휴를 함께 보내고자 요양원에 계시던 엄마를 모셔왔다.

그렇게 시작되었다. 엄마의 명꽃은. 동생은 엄마가 앉은 휠체어를 마당 안쪽 아궁이 앞에 세워놓고 흙 묻은 신발을 씻으러 수돗가로 갔다. 해지기 전 잠시 당신이 좋아하는 교회에도 가고 외가에 가서 피붙이들도 만나게 해드릴 요량이었으므로. 발음되지 않는 찬송가를 흥얼흥얼하는가 싶었는데 돌아보니 아무도 없더라나. 순식간이었다고, 고정해놓은 휠체어 고정장치가 풀리면서 여지없이 내리막을 날아가버린 당신. 비명 한번 지르지 못한 채 언덕 아래로 굴렀다.

우린 장례식에서 보았다. 입관식을 치르기 전 염습을 하려고 나온 엄마의 몸. 장의사가 굽은 등을 펴고 몸을 닦았다. 닦아도 닦아도 지워지지 않던 수십 군데의 짓이겨진 멍. 발끝부터 얼굴까지 이어졌다. 그것은 흡사 모시떡을 만들려고 짓이겨놓은 듯, 자주감자꽃 활짝 피운 엄마의 몸은 그렇게 염포로 묶어 수의를 입히고 목관에 들었다. 그렇게 묵연한 두 해가 흘러갔다.

그날 포구에 모여들었던 사람들은 추측건대 나에게 사망진단을 내리지 않았을까 싶다. 적어도 뇌를 다쳤거나 중심부가 부러져 평생 식물인간으로 살아갈 거라고, 보기 좋게 내가 추락한 곳은 때마침 물이 빠져나간, 태풍이나 파도가 부려놓고 간 부표나 찢어진 그물과 플라스틱과 마른 해초 수북한 쓰레기더미였다. 비좁고 캄캄한 틈새를 지나 바닥에서 엄마는 나를 기다리고 있었던 것. 아니 그렇게 믿고 싶었다.

잘 빚은 와인, 곁에 가면 자욱이 풍기는 치자향, 새벽부터 '삐빔삐빔' 박새의 노래, 알로카시아 잎 끝에 궁그는 물방울. 껍질 벗겨진 샤인머스캣의 감촉을 누리는 지금. 별 특출하지 않아 보였던 입과 코, 귀와 눈과 손을 하루에도 몇 번씩 쓰다듬는다.

〈다가오는 것들〉이라는 영화의 한 장면이 생각난다. 평생을 배우로 살던 여자가 늙어 쓸모가 없어지자 우울증에 누워만 지낸다. 죽기 전 한번만이라도 역할을 맡고 싶다던 눈빛. 드디어 단역이 주어졌다. 다름 아닌 가만히 죽어 있어야 하는 시체 씬. 노인은 간병 온 딸한테 신이 나서 한참을 떠든다.

"애 시체 역할도 고맙지. 분장만 2시간이나 걸린다구."

나는 곧잘 엄마가 시도 때도 없이 내뱉던 말이 떠올랐다.

"야야 미륵골 점에서 하루라도 살고 죽었으면 소원이 없겠구나."

뼈만 남아 금방이라도 죽을 것 같았던 노인, 죽은 사람 연기가 무어 그리 대수라고 금방 환한 표정으로 살아나는지. 무릇 살아 있는 얼굴이란 그런 게 아닐까 싶더라.

반수불구에 움직일 수 없었던 엄마. 그 허름한 마당 높은 집이 무어 그리 대수라고 '여기가 천국일세'라며 좋아하셨는지. 하루라도 살고 죽었으면 원이 없겠다던 집에서 끝끝내 눈을 감았다. 소원은 이룬 셈인가. 그리하여 온몸에 멍꽃, 피꽃을 피웠지만, 안식에 깃든 당신의 얼굴만은 그리 평화로워 보였을까.

이래도 되나 싶지만, 엄마의 멍꽃을 빌려 썼다. 가뿐하게 다시 태어나서 엄마의 생을 이어간다.

수필오디세이

● 「멍꽃」은 추락과 상실의 순간을 직접 묘사하기보다, 주변의 감각과 장면을 따라 조용히 드러내는 글입니다. 화자와 어머니의 몸에 남은 멍은 하나의 이미지로 겹쳐 지며, 두 생이 다른 자리에서 같은 바닥을 딛고 있었다는 사실을 은근하게 환기합 니다. 새소리와 과일의 촉감, 잎 끝의 물방울 같은 후반부의 감각들은 슬픔을 덮는 장식이 아니라, 다시 살아가는 몸의 리듬을 확인하는 장면으로 읽힙니다. "엄마의 멍꽃을 빌려 썼다"는 마지막 문장은 상처의 계승을 비극이 아닌 삶의 지속으로 전 환하며, 「멍꽃」은 멍이 꽃으로 응결되는 과정으로 고요하게 수렴됩니다. /이상은/

콤마와 연필

윤윤혜 ylygreen0362@daum.net

지인이 연필 몇 자루를 보내왔다. 포장을 뜯자 예사 연필이 아니었다. 함께 보내온 향수는 뒷전이었고, 연필에 쏠린 마음을 가라앉히는 데 잠시 시간이 필요했다. 더는 생산이 안 되는 것도 있었고, 다른 회사에 합병된 브랜드의 연필도 있어 시중에서는 쉽게 구할 수 없는 것들이었다. 설령 구한다 해도 가격이 만만치 않을 것이다. 내가 사무실에서 메모할 때 주로 연필을 쓴다고 한 말을 기억했다가 그녀 자신도 사용하지 않고 아껴둔 것을 보내주었다고 생각하니 기쁨보다 미안함이 앞섰다.

그중 가장 눈에 띈 것은 빨강의 몸체에 화려한 금박으로 각인된 요한 파버Johann Faber의 '라파엘' 연필이었다. 이 회사는 오늘날 파버카스텔의 전신인 같은 가문의 연필회사 A.W Faber가 1942년에 인수했다. 잘 익은 복숭아빛 몸체에 파랑, 빨강, 초록 띠를 두른 요트yacht라는 이름의 연필엔 금박으로 요트 그림이 새겨져 있다. 이 회사가 1967년에 문을 닫았으니 아무리 적게 잡아도 이 연필은 쉰다섯 살은 되었을 것이다. 이렇게 저마다의 역사를 지니고 독특한 문양을 품은 여섯 자루의 연필을 차례로 만져보는 동안, 그 속에 쌓인 시간의 무게와 그것을 나에게 건넨 이의 마음이 겹쳐져 나를 압도했다.

나는 숫자를 잘 못 읽는다. 직업상 억 단위의 수를 다뤄야 하는 나로서는 참 난감한 일이라 계산할 일이 있으면 바짝 긴장한다. 의심의 여지 없이 나를 이 지경으로 만든 원인으로 '연필'을 꼽는데 아무 죄 없는 연필로서는 이보다 더 억울한 일이 있을까 싶다.

내가 익숙하게 연필을 깎게 되기 전까지, 그 일은 아버지 몫이었다. 작고 두루뭉술하지만 날이 바짝 선 무쇠 칼을 들고 연필을 둥글리며 부드럽게 나무를 깎아가는 아버지는 먹물을 찍어 붓글씨를 쓰는 것만큼이나 공을 들였다. 바닥에 떨어지는 연필밥 모두 동글게 말려 있었다. 아버지 흉내를 낸답시고 내가 칼을 들면 연필은 패이고 깎인 모양이 험해 좌우 균형이 맞지 않았다. 고학년이 되자 저녁마다 연필을 깎는 일은 내 몫이 되었다. 동생들 것도 내 차지였다. 내 필통엔 심이 날카로운 다섯 자루의 연필이 나란했다. 연필 아래엔 스폰지도 깔았다.

그날, 왜 그랬는지 모르겠다. 초등학교 5학년 어느 점심시간 뒤의 산수 시간은 콤마에 관한 것이었다. 내 신경은 온통 오전 수업 필기 때문에 뭉툭해진 필통 속 연필에 가 있었다. 선생님 말씀은 아득한 세상에서 들려오는 듯했다. 나는 연필을 깎아야 한다는 생각에 사로잡혔고, 그 순간 세상에서 가장 중요한 일은 바로 그것이었다. 긴장감을 죽여가며 기어코 연필을 깎기 시작했다. 딴짓하는 내 모습이 거슬릴 게 분명한데도 선생님은 수업에만 몰두했고, 나는 교실 창을 통해 빗금으로 내리쬐는 햇살에 볼이 발그레한 채 열중했다.

연필 모두가 날카롭게 깎여 제 모습을 갖췄을 즈음, 콤마 수업은 이미 끝나 있었다. 그래서였을까. 나는 콤마가 찍힌 숫자들을 제대로 읽지 못하는 사람이 되어 있었다. 뒤부터 짚어가며 속으로 일, 십, 백, 천…, 이런 방식으로 헤아리고 난 후에야만 겨우 읽어냈다. 콤마의 필요성을 느끼지 못했지만, 그것은 명확한 수의 크기를 나타내기 위해 필요하며, 가독성을 높이기 위해서도 꼭 필요하다는 것을 사회생활을 하면서 깨달았다. 마음을 다잡고 익혀도 여전히 숫자 앞에서 주눅이 드는 걸 보면 분명 재능 부족일 것이다.

직업을 갖게 된 후 내가 가장 놀란 것은 억 단위의 수를 콤마까지 찍어가며 앞에서부터 막힘없이 써가는 사람을 본 것이었다. 그 충격은 볼에 홍조를 담고 연필을 깎던 그날의 기억과 함께 내 안에 깊숙이 남아 있다. 지금껏 연필에 집착하고 그것을 가까이 두는 건 내 숫자맹 증상의 평계를 위한 제물로서가 아니었을까.

인간은 대체로 자신의 약점을 드러내지 않기 위해 애쓴다. 더구나 철저히 숨기고 싶은 약점은 마음속 진한 그림자로 남아 우리를 부정하고 억압하는 무엇이 된다. 내겐 연필이 그런 방어벽이었다는 생각이 든다. 겨우 몇십 분의 수업을 놓친 대가가 평생 숫자 앞에서 진땀을 빼는 벌로 남았다는 건 말이 안 된다.

그날 연습장 위로 사륵사륵 떨어지던 연필밥의 기억이 떠오른다. 동그랗게 말려 있던 그것들과 함께 퍼지던 향나무 냄새. 연필에는 대체로 삼나무나 적삼목이 쓰인다. 미국 남북전쟁과 세계전쟁이 발발했을 때는 연필 수요가 급증해 삼나무가 무차별적으로 벌목되어 목재를 구하기가 쉽지 않았다고 한다.

앞에 놓인 연필 중 어느 것을 깎아 써볼까 고민하며 하나하나 살펴본다. 고르기가 쉽지 않다. 몇 번의 망설임 끝에 결정을 본 것이 미국의 연필회사 '아메리칸 펜슬 컴퍼니'에서 생산한 '비너스'란 연필이다. 아무리 작고 볼품없어도 모든 연필에는 이름이 있다. 이 연필의 인기가 높아지자 연필회사는 사명社名을 '비너스'로 바꿨다. '비너스'가 독일 연필회사인 파버카스텔에 인수된 해가 1973년이었으니 이 연필의 나이도 최소 쉰은 되었다.

진청색 바탕에 보일 듯 말 듯 코발트빛 잔금 무늬가 있는 비너스를 연필깎이에 넣고 도로록 돌린다. 은근한 나무 향내와 흑연 특유의 광물성 냄새가 섞여 나온다.

빈 노트에 작가 김지승의 연필에 관한 사유를 적어본다. "다른 것들과 포개지고 더해지고 섞이는 삶을 상상하는 건 무너지고 부서져본 사람들이다. 다이아몬드가 되지 못해 연약한 흑연으로 살아야 하는 사람들은 약한 이들과 더불어 더러는 포개지고 때로는 부서지며 살아내야 한다. 백지 위에서 바스러지며 자신의 존재를 남기는 연필의 삶도 그러하다. 더 이상 무너져 내릴 것이 없을 때 인간과 연필이 가야 할 곳은 같다. 더는 돌아오지 못하는 삶, 인간의 생이 연필과 한길이다."

낙타가 극한의 인내로 사막을 건너듯 자신의 중심을 바쳐 종이 위를 묵묵히 걸어온 연필은 몽당이 된다. 나는 어떤가 생각해본다. 낙타의 인내와 연필의 묵묵한 자기 희생이 한번도 내 것이었던 적이 없다. 부서지고 누구를 위해 소모된 적이 없어도 인생길에서 나는 몽당이 되어간다.

아버지 옆에서 머리를 조아리며 연필부스러기를 바라보던 어린 날의 내 모습은 한 점 콤마였다. 몽당이 되어가는 지금, 푸른 몸체의 연필을 바라보며 내가 종내 찍어야 할 마침표를 생각한다. 분별없이 내가 찍은 무수한 콤마의 마무리는 흑연이 그려낸 유순한 점이었으면 한다. 이 작은 것들에게도 있는 이름처럼 내가 찍는 마침표에 나만의 어떤 고유를 담고 싶다. 그런 소망으로 연필을 모아 유리병에 꽂는다.　　　　선수필

The 수필

● '콤마와 연필'이라는 호기심을 끄는 제목은, 수업 시간에 연필을 깎느라 콤마 공부를 놓친 경험에서 출발한다. 다이아몬드와 같은 원소기호를 지녔으나 흑연으로 존재하며, 제 몸을 깎아 흔적을 남기는 연필의 속성을 인간의 삶에 포개본다. 사유의 폭이 넓고 시선의 결이 단단해 믿음직스럽다. /노정숙/

우리가 서로를 확인하는 방식

이경숙 slks007@naver.com

금요일 밤이었다. 여느 때보다 모임이 늦게 끝나 마음이 조급했다. 지하철역을 향해 서둘러 걸었다. 불금을 즐긴 탓일까, 막차를 놓칠세라 바삐 움직이는 사람들 사이로, 발그레한 얼굴이 하나둘 늘어났다.

마음은 급한데 청량리행 지하철이 들어왔다. 다음은 광운대행이었다. 의정부에 사는 나는 늦은 밤 이렇게 배차하는 1호선 지하철이 못마땅하였다. 두 대를 연거푸 보내고 뒤이어 들어오는 양주행에 올라탔다. 빈자리는 없지만 사람들이 생각보다 적었다. 몇 정거장 가지 않아 누군가 일어났고 나는 본능을 다해 그 자리에 주저앉았다. 피곤이 밀려왔다. 눈꺼풀이 천천히 무너졌다.

코끝을 스치는 역겨운 냄새가 나를 깨웠다. 삼겹살 구운 냄새였다. 감았던 눈을 뜨니, 앞에 서 있는 한 남자가 보였다. 벌겋게 달아오른 얼굴, 거의 감고 있는 눈, 불안하게 흔들리는 몸. 그는 둥근 손잡이를 양손에 움켜쥐고 간신히 버티고 있었다. 단박에 안주가 의심되었다.

나는 눈을 감은 채 내면에서 빠르게 저울질했다. 참을까, 피할까. 사실 나는 삼겹살 굽는 냄새를 견디지 못한다. 아이들이 어릴 적에 먹고 싶은 것이 있으면 무엇이든 해줬지만, 유독 삼겹살구이만은 예외였다. 그 냄새가 주방을 넘어 거실을 돌고, 결국 옷가지와 침구까지 점령하는 상상만으로도 가슴께가 조여들곤 했다. 결국 벌떡 일어났고, 빈자리를 놓칠세라 그 남자는 고꾸라지듯 그곳에 털썩 앉았다. 나는 사람들을 헤치며 다른 칸으로 옮겨갔다. 다행히 냄새는 따라오지 않았다.

출입문 옆 벽에 기댄 나는 소설 속 한 남자가 떠올랐다. 파트리크 쥐스킨트의 『향수』 속 그 남자, 냄새가 나지 않는 그르누이였다. 그는 인간으로서의 흔적조차 허락받지 못했다. 그의 집착은 단순한 향수 제조가 아니었다. 그것은 인간이라는 껍질을 뒤늦게라도 만들어 입고자 한 처절한 투쟁이었다.

몸에서 아무런 냄새가 나지 않는다는 것. 그것은 그가 세상 누구와도 이어질 수 없다는 뜻이었다. 아무리 가까이 다가가도 누구의 기억에도 머물지 못하는 존재. 그는 타인의 감각에 들지 못하는 자신을 '무無'로 느꼈고, 그 허무를 향기로 채우려 했다. 그르누이가 사람의 향기를 탐한 것은, 타자가 되어보고 싶은, 사회적 존재로서 다시 태어나고자 한 광기의 발버둥이었을 것이다.

그르누이는 '향수'를 통해 사람들이 마음을 지배했지만, 그 속에서 자신은 단 한번도 환대받지 못했다. 냄새를 통해 존재를 증명하려 했지만, 그것은 결국 환영幻影이었다. 그는 냄새를 훔쳤을 뿐, 존재를 얻지는 못했다.

그르누이의 향수가 내게 있었다면 어땠을까. 그때, 향수로 냄새를 덮고 자리에 그대로 앗아갈 수 있었을까. 그러나 냄새는 감추는 것만으로 사라지지 않는다. 그것은 내면의 거부감과도 닿아 있다. 나는 단순히 고기 냄새가 아니라, 타인의 무방비한 체취와 비정제된 감각, 그 '침입' 자체를 거부하고 있었다.

『향수』의 마지막 장면에서, 그르누이는 자신이 만든 향수를 뿌리고 사람들에게 먹힌다. 사람들은 그를 천사로 착각하며, 경외와 광기의 혼란 속에서 그를 찢어 삼킨다. 그는 마침내 '냄새'로 기억될 수 있었지만, 그 순간에야말로 진정한 소멸을 맞는다. 그르누이는 철저히 자기중심적인 존재였다. 타인의 숨결도, 삶의 무게도 그에게는 중요하지 않았다. 그는 오직 자신의 결핍을 향기로 메우려 했고, 그 향수는 결국 타인의 피를 증류한 것이었다. 그에게 향수는 단지 수단이었고, 그 수단은 살인이라는 파멸의 길과 맞닿아 있었다. 그는 결국 자신을 위해 만든 향기로, 스스로를 소멸시킨 것이었다.

그러나 나는 생각한다. 그가 향기에 그렇게 집착하지 않았다면, 그는 살아남을 수 있었을까. 존재하지 않는 자로서, 살아가는 것은 가능한가. 이 세상은 타인의 감각 안에서만 비로소 내가 존재함을 허락받는 구조이다. 냄새 없는 인간, 목소리 없는 이, 기록되지 않은 존재는 결국 비가시적이다.

그르누이처럼 우리 곁에도 자신을 증명하고자, 혹은 감추고자 냄새를 뒤집어쓰는 이들이 있다. 그들은 때론 권력이라는 향수를 뿌리고, 때론 도덕의 냄새를 흉내낸다. 하지만 그것이 진정한 정체성을 말해주는 것은 아니다. 향수는 덧씌운 흔적일 뿐, 그 너머의 진실을 감출 수는 없다.

지하철은 어느새 청량리역을 지나 회기역 쪽으로 미끄러지듯 나아가고 있었다. 창밖엔 어둠 속에 반짝이는 불빛들이 옆으로 퍼지면서 빠르게 흘렀다. 하루의 끝, 도시의 잔상이었다. 나는 출입문에 기대 숨을 고르며 생각에 잠겼다. 아까 그 남자의 체취도, 삼겹살의 기름진 냄새도, 이제는 코끝에서 사라졌다.

그르누이는 자신을 세상에 드러내기 위해 향기를 빚었지만, 그 끝에 남은 건 아무도 그를 기억하지 않는 익명의 죽음이었다. 누구의 마음에도, 누구의 삶에도 머물지 못한 존재, 향기를 남기고 사라졌지만, 결국 냄새조차 지워졌다. 냄새는 타인을 감각하게 만들고, 나 자신을 다시 돌아보게 만든다. 역겨움도 향기로움도, 결국은 관계의 산물이다.

나는 문득 그가 너무 인간적이었는지도 모른다는 생각이 들었다. 누군가에게 감지되고 싶었던 절박함. 타인의 감각 속에 자신을 남기고 싶은 외로움. 그건 어쩌면, 우리 모두가 안고 살아가는 본능 같은 것인지도 모른다.

지하철이 흔들릴 때마다 사람들의 어깨가 스치고, 숨결이 교차했다. 나는 거기서 잠시나마 사람 냄새를 느꼈다. 익숙하지만 때로는 불쾌하고, 그래서 도망치고 싶기도 하지만, 결국 그것이야말로 우리가 서로를 확인하는 방식이라는 걸.

그날 밤 집으로 돌아온 나는 문을 닫고, 옷을 벗어 걸면서 가만히 냄새를 맡아보았다. 아무 냄새도 나지 않았다. 그럼에도 어쩐지 그 무취의 고요 속에서, 내가 살아 있다는 것이 선명하게 느껴졌다.

이 복잡한 냄새의 사회에서, 나는 어떤 향기를 남기며 살아가고 있는가.

● 후각은 타인의 기척이 가장 먼저 침투하는 감각이며, 동시에 자아의 경계를 확인하는 촉발점이다. 불현듯 일상으로 스며든 냄새라는 감각. 파트리크 쥐스킨스의 『향수』속 그르누이의 존재론으로 이동하는 유연한 작법作法. 작가는 이 복합적 감각을 탁월하게 포착하며, 냄새라는 경험을 세계 인식과 타자성의 문제로 끌어올리는 데 주저함이 없다. 체험의 스케치를 넘어서 문학적 사유의 심층으로 이행하고, 수필과 문학평론의 경계에 선 고유한 형식을 획득한다. 감각과 사유의 밀도가 이어 붙는 지점에서 독자는 끝까지 긴장을 놓지 못한다. /한복용/

공갈빵

이양주 musicok4love@hanmail.net

나 공갈친다고, 아예 대놓고 떠든다. 공갈치며 돈까지 벌고 있으니 이쯤 되면 고단수다. 은근히 신경쓰이게 하는 이름 때문인지 묘하게 끌린다.

놈이 부산역 건너편 차이나타운에 자리잡은 지 칠십여 년이 넘었다. 겉만 부풀려놓고 속은 비었는데도 인기가 있다니, 참 재주도 좋다. 껍데기 안쪽에 그나마 계피랑 설탕을 슬쩍 발라놓아, 아쉽고 허전한 입맛을 살짝 달래주기도 하니 일말의 양심이 있긴 하나보다. 물자가 부족한 1960~70년대, 호주머니가 얇은 가장의 퇴근길 무거운 발걸음을, 놈이 든 두툼한 봉지가 가볍게 해주었다. 가난하지만 허기를 사랑으로 채우던, 그 시절 그 추억이 그리운 사람들의 발길이 지금도 이어지고 있다. 요즘 젊은 세대들에게도 인기가 있다니, 우는 아이 어르는 공갈 젖꼭지를 입에 물고 자란 젊은이들에게 공갈이란 단어는 친숙한 모양이다.

공갈이 통하던 세상에서 나도 자랐다. 살아오면서 한두 번 공갈 당해본 게 아니다. 공갈 아닌 척하는 공갈에 넘어가 예까지 온 인생이다. 돌아보면 꼭 나쁘기만 한 공갈이 있는 건 아니었다. 이젠 기분 좋게 당할 줄도 안다. 때론 나도 공갈쟁이가 된다.

어릴 적 아버지의 무릎 위에서 비행기를 타기 시작하면서, 공갈에 길들여지기 시작했다. 아버지가 태워준 비행기는 가짜였지만, 꿈이라는 날개를 달면 행복한 비상을 할 수 있음을 작은 가슴에 심어주었다. 나는 깔깔거리며 공갈도 재미있다는 것을 느꼈다. 지금 그 비행기는 지상에서 사라졌지만 내 양쪽 갈비뼈엔 공갈 비행기의 프로펠러 자국이 남아 있다.

십 리 눈깔사탕도 공갈 사탕이었다. 십 리를 못 가고도 사라질 거라는 걸 알고 있었지만, 나는 사탕 하나를 입에 물고 즐겁게 길을 걸었다.

언니처럼 빨리 처녀가 되고 싶은데, 가슴은 왜 그리 부풀어오르지 않던지. 달거리를 하고 가슴에 몽우리가 생기며 아릿한 통증이 찾아올 때쯤, 어머니께서 브래지어를 사 주셨다. 성장기임을 고려하여 조금 넉넉한 사이즈로 구해주셨는데, 작은 가슴이 브래지어만큼 봉긋한 양, 힘을 주곤 했다. 나는 공갈 브라와 함께 가슴이 부풀며 여자가 되어갔던 거다.

어머니는 왼손잡이인 내게 칼질을 제대로 배우지 않으면 시집 못 간다고 은근히 겁을 주셨다. 나는 왠지 결혼 같은 건 하기 싫었는데도, 결국 도마질과 과일깎기는 오른손으로 익혔다. 막연한 틀을 벗어나고 싶어서였는지, 연필깎기나 가위질만큼은 끝내 그 원칙을 따르지 않았다. 나는 본능적으로 왼손잡이다. 일상에서도 왼손 왼발을 더 자주 쓴다. 양쪽을 다 쓰면 두뇌와 건강에도 좋다고 하니, 공갈에 다 휘둘렸다면 아까울 뻔했지 뭔가.

어른들은 착하고 예의 발라야 훌륭한 사람이 된다고 말했다. 그렇게 해야만 훌륭한 사람이 되는 건지, 꼭 훌륭한 사람이 되어야만 하는 건지. 공부를 열심히 해야 성공할 수 있다고 했지만, 성공이 정말 그렇게 중요한 것인지. 은근히 겁주는 듯한 어른들의 말에 위축되어 자랐다. 그들이 말하던 성공은 껍데기였으며 내가 원하던 진짜가 아니었는데 말이다. 성공보다 더 중요한 건 자신답게 스스로 성장하는 것이며, 세상과 더불어 살아가는 거라는 걸, 그때 누군가가 미리 말해주었더라면 얼마나 좋았을까.

남자도 여자도 서로 공갈이 먹혀들어가야 사랑이 이루어진다. 사랑한다는 말, 영원할 거라는 약속. 여자의 공갈 눈물에 넘어가지 않는 남자는 여자의 마음을 갖지 못한다. 서로의 공갈 맹세를 믿지 않는다면 사랑은 성사되지 못한다.

천당이니 지옥이니 하는 것은 신의 공갈이다. 눈으로는 확인 불가라, 죽음을 앞세워 공갈치는 거다. 신은 질문만 던진 채, 답하지 않으면 그 삶은 실패라며 은근히 겁준다. 때론 진실보다 거짓이 힘이 더 세지만 마음은 여전히 믿고 싶어한다. 나쁘지만은 않은 반공갈에는 반은 속아주기. 그게 삶의 방식인지 모른다.

어쩌면 인생이란 잘 부풀린 공갈빵이다. 속은 비었지만, 그 비움을 인정하고 나면 오히려 마음이 가벼워진다. 그 텅 빈 것들이 때로 나를 위로했다. 삶은 공갈 안에서 조금씩 자각해나가는 것. 어른이 되어가는 과정이란 기꺼이 속아주는 연습을 하는 것이다. 가난한 시절의 따뜻한 거짓말은 얼마나 큰 위로였던가. 알고도 속아주는 따뜻함이야말로 사랑의 방식이자, 위안이며 결국은 삶을 견디게 해주는 힘이었다. 선의의 공갈 덕분에 이만큼 걸어왔다.

그동안 수많은 공갈빵을 먹으며 지냈다. 다 지나고 보니 공갈이었지만, 그것들에 기대어 살았으며, 그 속을 순간순간 채워놓은 건 결국 나 자신이었다. 나도 은연중 말과 눈빛 가벼운 포옹으로 누군가에게 공갈빵을 전했다. 때론 공갈인 줄 알면서도, 그 순간만큼은 진심이었다.

인생은, 공갈빵처럼 씹으며, 허기를 달래는 일이다. 나는 오늘도 기꺼이 공갈빵을 베어문다.

너도 한입 베어물어봐. 겉껍질은 단단하고, 속은 없어. 조심하지 않으면 입을 다칠지도 몰라. 하지만 우리가 웃으며 같이 먹는다면 꽤 괜찮을 거야.

공갈빵 먹는 법, 알려줄게. 비닐째 쥐고, 주먹에 힘주고, 한순간에 내리쳐.

빠직! 빠삭!

봐, 겁먹을 거 없었지. 그게 삶이야. **수필과비평**

The **수필**

● 「공갈빵」은 텅 빈 속을 통해 채워야 한다는 강박에서 벗어난 해방구를 제시하는, 가장 유쾌한 실존 철학서이다. 작품은 '공갈'을 예측 불가능한 삶을 유연하게 대처하는 필수적인 소프트웨어로 재정의하며, 진실보다 더 강렬한 위로를 주는 '따뜻한 공갈'의 역설적 힘을 탐구한다. 껍질을 깨부수는 행위는 삶의 고통을 유머러스하게 폭파시키는 의식이며, 그 파편 속에서 진정한 자아를 발견하는 놀이가 된다. 작가는 우리에게 "속 빈 강정이어도 괜찮다"는 위로를 건네며, 불완전함을 껴안는 가장 인간적인 존재론을 가장 맛있는 방식으로 설득한다. /심선경/

수술 삼국지

장석창 ddolchang@naver.com

무영등 아래로 전운이 감돈다. 미동도 없는 타인의 복부는 폭풍전야의 전장을 방불케 한다. 곧 피 튀기는 교전이 일어날 조짐이다. 적막 속에서 '뛰뛰' 기계음이 울린다. 타인의 심장박동 소리다. 진군을 독려하는 북소리로 들린다. 갑옷과 장갑을 갖추고 출전 채비를 마친다.

준비 카트 위에 칼들이 도열한다. 무력시위 중이다. 전기칼은 유비의 쌍고검이다. 총사령관이자 장수로 일인이역을 한다. 하나의 칼집에 두 자루의 칼을 품은 공수 겸장이다. 절제가 공격이라면, 지혈은 수비다. 10번 칼은 관우의 청룡언월도다. 커다란 칼날을 번뜩이며 일기토一騎討로는 천하무적이다. 어떠한 상대든 단칼에 베어버린다. 11번 칼은 장비의 장팔사모다. 긴 자루에 달린 칼끝이 예리하다. 적진 깊숙이 숨어 있는 적 지휘부에 회심의 일격을 가한다. 조운의 애각창은 본대本隊에서 주력부대를 이끌기로 한다. 다른 오호대장군인 황충과 마초도 있어 든든하다. 칼은 적재적소에 정확히 써야 한다. 용병술은 군사軍師의 몫, 술자術者의 자리에 서는 순간 나는 제갈량이 된다.

'조조를 멸해야 한다.' 이번 전투는 타인의 심신을 어지럽히는 난세의 간웅을 처단할 예정이다. 이를 위해 오랜 시간 인체의 천문지리 습득에 주력했다. 첨단 영상장비에서 얻은 사전 정보를 한 번 더 숙지하고 최상의 작전을 구상한다. 주요 전투인 만큼 장수와 한몸 되어 참전하기로 한다.

관우에게 선봉을 맡긴다. 임무는 첫째 관문인 피부와 피하지방을 뚫는 일이다. 쉬이 환부에 도달하는 진입로를 확보해야 한다. 공격 지점을 찾아 적토마를 타고 배회한다. 결심이 선다. 청룡언월도를 들어 올린다. 무영등 불빛을 반사한 날이 서슬 퍼렇다. 삶의 고빗사위에 서면 이러할까. '집중', 다시 한번 곱씹는다. 이 순간 감정선이 무너져서는 안 된다. 선이 비뚤어지면 과정이 험난해지고, 먼 길을 돌아가야 한다. 추사 선생이 일필휘지로 한 일─ 자를 긋듯 일도양단한다. 방어선이 무너지며 곳곳에서 피가 분출한다. 출혈은 진군을 늦추기 위한 적의 수공이다.

유비가 쌍고검을 들고 앞장선다. 바닥이 홍건하다. 그냥 두면 수몰할지도 모른다. 총사總師지만 솔선수범한다. 큰 핏줄기의 근원을 찾아 쌍고검 중 수비용 칼을 휘두른다. '삐이익', 칼끝이 닿는 순간 전기음이 울린다. 지혈되고 있다는 신호일 거다. 미세한 핏줄기는 그대로 둔다. 시야가 확보되니 켜켜이 쌓인 복부 근육층이 방패처럼 가로막고 있다. 이차 저지선이다. 이번 돌파는 완력을 앞세우면 안 된다. 전후 복구까지 고려하여 함부로 훼손하지 말아야 한다. 유비가 공격용 칼을 잡는다. 아군 대하듯 조심스레 헤쳐나간다. 적군이라도 헛된 희생을 줄인다. 역시 인의仁義의 표상답다.

장비가 나설 차례다. 장팔사모를 곧추든다. 뾰족한 창끝으로 마지막 방어벽인 복막을 열고 복강 안으로 진입한다. 목표는 조조의 본거지인 췌장이다. 후복막 깊숙이 자리한 데다 다른 장기들로 둘러싸여 있어 접근하기 힘든 천혜의 요충지다. 일명 '침묵의 장기'로 웬만해선 병증을 발설하지 않는다. 출정 직전에야 조조의 소재를 파악했다. 조운을 앞세워 파죽지세로 진격한다. 구절양장九折羊腸, 소장과 횡행결장을 넘어 십이지장과 담낭 사이 협곡에 집결한다. 이곳을 통과하면 총력전이 시작될 것이다. 아뿔싸 적의 매복이다. 소규모로 산재해 있어 사전 영상정찰에는 감지되지 않았다. 설상가상으로 조조의 군세가 간에 이르렀다는 척후병의 전언이다. '조조가 이미 복강 대부분을 장악하다니 하늘도 무심하시지. 너무 늦었구나. 이제 더 이상의 군사행동은 무의미하도다. 오호통제嗚呼痛哉라, 목전에 적을 두고 이대로 회군이라니.'

의업이 지극한 형극의 길임을 자각한 것은 타인의 몸 안에서 치러왔던 수많은 전쟁에 대한 넋두리 때문이리라. 수수만년 동안 진화를 거듭해 현재 모습으로 완성된 전쟁터를 넘나들며 적어도 그 지형지물만은 훤히 꿰차고 있다는 자신감으로 충만한 채 전문의 자격을 취득했다. 어쩌면 의술은 조물주가 구축해놓은 어느 지고한 영역에 도전할 수 있는 무이한 길이라고 기고만장하기도 했다. 그러나 그것은 얼마나 참담한 자괴감의 서막이었던가. 전투를 거듭할수록 내 지식과 내공의 한계를 인식하는 데는 그리 오랜 시간이 소요되지 않았다. 이는 평생을 바쳐도 의학은 난공불락의 요새라는 진리를 인정하는 자성이기도 했다.

전문의가 되고 삼십여 년이 지난 지금까지도 병마는 새로운 허무함으로 나를 옥죄어 왔다. 수술실 중앙에 놓인 수술대는 경외로웠고, 다가설 때마다 몰려드는 긴장감에 가슴이 두근거렸다. 잠시 고개를 들면 죽음의 강 저편에서 너울대는 무당의 칼 춤사위가 눈앞에 어른거렸다. 타인의 염원을 담은 회복 기원의 푸닥거리로 보였다. 칼을 고쳐잡았다. 그럼에도 생사의 갈림길에서 이미 확정된 길을 가는 타인의 행로에 잠시 교통정리나 하는 것은 아닌지 의심스러웠다. 신의 뜻에 따라 죽음의 문턱에 도달했다면 유능한 외과의사의 현란한 손놀림으로 이를 되돌릴 수 있을까. 어떻게 의사라는 한 인간의 칼끝에 의해 죽음으로 향하는 순류를 거스를 수 있단 말인가.

전장에는 늘 돌발변수가 존재했다. 어떤 때는 피의 능선을 넘느라 태반의 전력을 소모해야 했고, 어떤 때는 예기치 못한 기형적 구조물을 만나 우회로를 확보해야 했다. 이 모든 것을 극복하고 마침내 병마를 말끔히 제압한 순간, 더할 수 없는 희열을 맛보았으며 환자의 애절한 눈물 속에 희망을 불어넣어주었다. 감사에 겨운 보호자의 조아림을 보며 의사도 그들과 함께 환자의 쾌유를 갈망하는 동료임을 실감했다. 그러나 병귀病鬼는 때때로 악마의 미소를 지으며 천근만근 내 가슴을 짓눌러놓았다. 최후 결전은 치르지도 못하고 퇴각해야 하는 이 전황. 아아, 어쩔 수 없이 받아들여야 하는 의술의 한계성이여! 병술에 달통한 제갈공명이 북벌 전쟁 중, 오장원 진중에서 숨을 거두며 내렸던 회한의 철군 명령과 무엇이 다르랴.

이제 내가 해야 할 일은 무엇인가? 전역인가, 퇴역인가, 아니면 전열

재정비 후 현역 유지인가. 잠시 휴전하며 마음부터 추슬러야겠다.

에세이문학

*2025년 3월 16일에 췌장암으로 타계하신 은사를 기리며, 당시 수술 상황(암수술 중 전이가 발견되어 수술 중단)을 필자의 임상 경험을 토대로 집도의 관점에서 서술했음을 명시합니다.

The **수필**

● 무엇이든 잘라야 존재 이유가 있는 칼의 이중성, 살활殺活. 살기 위해 다른 생명을 죽여야 하는 전쟁터와 살려야 하는 수술 전장의 이야기를 매우 정교하게 교배한 수필이다. 수술용 칼들은 삼국지의 장수 이름을 달고 사람을 공격한다. 살리기 위한 공격이기에 칼은 활도이며 메타포의 칼이다. 이 칼을 든 의사(인간)로서의 회의와 고뇌, '생사의 갈림길에 있는 인간의 길에서 교통정리'나 하는 건 아닌지라는 작가의 겸허한 사유는 되려 독자를 숙연하게 한다. /김지헌/

유효기간

조성진 neilson@hanmail.net

봄볕이 좋아 화분 몇 개를 들여놓을까 싶어 테라스를 정리했다. 먼지 쌓인 박스 몇 개를 치우니 구석에서 햇빛 한 조각을 머금은 채 얌전히 놓여 있는 소주병 세 개가 눈에 들어왔다. 집에서는 소주를 마시지 않으니 내가 마신 건 아니다. 아내가 마신 걸까 싶어 잠시 생각을 더듬었다. 역시 아니다. 아내가 생선조림 따위를 요리할 때 잡내를 잡을 때 사용하고 모아둔 공병이다. 먼지를 털어내며 라벨을 살피니 공병 하나를 100원에 회수한다고 쓰여 있었다. 대형마트 고객센터 앞에 잔뜩 쌓여 있던 공병을 본 기억이 있어 마트에 갈 때 챙겨 들었다.

고객센터 창구에서 공병을 팔러왔다고 말하며 봉지를 들어보였다. 같은 말을 여러 번 반복한 건지 귀찮은 표정을 비춘 직원은 지하 주차장 입구에 있는 기계에 넣고 발급되는 영수증만 가져오란다. 그제야 고객센터 앞 공병이 쌓여 있던 자리가 깨끗하게 치워져 있는 걸 눈치챘다. 다시 주차장을 향하기 귀찮았지만 이내 생각을 바꿨다. 공병 세 개는 삼백 원이다. 시쳇말로 땅을 암만 파봐라, 삼백 원이 나오나. 내면에서 투덜거리는 불만을 목구멍 속으로 넘기며 지하 주차장으로 걸음을 옮겼다.

주차장 한구석에 자동판매기 모습을 한 공병회수 장치가 있었다. 세상의 모든 공병을 모조리 먹어치우겠다는 듯이 둥근 아가리를 쩍 벌린 채로 말이다. 아가리에 병을 하나 올려놓으니 공병 라벨의 바코드를 센서가 자동으로 읽고 꿀떡 삼키면서 개수를 세어주었다. 차례로 가져온 공병을 넣으니 '3'으로 표시됐다. 아가리 아래에 있는 녹색 버튼을 누르니 좁은 틈에서 영수증이 튀어나왔다. 손가락 두 개 길이 정도 되는 영수증에는 뚜렷한 음영의 굵은 글씨로 'W300'이 찍혀 있었다. 삼백 원짜리 영수증을 주머니에 잘 챙겨넣었다.

마트를 서너 바퀴 돌면서 장을 보고 으레 그렇듯 주차장을 향하면서 무심코 주머니에 손을 넣었다. '공병!'. 영수증이 손에 잡혔다. 이대로 집으로 향할 것인가 발을 돌려 공병 영수증을 현금으로 교환할 것인가. 아까 발을 한 번 돌렸는데, 영수증을 다시 현금으로 바꾸려고 왔던 길을 다시 돌아가야 했다. 귀찮았다. '겨우 삼백 원인데….' 길지 않은 고민이 스쳐지나갔다.

고객센터를 다시 찾았다. 대기 번호표를 뽑고 순서를 기다렸다가 직원에게 공병 영수증을 내밀었다. 손바닥에 무겁지 않은 동전 세 개를 올려주었다. 온기 없는 쇠붙이. 동전을 주머니에 넣으면서 직원에게 물었다.

"혹시 영수증을 내일 가져와도 되는 걸까요?"

"아뇨. 영수증에 있는 날짜에만 가능해요. 유효기간이 있거든요."

직원이 들어보인 영수증 아래 작은 글씨로 날짜가 적혀 있었다. 공병 영수증은 당일이 아니면 처리가 안 된다고 했다. 하마터면 애써 챙겨온 소주 공병 세 개가 하늘로 날아갈 뻔했다.

겨우 공병 세 개 값, 삼백 원짜리 종이 쪼가리에도 유효한 기간이 있었다. 날짜가 지나면 무효가 되는 것. 그걸 유효기간이라 부른다. 집에 돌아와 장바구니 속에 있는 것들을 정리했다. 그날 사온 모든 것들, 내 삶에 필요한 모든 조각들에 유효기간이 적혀 있었다.

동전 세 개를 돼지저금통에 집어넣었다. '짤랑'하는 작은 소리에 그날 있었던 일을 천천히 되짚었다. 유효기간은 장바구니 속에만 존재하는 게 아니었다. 미안하다고 말하지 못하고 시간이 지나버린 일, 감사를 전하지 못한 인사처럼 곳곳에 정해진 시간이 있었다. 기회를 놓친 시간에 마음은 식어버린다. 물론 지난 후에 감사나 미안함을 전할 수는 있지만 주고받는 마음은 온도도 다르고 질감도 달라진다. 기한이 지나 쉬어버린 우유처럼 어딘가 묘하게 시큼해진다. 향기가 냄새로 변해버리게 된다. 누군가에게 잘해주고 싶었던 마음, 먼저 손 내밀고 싶었던 용기, 작게라도 웃어주고 싶었던 순간. 어쩌면 우리의 삶 전체가 유효기간 속에 있는 것인지 모른다. 내 주머니에 들어 있던 작은 영수증 조각처럼 삶의 순간마다 '오늘만 유효'라는 문장이 찍혀 있는 것 같기도 하다.

유효기간이란 건 어쩌면 지금을 향한 가벼운 경고일지도 모른다. "지금 아니면 곧 사라져요"라는 작은 목소리. 어떤 말은 오늘 바로 해야 하고, 어떤 손은 지금 잡아야 하며, 어떤 용기는 지금이 아니면 되살릴 수 없다. 장고長考 끝에 악수惡手요, 망설임은 선택을 늦출 뿐이다.

　매일 아침 눈을 뜰 때, 공병 영수증 같은 작은 종이 한 장을 손에 들고 있는지도 모른다. 그건 어떤 계획일 수도, 말 한마디일 수도, 누군가와의 약속일 수도 있다. 늦지 않게 해야 하는 어떤 것 말이다. 오늘의 유효기간이 지나기 전에 나는 오늘을 써야 한다.　　　　　　　　　　한국산문

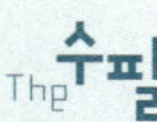

● 좁은 모퉁이에서 발견한 유한한 시간, 기회가 머무는 시간은 짧고 단호하다. 숫자뿐일까, 공병 때문만은 아니다. 작가의 섬세하고 부지런한 성품과 사유의 향기가 군데군데 영수증처럼 찍혀 있는 글이다. 유효기간은 기다려주지 않고 추억도 없다. 대체로 차고 매정하다. 그의 사유는 사람, 마음을 지핀 말과 가슴이 쏟아낸 행동이어서 인간적이고 따뜻하다. 화병의 꽃들도 만개하는 때가 있고 스러지는 시간도 있다. 유효기간은 그의 말처럼 가장 아름다울 때, 최고의 순간, 지금이리라. /김희정/

허숙영 a01041324744@daum.net

낡은 목선 한 척

삽상한 바람이 분다. 따사로운 햇살을 끌어들인 바다 한 귀퉁이는 윤슬로 인해 한없이 평화롭다. 그 느긋함을 배경으로 빛바랜 목선 한 척이 갯벌을 쓸어안고 잘강거린다. 물결을 몸체에 새기고 시나브로 삭아내리는 중이다. 바람결 따라 삐거덕 삐거덕 불협화음을 내며 낡아서도 뭇 생명체들의 안식처가 되어준다. 녹슨 적막을 살짝 들어올리면 배를 지붕 삼은 소라게와 갯강구가 혼비백산 흩어질 것 같다.

겨우 한두 사람 태우고 바다를 누볐을 작은 몸이 이제는 옆구리에 다닥다닥 따개비 붙이고 세상사 다 내려놓고 수변공원 한쪽에서 휴식에 들었다. 밀물이 들어와 발밑을 간지럽히면 굼실대다가 물이 빠지면 옴짝달싹 못하고 턱 들어 얹힌 모양새가 되고 만다. 낮에는 참새들이 곁에서 조잘대고 밤이면 오랜 친구였던 달과 별이 뭍으로 내려와 같이 흔들리겠다.

체구는 작아도 넓은 바다를 무대 삼아 한 가족의 생을 고갱이처럼 떠받들었을게다. 건듯 부는 바람에도 흔들렸고 땡볕 내리쬐면 가려줄 차

양 하나 없어 고스란히 뜨거움을 받아냈다.

망망대해를 누비는 꿈 같은 건 애초에 꾸지 않았다. 대어를 낚아올리거나 만선을 기대하지도 않았다. 마을 가까운 곳만 돌며 한 가족의 끼닛거리만큼 생선을 잡아올릴 수 있는 것으로 족했다. 보잘것없는 태생의 존재 이유로는 그만하면 된다고 여겼다.

선박 축에 끼지도 못할 만큼 작은 몸은 남들이 잠든 어둑새벽부터 땅거미 내려앉는 저녁까지 일을 나갔다. 태풍이 부는 날을 제외하면 매일 쉬지 않고 다녔으나 형편은 그다지 나아지지 않고 세월 따라 낡고 색도 바래갔다.

무수하게 흔들리면서, 때로는 온통 뒤집힐 것 같은 공포를 버텨내야 했다. 그럴 때마다 눈 질끈 감고 거친 파도와 힘겨운 싸움을 했다. 큰 배 한 척만 지나가도 의지와 상관없이 심하게 흔들려 정신이 번쩍 들곤 했다. 예상치 못한 회오리는 늘 긴장 속으로 몰아넣었다. 물결의 출렁임에 닳다보면 적응도 되련마는 쉬이 안정이 되질 않았다.

그녀가 그랬다. 가진 것 없는 집에서 태어났으니 늘품 있어 보였지만 그뿐이었다. 겨우 초등학교를 졸업하고 입 하나 덜기 위해 대처로 돈벌이를 떠났다. 작은 소망이 있다면 야간 중학교나마 다니는 것이었다. 그 한 가닥 희망으로 부지런을 떨었다. 큰 꿈도 야망도 아니었다. 월급을 털어 중학교 교재를 사모으고 모서리 닳도록 계획을 세웠다가 지우기를 얼마나 했는지 모른다. 한번도 게으름을 부리거나 큰 행운을 바란 적도 없었다. 남의 집을 반짝이도록 광을 내고 아이를 봐주느라 밖에는 다른 세상이 펼쳐지고 있는 것조차 모르고 어른이 되어갔다.

그녀는 일 잘한다는 칭찬에도 음전하고 순박했다. 그럼에도 행운은 그녀를 비껴갔다. 중매로 형편이 비슷한 사람끼리 결혼을 했으니 어렵기는 매한가지였다. 남편이 공장 기계에 한쪽 손을 잃고 파상풍까지 걸려 병상에 누운 몸이 천장까지 널뛰기하던 날도 해줄 수 있는 게 없었다. 사선을 넘나드는 남편 곁에서 마음놓고 울 수도 없었다. 만삭의 몸으로 남편을 보살피느라 죽을힘을 다했다.

하루아침에 장애인이 된 남편은 난폭하게 변해갔다. 환지통을 호소하는 남편보다 혹사당한 온몸이 통점으로 변한 그녀에게 밤은 더 길게 느껴졌다. 간호에 지친 그녀 마음을 어느 누구도 달래주지 못했다. 심장이 오그라드는 나날이었다. 존재 자체가 뒤집힐 것 같은 두려움이 덮쳤다. 그나마 버틸 수 있었던 것은 자식이었다. 어린 딸의 애교는 느리게 흘러가는 시간의 공백을 메꾸었다. 하나 그것도 잠시 하늘은 그마저 앗아가버렸다. 덩달아 그녀의 눈빛도 덜컹 내려앉았다. 신이 넌지시 숨겨둔 복선이 있었을까. 그렇지 않고서야 이렇게 무참할 수는 없는 일이었다.

말 없는 그녀가 행상에 나섰다. 남은 자식들의 눈빛에 붙들려 썰물처럼 빠져나간 정신을 가다듬고 생계를 잇기 위해서였다. 입이 떨어지지 않아 종일 마수걸이도 못할 때가 많았지만 절박함이 용기였다. 동트기 전에 나가 작은 몸으로 세상 바다 위 폭풍우에 온몸을 내맡겼다. 개 짖는 소리에도 가슴은 심하게 요동쳤고 퇴박맞고 돌아서면 간기 배인 눈물이 흘렀다.

머리채를 휘어잡는 강퍅한 남편에게 내키지는 않았지만 고맙다는 말로 하루를 시작했다. 그 순정함에 신이 감명을 받은 것일까. 눈물자국이 차츰 엷어져 갔다. 느지막이 자격증을 취득해서 제대로 된 직장도 가졌다.

틈나는 대로 책을 읽고 글을 써봐도 마음속의 허허로움은 메울 수가 없었다. 부잣집에 시집간 동창의 명품 자랑 때문은 아니었다. 외제 차를 끌고 다니는 도반이 부럽지도 않았다. 무저갱 속 가난을 벗어나고자 혼자 종종거린 시간이 아까워서도 아니었다. 먹고 사는 일에서 놓여나니 어느새 종심의 나이가 되었다. 이제라도 제대로 된 삶을 꿈꾸어도 뭐라 할 사람은 없지만 동시에 꿈마저 사위어버린 것이다.

남들이 평범하게 누리는 것마저 자신에게는 욕심이었다는 것을 깨닫고 나서야 느긋해졌다. 바장이던 마음을 비우고 나니 날아갈 듯 편안해졌다. 오랜만에 편히 누워보는 시간이라며 옆구리에 부황을 조개무덤처럼 다닥다닥 붙인다.

그녀가 해조음 배음 삼아 경을 읊조린다. 조타실조차 없는 작은 조각배처럼 흔들거리면서도 중심을 잡고 용케 잘 견뎌냈다. 삶의 고빗사위가 높고 높았지만 파도에 깎이고 쓸려 둥글어졌는지도 모른다. 파도와 맞서 싸우던 마음을 무장해제시키고 난 후의 평화를 놓치고 싶지 않은 모양이다.

푸념조차 할 줄 모르는 그녀 앞에서 내 맘대로 잘 풀리지 않는 속 답답함을 털어내보이니 가만가만 등을 토닥여준다. 그 무량심에 난 그만 머쓱해지고 만다.

아득하게 멀고 먼 태곳적 남의 일이었던 것처럼 거친 바다 이야기를 들려주는 그녀 옆에 누우니 내 마음에도 잔잔하게 윤슬 반짝인다. **문학秀**

^{The} 수필

● 누구나 새것이었던 시절은 있다. 매끈한 젊은 날 꿈도 있었으리라. 파도와 풍랑에 휩쓸려온 배 한 척과 한 여자의 고단한 세월을 녹여 은유하고 병렬하여 배치해 놓았다. 배는 어느 가장이거나 우리 어머니일 수도 있다. 녹슨 배 바닥은 어머니 뒤꿈치를 닮았을까. 모서리를 잃고 내려앉은 옆구리와 사타구니에 물이 차도 씩씩하게 버텨온 이유는 무조건적 사랑과 책임이었으리. 나룻배의 작은 꿈은 바다, 등을 토닥여주는 여자의 마디 굵어진 손은 삶의 고깃배를 젓던 힘, 바다 깊이의 모성일 것이다. /김희정/

2026 빛나는 수필가 **60**

The 수필

선정위원장	노정숙
선정위원	엄현옥, 한복용, 김은중, 김지헌, 심선경, 이상은, 김희정
고문	맹난자
자문위원	홍혜랑, 문혜영, 이혜연, 조헌, 정진희, 서숙
발행인	조현석
디자인	푸른영토

발행일	2026년 01월 01일
발행처	도서출판 북인
주소	04002 서울 마포구 동교로19길 21, 501호
전화	02-323-7767
팩스	02-323-7845
E메일	chlsuk123@hanmail.net

ISBN	ISBN 979-11-6512-517-2 03810

값	17,000원